SEIN MENSCHLICHES PFLEGEKIND

MICHELE MILLS

Übersetzt von
STEPHANIE WALTERS
Bearbeitet von
YANINA HEUER

Midnight
ROMANCE

HOLEN SIE SICH IHR KOSTENLOSES BUCH!

Tragen Sie sich in meine E-Mail Liste ein, um als erstes von Neuerscheinungen, kostenlosen Büchern, Sonderpreisen und anderen Zugaben zu erfahren.
https://geni.us/jungfrauunddervampir

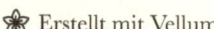

THAYNE

„Ich habe ein menschliches Pflegekind?"

Bei dieser Ansage lehne ich mich sprachlos in meinen Stuhl zurück. Heißer Qualm wabert aus meinen Nasenlöchern, als ich mir den Ernst der Lage vor Augen führe.

Ein Pflegekind?

Ein Menschenkind, das zurückgelassen wurde, und um das *ich* mich kümmern soll? Wie kann das sein? Ich bin Thayne Ashmoor, der Marquis von Gut Ashmoor. Meine Abstammungslinie lässt sich bis zu den ersten Feuern von Tarvos zurückverfolgen. Irgendwelche anonymen Kinder einer willkürlichen Rasse werden nicht einfach auf der Schwelle eines hyrrokinischen Feuerlords abgeladen.

Die ältere, bierernste Anwältin, die an diesem Morgen vom Amt für Kinder und Familien zu mir geschickt wurde, blickt mich entschlossen an, bereit, mit ihren schlechten Neuigkeiten fortzufahren. „Ja, Sie haben ein –"

Ich schlage mit der Faust auf meinen antiken Schreibtisch aus Ebenholz. „Wie ist das möglich? Wissen Sie eigentlich, wer ich bin?"

Ihre Augen schnellen durch das holzvertäfelte Zimmer, fallen auf die Ölgemälde meiner illustren Vorfahren. „Na ja, ich …"

„Das muss ein Missverständnis sein", knurre ich. „Kein Mensch, der bei Verstand ist, würde dem Feuerlord von Ashmoor ein Kind anvertrauen. Woher sollte ein Mensch überhaupt wissen, wer ich bin und wie man Ihr Amt auf Tarvos kontaktiert? Ich kenne keinen einzigen Menschen." Ich wedelte mit einer Klaue durch die Luft. „Na gut, bis auf das Menschenweibchen, das mein Nachbar, Skoll Strikestone, zur Partnerin genommen hat, aber sie ist –"

„Ich weiß, ich gebe zu, es erscheint ein wenig seltsam", seufzt die Anwältin resigniert. Sie tippt auf ihr Tablet. „Ich war zunächst auch überrascht. Aber ich habe eine Erklärung für diese merkwürdige Abfolge von Ereignissen." Ihre schwarzen Augen werden schmal. „Ihr Großonkel, der Feuerbaron Targek Ashmoor, hat den Planeten vor zwei Jahrzehnten verlassen?"

„Ja …" Ich balle die Fäuste. Mein Schweif zuckt am Rand meines Stuhls entlang. Verdammt. Targek ist das lang verschollene schwarze Schaf unserer Familie. Das muss seine Schuld sein. „Targek Ashmoor hat Tarvos ursprünglich verlassen, um eine Pilgerreise nach Salo zu machen", stimmte ich zu. „Aber er ist nie zurückgekehrt. Mein Büro hat im Laufe der Jahre hin und wieder Nachrichten von ihm erhalten, in denen er uns wissen ließ, dass er noch lebte, aber das war alles. Niemand weiß, wo er ist oder was er tut."

„Ihr Großonkel fühlte sich anscheinend zu den Menschen hingezogen und hat Neue Erde zu seiner Heimat gemacht. Seine Partnerin war eine menschliche Frau."

„Neue Erde?" Ich ziehe eine Grimasse, entsetzt über die Vorstellung, dass ein Ashmoor sich dafür entscheiden sollte, auf so einem hinterwäldlerischen Planeten zwischen Wesen zu leben, die nicht einmal Feuer spucken können. „Er lebt seit fast zwanzig Jahren mit Menschen zusammen? Und Sie wollen mir jetzt sagen, dass mein Großonkel kürzlich verstorben ist?"

„Ja", erwidert sie. „Mein Beileid. Er hat zuletzt allein gelebt, da seine Partnerin im letzten Mondzyklus gestorben ist. Er ist friedlich eingeschlafen, die Ursache war ein schwaches Herz aufgrund seines hohen Alters. Ein Putzroboter hat ihn gefunden und die Behörden auf Neue Erde informiert. Die Behörden der Menschen glauben, er hat nach dem plötzlichen Tod seiner Partnerin einfach nicht länger leben wollen."

Ich presse die Lippen zusammen, frage mich, ob die Menschen auf Neue Erde seinen Leichnam gemäß der hyrrokinischen Vorschriften für das Jenseits entsorgt hatten. Ich schreibe mir schnell eine Notiz, dass ich sicherstellen will, Targeks Überreste in das Familienmausoleum der Ashmoors zu überführen. „Und er hat Anweisungen hinterlassen, dass ich dieses Kind aufziehen soll?"

„Tja, ehrlich gesagt hat er Vorkehrungen getroffen, damit Sie sich um seine Enkelin kümmern. Es steht alles hier in Targek Ashmoors Testament." Eine pink lackierte Kralle tippt auf das Tablet. „Ich leite es Ihnen weiter, damit Sie —"

Wie konnte das passieren? Ein pochender Schmerz schleicht sich in meine Schläfen. „Leiten Sie das Testament auch an meinen Butler weiter, Barnabas Blackstone", fauche ich. „Er wird meinen Anwalt informieren."

„Oh … okay."

„Diese … diese Enkelin, um die ich mich kümmern soll, ist halb Hyrrokinin und halb Mensch?"

„Nein, sie ist ausschließlich Mensch. Ihr Großonkel hat das menschliche Kind seiner Partnerin adoptiert, das sie

3

aus einer früheren Paarung hatte. Feuerbaron Ashmoor und seine Menschenfrau hatten keine eigenen Nachkommen. Das Kind, das er adoptiert hat, und wiederum ihre Tochter sind dementsprechend Bürger von Tarvos."

Ich ziehe eine Augenbraue hoch. „Das ist ein seltsames Hintertürchen."

„Ja, es ist sehr unwahrscheinlich für Menschen, außer durch Arbeitsvisa oder eine Partnerschaftszeremonie tatsächlich zu Bürgern zu werden. Aber die menschliche Enkelin des Feuerbarons ist nun seine einzige Erbin und dadurch automatisch Bürgerin von Tarvos. Aber sie wird seinen Titel und sein Vermögen erst erhalten, wenn sie volljährig ist. Er hat in seinem Testament ausdrücklich angewiesen, dass sein Großneffe, Thayne Ashmoor, der derzeitige Feuerlord von Ashmoor, die Verantwortung für das Kind übernimmt, bis sie einundzwanzig ist."

Ich lehne mich in meinem Sessel zurück und kralle meine Klauen in die Armlehnen. „Wie konnte mir das Arschloch das antun? Ich muss mich um meine Geschäfte kümmern und nächste Woche beginnt die Regensaison. Ich habe keine Zeit für sowas. Warum kann sich kein anderer Mensch auf Neue Erde um dieses Kind kümmern? Warum können ihre Eltern sich nicht um sie kümmern?"

Die Züge der Anwältin werden weich. „Dieses Kind ist eine Waise. Ihr Vater ist gestorben, als sie noch ein Baby war, und ihre Mutter ist vor einem Mondzyklus an einer Überdosis gestorben."

Ich trommle mit meinen Krallen auf meinen Schreibtisch. Verdammte Hyro-Hölle aber auch. Sie hat vor Kurzem beide Großeltern und ihre Mutter verloren? „Haben Sie gesagt, das Kind ist ein Mädchen?", frage ich.

„Ja. Sie heißt Charlotte Cruz."

Ich reibe mir die Schläfe neben meinem linken Horn.

Ein Kind, in meinem Haus? Mein Hals wird eng. „Ich habe keine überlebenden Nachkommen, noch habe ich Neffen und Nichten. Die einzigen Kinder, die ich je zu Gesicht bekomme, ist der Nachwuchs meiner Angestellten oder der Familien, die mein Land bearbeiten. Und die kommen alle nicht in meine Nähe." Es hat einen Grund, warum ich keine Kinder in meiner Nähe haben will – der tragische Tod meines eigenen Sohnes ist noch zu frisch in meiner Erinnerung.

„Sie können weitere Angestellte anheuern, die sich um dieses Kind kümmern, bis es volljährig und nicht mehr länger Ihre Verantwortung ist."

Ich stoße rauchigen Atem aus. Die Anwältin hat recht, und aus irgendeinem Grund beruhigt mich ihre Logik. Ich kann mit Geld um mich schmeißen und die Sache einfacher machen. Sollen sich andere um dieses menschliche Kind kümmern.

Ich stehe auf und gehe zum Fenster, lasse meinen Blick über die weitläufigen Gärten vor meinem Anwesen schweifen. Eine große Mannschaft Hyrrokinen arbeiten heute daran, das Reflexionsbecken meiner Mutter zu renovieren. Die Renovierungskosten übernimmt Strikestone. Meine Mutter liebte es, mit ihrem Enkel am Ufer des Beckens spazieren zu gehen und ihm beizubringen, wie er Stichflammen quer über das Becken schießen kann.

Es fällt mir noch immer schwer zu glauben, dass meine Mutter nicht mehr da ist. Sie ist vor einem Jahr an plötzlichem Herzversagen gestorben. Meine Erinnerung spielt mir oft einen Streich und ich denke für einen Augenblick, dass sie nur auf einem ausgedehnten Urlaub in Perth ist und jeden Moment wieder zurückkommen wird.

Ich lege eine Klaue auf die Fensterscheibe und denke an meinen geliebten dreijährigen Sohn, den ich im Tempelbrand verloren habe. Das Geräusch seines kindlichen Lachens und die Farben seiner Ashmoor-Flammen. Sein Lächeln, die Rundungen seines Schweifes und das Glänzen seiner frischen Hörner. Es gab eine Zeit, als ich einen Sohn und eine Partnerin hatte, aber sie wurden mir beide in derselben Nacht genommen. Es ist drei Jahre her, aber ich spüre den Schmerz noch immer, als wäre es erst gestern gewesen. Ich habe geschworen, nie wieder so einen Schmerz spüren zu müssen. Ich bin es nicht wert, mich um Nachwuchs zu kümmern. Mein Bruder mag den Familiennamen weitertragen, nicht ich. Seine zukünftigen Nachkommen werden meine Erben sein. Und wenn er keine Nachkommen haben sollte, dann gibt es noch drei Cousins, die ich erwählen kann, die Ashmoor-Linie weiterzuführen. Das ist früher schon vorgekommen und kann wieder vorkommen.

Mein Schweif zuckt vor Beunruhigung. Die Fürsorge und das körperliche Wohl dieses Waisenkinds sind als Kopf des Ashmoor-Anwesens in der Tat meine Verantwortung. Der Unterschied ist nur, dass dieser Mensch nur ein Pflegekind ist, dem ich meinen Schutz biete, mehr nicht. Ich werde kein Vater sein. Es wird nicht nötig sein, sie jeden Tag sehen zu müssen. Ich könnte tatsächlich sicherstellen, dass sich gut um sie gekümmert wird, und sie trotzdem nur sehr selten sehen.

Das kann ich schaffen.

Ich bin bereit, diese Aufgabe anzunehmen, aber ich bin trotzdem noch immer verärgert. Wie konnte Targek Ashmoor, nach beinah zwanzig Jahren der Funkstille, mir einfach dieses Kind in den Schoß werfen? Eine Nachricht, in der er mich über diese Möglichkeit in seinem Testament in Kenntnis setzt, wäre nett gewesen. Mein Terminkalender ist heute vollgestopft mit persönlichen Besprechungen und Videokonferenzen. „Ich habe keine Zeit dafür", beschwere ich mich, eine rhetorische Bemerkung, die meine allgemeine Verärgerung ausdrückt.

„Es muss nicht sofort über die Bühne gehen", erwidert die Anwältin. „Sie könne die Ämter auf Neue Erde kontaktieren, die für das Kind verantwortlich sind, und dann abwarten, bis Sie das Mädchen nach Tarvos bringen. Ich bin mir sicher, ihre Platzierung wird sich aufgrund der diversen Bürokratieebenen ohnehin verzögern."

Ich stoße ein Schnauben aus, denn diese „Bürokratie" betrifft mich nicht im Geringsten. Meine Cousine leitet die Einwanderungsbehörde. Ich werde sie einfach später kontaktieren und diese Sache klären. Sorge nagt an den Rändern meines Bewusstseins. Wenn Targek mir die Fürsorge für das Kind überlassen hat, dann muss es einen Grund dafür geben. Sie ist eine Waise und hat niemanden, der sich um sie kümmern kann. Vielleicht muss sie augenblicklich von ihrem Heimatplaneten gerettet werden? „Nein", lasse ich die Anwältin wissen. „Ich werde es mir nicht einfach machen und abwarten, bis sich die Sache im Schneckentempo klärt. Ich werde augenblicklich zu Neue Erde abreisen und dieses Kind herholen."

Ihre Augen werden groß.

„Barnabas?", brülle ich.

Mein Butler öffnet augenblicklich die Tür zum Büro und steht parat. Vermutlich hat er draußen im Flur auf jedes Wort gelauscht. Das ist genau der Grund, weshalb ich ihm seine Anstellung so großzügig vergüte.

„Ich muss die Organisation kontaktieren, für die Strikestone arbeitet, und zwar sofort."

„Ja, Mylord." Barnabas tritt vor und reicht mir ein Tablet. Strikestones strenges Gesicht blickt mir bereits vom Bildschirm entgegen. Ein breites Grinsen legt sich auf mein Gesicht. Die Effizienz meines Butlers überrascht mich immer wieder aufs Neue.

„Warum kontaktiert mich Barnabas?", knurrt Strikestone. „Als ob ich alle Zeit im Universum hätte und nur die Launen Eurer Lordschaft abwarten würde?" Seine Stimme trieft vor Sarkasmus.

Ich komme direkt zum Punkt. „Ich wurde darüber in Kenntnis gesetzt, dass ich ein menschliches Pflegekind habe, das sich auf Neue Erde befindet. Es ist erforderlich, dass ich sie augenblicklich zu mir hole."

Skoll lacht herzhaft auf. „Der dreizehnte Feuerlord von Ashmoor wird der Vormund eines *menschlichen* Kinds werden? Oh, das ist köstlich. Das dürfte interessant werden." Er wendet den Kopf und ruft, „Ariana? Ariana … ? Mist, sie hat schon Feierabend gemacht. Ich muss es ihr später erzählen, dann kann sie vorbeikommen und dir Tipps darüber geben, wie man für einen Menschen sorgt."

Das ist annehmbar, also nicke ich zustimmend. Skolls menschliche Partnerin mit den neuen Angestellten, die ich anheuern werde, sprechen zu lassen und mir dabei zu helfen, die Angestellten in allen Aspekten der Menschenfürsorge auszubilden, wäre *in der Tat* hilfreich. „Ich kenne die genauen Koordinaten meines Pflegekinds noch nicht", erkläre ich.

„Ah. Soll mein Team sie für dich aufspüren?"

„Ja, ich brauche ihren Standort so schnell wie möglich, damit ich mich zu Neue Erde aufmachen und sie abholen kann. Ich werde sie in mein Domizil bringen." Ich schnipse mit meinen Krallen nach der Anwältin. „Schicken Sie die Informationen über das Kind augenblicklich an Geschmolzene Lava."

Verärgerung huscht über ihre Gesichtszüge, aber sie tippt auf ihr Tablet und kommt meinem Befehl nach.

Strikestone blickt hinunter auf sein eigenes Tablet. „Ist angekommen", verkündet er. „Ich schaue es mir sofort an. Ich werde mich spätestens in einer Stunde wieder melden, vermutlich sogar früher." Und damit wird der Bildschirm schwarz.

„Lord Ashmoor?" Die Anwältin steht auf und versucht, meine Aufmerksamkeit wieder auf sich zu lenken, als ich in Richtung der Tür gehe. „Das Kind rechnet nicht mit Ihnen. Sie haben keine Vorstellung, wo sie wohnt oder was die Lebensumstände dort sind. Vielleicht sollten Sie zunächst die Erwachsenen kontaktieren, bei denen sie sich derzeitig aufhält, und einen Mondzyklus abwarten, bevor Sie das Kind hierherbringen?"

„Nein, dafür ist keine Zeit", blaffe ich sie an. „Wenn sie unter meinem Schutz leben soll, dann wird das *sofort* passieren … Barnabas?"

Mein Butler reicht mir meine formelle Schärpe, auf der das Wappen der Ashmoors abgebildet ist, zusammen mit unserem Familienmotto. Ich ziehe mir die Schärpe über den Kopf und rücke sie über meiner Brust zurecht, wie ich es an jedem Tag meines Lebens gemacht habe, seit ich auf die Position des Feuerlords aufgestiegen bin. „Lassen Sie einen Raum in der Kinderkrippe herrichten", befehle ich. „Ich empfange heute ein menschliches Kind, das als mein Pflegekind bei uns wohnen wird. Heuern Sie eine Nanny und einen Privatlehrer an."

Er nickt steif. „Ich werde mich darum kümmern. Ich werde die Hausangestellten und alle anderen Mitarbeiter über die Ankunft des Kinds informieren. Bis zu Ihrer Rückkehr wird alles vorbereitet sein. Ihr Hovercraft wartet vor dem Haupteingang, Mylord. Der Pilot wird Sie zur Transportstation bringen."

Ich lasse die Anwältin einfach in meinem Büro stehen, weiß, dass Barnabas sie nach draußen geleiten wird. Ein Portier öffnet mir die Haustür und ich verlasse das Herrenhaus und marschiere die Eingangsstufen hinunter. Die Morgenluft ist zu dieser Jahreszeit frisch und klar und ich atme tief ein, versuche, so viel der Frische einzusaugen wie möglich, bis wir alle während der Regenzeit wieder ans Haus gefesselt sind. Ich überquere die breite Terrasse vor dem Ostflügel und trete durch das windige Getöse des Hovercrafts, das auf dem Landeplatz auf mich wartet.

Jinos, der Pilot in ordentlicher Ashmoor-Uniform, lässt die Rampe für mich herunter. Ich nicke ihm grüßend zu und betrete das Innere des Hovercrafts, lasse mich in einen der luxuriösen Sessel fallen. Sobald sich die Türen schließen, heben wir ab und fliegen über die grünen Ausdehnungen meines Anwesens.

Ich greife nach einem Glas und gieße mir einen Fingerbreit bernsteinfarbenen Feuerbrands aus dem Dekanter ein, nippe daran und beruhige die Enge in meiner Brust, die sich einschleicht, wenn ich daran denke, plötzlich ein weiteres Kind in meinem Leben zu haben. Es ist fast drei Jahre her, seit ein Kind in meinem Haus gewohnt hat.

Kann ich dieses Kind beschützen?

Das große Feuer von '05, das den Göttertempel in Schutt und Asche gelegt hat, hatte außerdem das Leben meiner Partnerin und meines Sohnes ausgelöscht.

Das Feuer war kein Unfall gewesen.

Es war absichtlich von meiner früheren Partnerin gelegt worden.

Ich schwenke den Drink in meinem Kristallglas, dann kippe ich auch den letzten Schluck hinunter. Wir fliegen direkt zur Transportstation von Tarvos und kommen innerhalb von fünfunddreißig Minuten an. Das Hovercraft landet auf dem Dach und mein Tablet pingt, als ich die Rampe hinunterstapfe. Strikestone hat mir die Koordinaten zu diesem Kind geschickt, Charlotte Cruz, ebenso wie alle weiteren Informationen, die ich benötige. Geschmolzene Lava hat sogar eine Karte mit dem genauen Standort des Kinds angehängt, die ich in Echtzeit benutzen kann. Ich lächle zufrieden. Ich werde sofort zu einer Stadt namens Singapur auf Neue Erde aufbrechen, das Kind einsammeln und es zurück nach Tarvos bringen.

Sie wird in Sicherheit und meine Pflicht erfüllt sein.

Und ich kann mich wieder meiner Arbeit zuwenden.

2

CHARLOTTE

Ich werde heute heiraten und ich bin so verflucht deprimiert.

„Charlotte? Charlotte Cruz? Pass ein bisschen auf", nörgelt die Näherin. „Du solltest gestern weniger essen. Na ja, eigentlich hättest du den ganzen letzten Monat auf einer strengen Diät sein sollen, in Vorbereitung auf deine Hochzeit. Hast du überhaupt *versucht*, abzunehmen? Ich werde dieses Kleid niemals im Rücken schließen können."

Die Frauen hier versuchen schon den ganzen Tag, mir wegen meines Gewichts ein schlechtes Gewissen zu machen. So, wie sie die Lippen schürzen und kleine Sticheleien ausstoßen, müssen meine dicken Oberschenkel und breiten Hüften sie wirklich anekeln. Am Rücken rollt sich die Haut unter meinem BH, und sie glauben außerdem, meine Brüste wären groß und irgendwie unappetitlich. „Du könntest so hübsch sein, wenn du ein bisschen abnehmen würdest", seufzt die Designerin und kichert.

Ich vermute, das soll ein Kompliment sein?

„An mir ist alles bestens", versuche ich ihr zu erklären. Auch wenn ich mir nicht einmal sicher bin, ob ich mir in diesem Moment selbst glaube. Es ist schwer, die Selbstachtung aufrechtzuerhalten, wenn buchstäblich jeder andere dir die Botschaft vermittelt, dein Aussehen wäre mangelhaft.

„Mh-hm.‟

Ich schüttle den Kopf. Als ob es mich kümmern würde, dass sich mein Kleid nicht schließen lässt. Ich war so gestresst, ich habe sogar *mehr* gegessen. Vor Kurzem musste ich herausfinden, dass sowohl meine beste Freundin als auch meine zukünftige Schwiegermutter mich hassen und nur so tun, als ob sie mich mögen würden, damit sie an mein Vermögen rankommen können.

Genau.

Totaler Mist. Jeder wäre deswegen aufgewühlt, oder? Und um der Sache noch die Krone aufzusetzen, ist meine Mutter letzten Monat an einer Überdosis gestorben. Wir standen uns nicht nah, denn sie hatte sich im Laufe der Jahre in einen schlimmen Junkie verwandelt, der sich nur noch um das nächste High gekümmert hatte und um nichts sonst. Nicht um mich, nicht um das Leben an sich, um absolut nichts. Das bedeutet also, dass ich nicht so traurig bin, wie ich es vielleicht sein sollte, weil meine eigene Mutter gestorben ist, denn wir hatten ein sehr distanziertes Verhältnis. In dem Moment, als ich den Abschluss von meiner privaten Mädchenschule in der Tasche hatte und in das Studentenwohnheim meiner Uni gezogen bin, habe ich aufgehört, mit ihr zu sprechen. Ich glaube, sie war sogar erleichtert, mich los zu sein, denn sie hatte nie versucht, mich zu kontaktieren. Und das ist bereits fast zwei Jahre her. Ich hatte mich damit abgefunden, meinen Weg in der Welt zu gehen, ganz allein, so wie immer.

Aber es war trotzdem schmerzhaft zu wissen, dass meine Mutter gebrochen und allein in einem Hurenhaus gestorben ist, wo sie Sex für Drogen verkauft hat. Es war eine Tragödie. So etwas würde ich niemandem wünschen.

Und dann hatte ich sogar noch schockierendere Neuigkeiten erhalten. Letzte Woche waren zwei Friedensstifter und ein Anwalt der Neue-Erde-Regierung zu meiner Wohnung gekommen, um mich über den Tod meines Adoptivgroßvaters, einen Hyrrokinen, zu informieren. Die Frau dieses Mannes, meine biologische Großmutter, war ebenfalls vor etwa einem Monat im Schlaf gestorben. Es war eine verblüffende Enthüllung gewesen – herauszufinden, dass ich zwei Großeltern hatte und dass sie beide vor Kurzem gestorben waren. Wie sich herausgestellt hatte, hatte meine Mutter mir nie erzählt, dass ich lebende Großeltern hatte, denen ich etwas bedeutete. Ich schätze, ich hätte nicht so überrascht sein sollen. Dieses Verhalten war genau der Grund, weshalb ich sie verlassen und nicht mehr zurückgeschaut hatte.

Mir wurde die Mitteilung zugestellt, dass ich bei der Verlesung des Testaments anwesend sein sollte. Und so hatte ich herausgefunden, dass ich die einzige Erbin des Vermögens dieses Mannes war und er die ganzen Jahre über mich Bescheid gewusst und mir mit Stipendien unter die Arme gegriffen hatte. Meine Großeltern waren die geheimnisvollen Gönner gewesen, die mir monatliche Stipendien für Unterkunft und Verpflegung hatten zukommen lassen.

Und die einzige Hürde zu einer Beziehung mit meinen Großeltern war meine Mutter gewesen. Sie hatte mich mitgenommen, als ich noch ganz klein gewesen war, und hatte dafür gesorgt, dass ich sie nie kennenlernte.

Der einzige Grund, warum meine Mutter meine Großeltern vor mir versteckte, war der gewesen, dass Targeks Erscheinung sie vollkommen panisch gemacht hatte. Ich erinnere mich daran, wie meine Mom mir erzählt hatte, ihre Mutter wäre in zweiter Ehe mit einem Mann verheiratet, der aussähe wie der Teufel, denn er war kein Mensch und hatte die Züge der Hyrrokinen. Und sie hatte mir außerdem erzählt, meine beiden Großeltern wären bei einem Autounfall umgekommen, als ich noch ein Baby war.

Genau.

„Hier, probier diese Schuhe an. Ich finde, sie sehen besser aus als das andere Paar."

Eine ganze Mannschaft von Frauen wirbelt um mich herum, versucht, mich für meine Hochzeit wunderschön aussehen zu lassen, die in einer Stunde beginnen soll, und ich kann derweil an nichts anderes denken als daran, wie ich aus diesem Schlamassel wieder herauskommen kann. Ich war heute Morgen aufgewacht, in der Bereitschaft, meinem Verlobten das Ehegelübde zu geben, obwohl ich erst gestern Abend erfahren hatte, dass seine Schwester nur vorgab, meine beste Freundin zu sein.

Maya und ihre Mutter hatten heute Morgen beide hier sein wollen, während ich mich für die Hochzeit herrichten ließ, aber ich hatte ihnen befohlen, draußen zu bleiben. Ich glaube, sie waren überrascht, dass ich so für mich selbst eingetreten bin, aber … manchmal treibt man ein Mädchen einfach zu weit.

Ich freute mich wirklich auf diese Ehe, auf einen Neuanfang. Einen frischen Start. Na gut, es war nicht der Weisheit letzter Schluss, aber es klang nach einer guten Idee. Ich konnte lernen, Jaden Johnson zu lieben, oder? Jaden war nichts als freundlich und so unfassbar attraktiv, wie konnte ich nicht in seiner Nähe sein wollen? Ich fand, wir verstanden uns gut und lachten viel. Aber ich hatte lernen müssen, dass meine Verlobung – was Maya und ihre Mutter anging – nichts anderes war als ein langer Trickbetrug. Und mit jeder Minute, die heute Morgen verstrich und mich dem Gang vor den Altar näher brachte, wurde mein Bedürfnis stärker, aus dieser Katastrophe herauszukommen.

„Ich kann sie nicht ausstehen", hatte ich Maya gestern Abend zischen hören, als sie über ihr Tablet mit einer Freundin gesprochen hatte. „Charlottes Gewicht ist ekelhaft. Hast du gesehen, wie fett sie mittlerweile ist? Und sie will, dass wir unsere Freizeit damit verschwenden, Gartenarbeit zu betreiben und mit unterprivilegierten Kindern Freiwilligenarbeit betreiben. Kannst du dir das vorstellen? Das ist doch albern. Ich habe keine Zeit für so einen Mist. Ich bin seit einer Ewigkeit nicht mehr ausgegangen. Uff. Aber sie wird eine reiche Schlampe werden, weil sie die Erbin irgendeines Vermögens von einem anderen Planeten ist, und meine Mutter sagt, ich muss mitmachen, damit Jaden sie heiraten kann und wir alle auch zu reichen Schlampen werden."

Das war der Augenblick, in dem alles über mich hereinbrach. Ich stand im Flur, hatte die Hand auf den Mund gepresst und versuchte, meine Schluchzer zu unterdrücken. Ich wollte Jaden anpingen und ihm etwas vorheulen wegen dem, was ich gehört hatte, ... aber ich war mir ehrlich gesagt nicht sicher, wie er reagieren würde. Vielleicht hatte er die ganze Zeit über gewusst, dass Maya und ihre Mom mich nicht mochten, hatte es mir aber nicht verraten wollen? Steckte er mit ihnen unter einer Decke oder war ihm ihr Verhalten peinlich?

Ich wusste es nicht.

Wie hatte ich nur so dumm sein können? Meine beste Freundin tat so, als ob sie mich mochte, damit ihr Bruder eine reiche Ehefrau abbekam. Ich schätze, ich war einfach zu aufgeregt gewesen, dass jemand so Beliebtes und Schönes wie Maya Johnson Zeit mit mir verbringen wollte, dass ich alle Alarmsignale ignoriert hatte. Maya war diejenige, die uns immer als „beste Freundinnen" bezeichnet hatte.

Aber es hatte Warnsignale gegeben, ich hatte sie einfach nicht sehen wollen.

Ich hatte mich ein winziges bisschen in einen Kerl aus einem meiner Seminare verknallt. Ich hatte seinen herrlich scharfen Humor aus der Ferne bewundert, ihn aber nie angesprochen, weil ich davon ausgegangen war, dass nie etwas zwischen einem großen, schlanken Kerl und einem molligen Mädchen wie mir passieren würde, also hatte ich mir nicht einmal die Mühe gemacht, es überhaupt zu versuchen. Aber eines Abends wurde ich angenehm überrascht, als ich ihn dabei entdeckte, wie er mit einem Mädchen, das seine Freundin sein musste, Händchen hielt und sie leidenschaftlich küsste. Und das Wichtigste – sie war übergewichtig. Es sah aus, als ob wir in etwa die gleiche Figur und das gleiche Gewicht hatten. Ihre Brüste waren größer als meine und ihre Taille ein wenig schmaler, aber wir waren uns dennoch ähnlich. Das gab mir jede Menge Hoffnung für meine Zukunft. Nicht, dass ich hoffte, ihn ihr ausspannen zu können, so etwas würde ich nie tun, nur die Hoffnung, dass ich eines Tages auch „den Einen" finden würde. Dass das Gewicht, das ich hatte, womöglich kein Hindernis für Liebe und Glück sein musste, wie ich manchmal glaubte, und dass es dort draußen einen Mann gab, der darüber hinwegsehen konnte.

Maya hatte über mein unerwidertes Schwärmen Bescheid gewusst und hatte mir immer gesagt, wie albern und aussichtslos es war, weil der Kerl aufgrund meines Gewichts eine Nummer zu groß für mich war.

Ich hatte ihr auf die Schulter getippt. „Schau", war es aus mir hervorgesprudelt, „Julio aus dem Kunstseminar ist mit einem Mädchen zusammen, das so aussieht wie ich.

Cool, oder? Vielleicht habe ich irgendwann auch eine Chance bei jemandem, trotz meines Gewichts."

Maya hatte sich herumgedreht und das Pärchen auf der anderen Straßenseite angeschaut. „Nein", hatte sie geprustet, „du wiegst viel mehr als sie. Ihr beiden seht überhaupt nicht gleich aus."

„Oh."

„Ich meine, im Ernst. Sie ist nicht so dick wie du. Ist sie einfach nicht. Tatsächlich ist sie sogar ziemlich hübsch." Und damit hatte Maya mich stehen gelassen und war dazu zurückgekehrt, mit dem Typen zu flirten, den sie gerade kennengelernt hatte, während ich einfach dagestanden und versucht hatte, meine Verletzung nicht auf meinem Gesicht zeigen zu lassen.

„Heb die Arme hoch", fordert mich die Designerin auf. Ich tue, wie mir befohlen wurde, und lasse die Anwesenden mein Hochzeitskleid über meinen Kopf heben und die Lagen von weißem Stoff um und hinter mich drapieren.

Und ich frage mich, ob Jaden weiß, dass seine Mutter und seine Schwester nur vorgeben, mich zu mögen, um an mein Vermögen ranzukommen? Ist er in die Intrige eingeweiht oder sind seine Schwester und seine Mutter die Fadenzieher? Ich habe ihn deswegen noch nicht konfrontiert. Ich habe noch niemanden konfrontiert. Ich kann Konfrontationen wirklich, wirklich nicht ausstehen. Und ich weiß nicht, ob es Jaden und ich gegen seine Familie sein werden und ich ihm helfen muss, sich von ihnen zu befreien, oder ob es die drei gegen mich sind und ich hier verschwinden muss, und zwar schnell.

Ich hatte niemals eine eigene Familie und die Johnsons haben mich alle mit offenen Armen willkommen geheißen. Ich schätze, ich habe Ausreden gefunden, um diese Sippe als eigene Familie zu haben. Maya war im letzten Semester meine neue Mitbewohnerin an der Uni und wir waren sofort beste Freundinnen. Sie hatte schnell mitbekommen, dass ich niemanden hatte, und mich während der Semesterferien zu sich nach Hause eingeladen. Ihre Mom, Serena, war ebenfalls wundervoll und gastfreundlich. Und als Mayas älterer Bruder aufgetaucht war, hatte er mit mir geflirtet und mich um ein Date gebeten. Ich hatte gar nicht glauben können, dass dieser gut aussehende, schwarze Mann mit den perfekten Zähnen, der butterweichen Stimme und den breiten Schultern mich überhaupt nur zweimal anschauen würde. Jaden ist Anwalt und zehn Jahre älter als ich. Ein Mann, kein Junge, mit einem richtigen Job.

Maya und ihr Bruder sind beide mit Model-gutem Aussehen gesegnet und ihre Eltern sehen ebenfalls umwerfend aus. Zur Hölle, die ganze Familie ist so gut aussehend und gesellig, sie könnten wirklich ihre eigene Reality-Fernsehserie haben. Wohingegen ich dick, kurvig, übergewichtig und langweilig bin – nichts, womit man angeben könnte. Mein dünnes Haar ist in einen einfach zu pflegenden Bob geschnitten, ich trage wenig Make-up und lebe förmlich in weiten Anziehsachen, weil für mich Komfort vor Mode kommt. Ich besuche die Universität mit einem Vollstipendium, kümmere mich um meine Topfpflanzen, schaue jede Menge Raubkopien von Fernsehsendungen des Originalplaneten und lese zu viele Kriminalromanzen auf meinem eBook-Reader. Vor allem werkle ich an meinen Pflanzen herum, lerne für meine Seminare und gebe den Grundschülern einer örtlichen Schule Nachhilfeunterricht. In meinem Garten-Club habe ich ein paar Freunde gefunden, aber wir sind nicht besonders eng befreundet. Ich hoffe, eines Tages auf einem anderen Planeten eine Landschaftsarchitektin zu sein. Ich liebe es, alles über Pflanzenzucht und die verschiedenen Klimata auf den unterschiedlichen Planeten zu lernen.

Meine Freunde von der Uni lachen darüber, wie sehr ich den Planeten verlassen will, um mein Interesse zu verfolgen, weil sie es für eine Spinnerei halten. Aber wenn ich schon träume, warum dann nicht grenzenlos?

Mayas älterer Bruder hatte mir den Kopf damit verdreht, wie oft er mir gesagt hat, ich wäre „wunderschön". Und dann habe ich viel Zeit mit seiner Familie verbracht und wurde hineingesaugt. Serena hat mir beigebracht, wie man die Familienrezepte der Johnsons kocht. Maya und ich haben zusammen gelernt und sind auf exklusive Studentenpartys gegangen, von denen ich normalerweise nichts gewusst hätte. Ich saß jeden Sonntagabend an einem langen Esstisch, als ob ich ein weiteres Mitglied ihrer Familie wäre, zusammen mit all ihren Tanten, Onkeln und Cousins.

Verdammt noch mal, sie hatten meinen Schwachpunkt erkannt und direkt darauf abgezielt. Ein Mädchen, das einsam war, unsicher über ihr Aussehen und sich wünschte, sie würde von ihrem Freund und der Großfamilie geliebt werden. Und bähm, bähm, sie haben eine Links-rechts-Kombination ausgeführt und meine beiden Schwachpunkte getroffen. Ich bin ihrer Aufmerksamkeit verfallen, mit Haut und Haaren.

Jaden hatte mir bei einem Familienfest einen Antrag gemacht. Ich war überrascht, als es passiert ist, denn wir waren erst seit einem Monat zusammen und hatten nie über Heirat gesprochen, und bis zu diesem Augenblick hatte er nur meine Hand gehalten und mir ein paar keusche Küsse auf den Mund gegeben. Ich hatte angefangen, mich zu fragen, ob wir womöglich bessere Freunde als Liebhaber wären. Aber seine ganze Familie und jeder, den er je in seinem Leben gekannt hatte, hatten uns umringt, als er sich hingekniet und einen wunderschönen Ring hervorgezogen hatte, bereit, ihn mir an den Finger zu stecken. Ich hatte Mitleid mit ihm gehabt, weil der Antrag per Liveübertragung gesendet wurde. Als ob ich Nein sagen und ihn öffentlich blamieren könnte. Und Jaden Johnson sah auf dem Papier hervorragend aus und ich konnte lernen, ihn zu lieben, oder? Vielleicht war er auch bereit, Neue Erde irgendwann zu verlassen?

Rückblickend hätte ich Nein sagen sollen, trotz des momentanen Drucks. Blindlings in den Antrag hineinzustürzen, war sicherlich Teil der List, oder? Was mich wiederum Jadens Beweggründe infrage stellen ließ.

„Okay, halt die Luft an. Wir kriegen das schon hin." Die Frauen ziehen das altmodische Korsett zusammen, das um meine Taille liegt und das aus irgendeinem schrägen Grund in letzter Zeit wieder in Mode gekommen ist. Und jetzt kann ich kaum noch atmen. Endlich sind die Ösen am Rücken alle verschnürt und ich werde in das Kleid gestopft.

„Es ist wunderschön", seufzt irgendwer. „Auch wenn sie ein kräftiges Mädchen ist, das ist immer noch ein wunderschönes Kleid. Du hast das fantastisch hinbekommen, die Frau schön aussehen zu lassen."

Ich verdrehe die Augen, als alle die Designerin umarmen und ihr gratulieren, weil sie das fette Mädchen (mich) trotz ihrer offensichtlichen Mängel schön aussehen lässt. Es ist wirklich lachhaft. Sie sprechen über mich, als ob ich gar nicht da wäre.

Ich lege eine Hand auf meinen Bauch und versuche, einzuatmen.

„Was wir nicht alles für die Mode tun", stichelt die Designerin.

„Mode vor Komfort!", bemerkt eine der anderen Frauen.

An der Wand ist ein Ganzkörperspiegel angelehnt und ich starre mich an, als die Frauen um mich herum weiter schnattern und quatschen. Sie packen ihre Sachen zusammen und machen sich bereit, zu gehen.

Das Hochzeitskleid ist herrlich. Es hat eine lange Schleppe und einen niedlichen, durchsichtigen Schleier, der mein Gesicht bedecken wird. Aber ich habe das Gefühl, als ob ich mit meinem zusammengeschnürten, explodierenden Dekolleté jede Sekunde jemandem die Augen ausstechen könnte. Es ist kein Kleid, was ich mir selbst ausgesucht hätte. Ich würde lieber etwas Fließendes und Kurzes tragen. Und vielleicht barfuß dastehen und entspannt sein. Das wäre nett.

Ich stoße einen Seufzer aus.

Warum heirate ich Jaden eigentlich? Warum mache ich immer noch weiter mit dieser Hochzeit?

Ich liebe diesen Kerl nicht. Seine Schwester und seine Mutter hassen mich.

Und ... und ich habe beim Verlesen des Testaments herausgefunden, dass ich eine zukünftige Multimillionärin bin. Targek Ashmoor war ein sehr wohlhabender hyrrokinischer Feuerbaron und in einem Jahr werde ich sein Vermögen und seinen Titel erben. Ich werde von einer Studentin, die von einem Stipendium abhängig ist, zu plötzlichem Reichtum kommen. Das ist ehrlich gesagt ein wenig beängstigend. Ich weiß nichts darüber, so ein Vermögen zu managen. Aber mein Adoptivgroßvater, der nicht einmal ein Mensch war, hat mir in seinem Testament sein Vermögen hinterlassen. Ich habe herausgefunden, dass ich liebevolle Großeltern hatte – eine biologische Großmutter und einen Adoptivgroßvater – mit denen ich nicht im Kontakt stand, die mich aber zum alleinigen Erbe ernannt haben. Es ist immer noch schockierend. Ich hatte keinen blassen Schimmer. Aber ich schätze, ich werde noch ein Jahr auf das Erbe warten müssen, weil es mir erst zugeteilt wird, wenn ich volljährig bin, wie es das Gesetz der Hyrrokinen vorsieht.

„Okay, bringen wir dich raus hier", flötet die Hochzeitsplanerin und drückt mir ein Bouquet in die Hand. „Die Zeremonie beginnt gleich."

Sie öffnen die Tür des Ankleidezimmers und ich trete in den Flur, steh vor den Flügeltüren, die sich jeden Augenblick öffnen, damit ich den Gang zum Altar hinunterschreiten kann, sobald die Musik anhebt. Ich werfe einen Blick in Richtung von Jadens „Cousinen", die an der Wand aufgereiht stehen. Für eine Sekunde starren sie mich grimmig an, dann verstecken sie ihren Ärger und ihre Eifersucht hinter falschem, ermutigendem Lächeln. In meinen Gedanken blitzen Erinnerungen an die Momente auf, in denen ich genau diese Frauen Jaden ein bisschen zu fest umarmen habe sehen, und wie sie ihm zu nah an seinem Mund Küsse auf die Wangen gedrückt haben. Einmal habe ich sogar gesehen, wie die dralle Blondine ihm an den Arsch gegriffen hat ... Und mir wird es schmerzhaft klar – diese Frauen gehören nicht zur Familie, es sind seine Freundinnen. Seine Groupies. Er hatte die ganze Zeit über Sex mit diesen Frauen, oder etwa nicht?

Sie prusten und kichern hinter meinem Rücken, als sich die Türen schließen und die Musik beginnt. Ich schreite allein den Gang hinunter, verarbeite die ganzen Lügen. Meine Nase kribbelt und heiße Tränen brennen in meinen Augen. Er steckt mit ihnen unter einer Decke. Jaden heiratet mich nur des Geldes wegen. Das ist traurig, aber wahr.

Ich bin mir neunundneunzig Prozent sicher, dass mein Bräutigam, ebenso wie seine Familie, die ganze Zeit über irgendwie gewusst hatte, dass ich dieses Vermögen erben würde, und nur deshalb haben sie sich mit mir angefreundet.

Ich habe nichts von alldem gewollt. Mein Verlobungs-ring ist riesig, weil Jaden ihn für mich ausgewählt hat. Mein Bräutigam ist das Böse in Person und ich wurde von ihm und seiner Familie zu dieser zum Scheitern verur-teilten Ehe verleitet.

Ich bin nur noch Sekunden davon entfernt, über diese unfassbare Farce in einen totalen Heulkrampf auszubre-chen. Ich kann nicht glauben, wie ausgeklügelt das alles ist. Die winzige Gruppe meiner Freunde aus dem Garten-Club an der Uni sitzt todesmutig auf meiner Seite der Kapelle und strahlt mich mit aufrichtigem Lächeln an. Aber vor allem spüren sie, wie aufgewühlt ich bin, und sie beginnen, besorgt die Augenbrauen zu runzeln.

Ich schreite weiter den Gang hinunter und bemerkte, dass die eine Hälfte der Kirche mit Jadens Familie und Freunden fast aus allen Nähten platzt. Maya und ihre Mutter sitzen mit ihrem falschen Lächeln in der ersten Reihe. Jaden sieht in seinem schwarzen Anzug und der auf meine pinken Blumen abgestimmten Krawatte umwerfend aus. Uff. Ich hatte all diese Leute erst drei Monate gekannt, als ich herausgefunden hatte, dass ich einen lange verschol-lenen Großvater hatte. Woher hatten sie von ihm gewusst?

Mein Hals ist wie zugeschnürt, als ich vor den Altar trete. Ich blicke meinen Bräutigam an und ziehe mir den Verlobungsring vom Ringfinger. Ich bin ein bisschen sauer auf mich selbst, weil ich zugelassen habe, dass sowas mit mir passiert. Hier stehe ich jetzt also und werde von Leuten hereingelegt, denen ich nichts bedeute. Und sie konnten sich so leicht Zutritt zu mir verschaffen. Alle meine Grenzen waren vollkommen bloßgelegt und zerstört. Ich hatte mich schwach und machtlos gefühlt, was gar kein gutes Gefühl ist.

„Charlotte? Was ist los?", fragt mein Bräutigam mit falscher Sorge.

Langsam überrollt Wut meine Verletzung und meine Verzweiflung. Ich stoße ein leises Knurren aus und schleudere den Ring gegen seine Brust. Er prallt ab und fällt zu Boden.

Ich werde Jaden, seine Mom, meine sogenannte beste Freundin und Jadens „Cousinen" ganz *öffentlich* und ganz genau wissen lassen, was ich von ihnen und ihrer Intrige halte.

Nie im Leben werde ich diesen Typen heiraten.

3

CHARLOTTE

Und genau in diesem Augenblick fliegen wie von Zauberhand die Türen der Kirche auf.

Ich drehe mich um, als ich das Schlagen der Türen höre. Ein Mann mit roter Haut, nacktem Oberkörper und langen, schwarzen Hörnern marschiert in den heiligen Ort. Ganz offensichtlich kommt er nicht von dieser Welt.

Frauen schreien auf und Kinder rennen durcheinander, als das riesige, teuflisch aussehende Wesen durch den Gang trampelt und sein schwarzer, mit Stacheln besetzter Schweif hin und her zuckt. Wachleute brüllen herum und stürzen sich auf ihn, als ob er ein Eindringling wäre. Er lässt Flammen über die Köpfe der Anwesenden fliegen und hinterlässt eine Spur von Chaos.

Warum ist dieser Typ hier? Ich weiß es nicht, aber ich schlucke meine Tränen hinunter und ein Lächeln breitet sich auf meinem Gesicht aus. Dieser Mann ist Hyrrokine, was die gleiche Spezies ist wie mein Adoptivgroßvater, der kürzlich verstorben ist. Hat das irgendwas mit meinem Erbe zu tun?

Außerdem bin ich insgeheim froh, dass die Hochzeitszeremonie offensichtlich vorbei ist.

Der Kerl schaut mich direkt an. Ein erwartungsvoller Schauder läuft mir den Rücken hinunter, als dieser Hyrrokine den Gang hinuntermarschiert.

Zwei weitere Frauen schreien auf und fallen bei seinem Anblick in Ohnmacht. Er faucht und spuckt Feuer aus seinem riesigen Kiefer. Dieser Mann stürmt meine Hochzeit, aber das macht mir absolut nichts aus. Er tut auch niemandem etwas. Vorhänge, Sitzkissen und andere entflammbare Einrichtungsgegenstände gehen natürlich in Flammen auf, aber trotzdem, niemand sonst scheint verletzt zu sein, sondern er will sich nur den Weg freihalten.

Ich blicke mich um und bemerke, dass ich die Einzige bin, die noch im vorderen Bereich der Kirche steht, weil alle anderen geflüchtet sind. Der Priester, die Brautjungfern, die Trauzeugen – alle verschwunden. Die ersten Bänke sind leer. Keine Ahnung, wohin Jaden verschwunden ist.

Der riesige, rote Hyrrokine kommt durch den Gang auf den Altar zugestapft und baut sich direkt vor mir auf, nimmt den Platz des abwesenden Bräutigams ein. Er ist barfuß und sein Oberkörper ist frei, aber er trägt eine ordentliche schwarze Hose und einen schwarzen Gürtel mit einer schweren, silbernen Schnalle. Sein schwarzer, stacheliger Schweif hängt hinter ihm in der Luft.

Ich hebe das Kinn, starre ihn durch meinen Schleier hindurch an. Meine Finger krallen sich um mein Hochzeitsbouquet. *Heilige Mutter Gottes* ist er groß und breit.

Er wirft einen Blick hinunter auf das gläserne Tablett, das er in der linken Hand hält, deren Enden aus silbernen Krallen bestehen. Das Tablet blinkt rot. Und dann wird mir klar, dass er einen Ortungsdienst benutzt, um mich zu finden. Ich bin sein Ziel. Er streckt die Hand aus und nimmt vorsichtig das Ende meines filigranen Schleiers zwischen die Finger und hebt ihn hoch. Er starrt hinunter in mein Gesicht. „Charlotte Cruz?", fragt dieser Teufel.

Ich nicke abgehackt, war vor Schreck verstummt. Er steht so nah vor mir. Er ist so riesig. Er mustert mich von oben bis unten. Sein tödlicher Blick verweilt auf meiner Brust und meine Wangen werden heiß. Schmetterlinge flattern in meinem Bauch hin und her, denn unter der schwarzen Schärpe, die quer über seine Brust führt, erkenne ich unter der roten Haut einen Waschbrettbauch und den Anfang des Vs, das hinunter zu seinen muskulösen Hüften führt. Diese rot-schwarz-silberne Kombination sieht verdammt cool aus. Er ist barfuß und seine Zehen enden in tödlichen, silbernen Krallen. Und trotzdem finde ich ihn irgendwie sexy.

Seine Augenbrauen runzeln sich unter zwei riesigen, glänzend schwarzen Hörnern, die aus seiner Stirn hervorbrechen. „Ich habe heute erfahren, dass du laut Targek Ashmoors Testament nun mein Pflegekind bist", erklärt er mit unfassbar tiefer Stimme und lässt seine weißen Zähne aufblitzen. „Und ich bin dein gesetzlicher Vormund. Ich bin hier, um dich mit mir zurück nach Tarvos zu nehmen."

„Ich bin dein *was*? Und ich soll *wohin*?"

Die einzige Antwort des Monsters ist ein Grunzen, dann hebt er mich in die Arme und trägt mich davon. Ich kreische überrascht auf.

Zwei weitere Wachleute kommen in den Gang gerannt, um ihm den Ausgang zu versperren. Die Schritte des Teufels werden nicht einmal langsamer. Er hebt nur den Kopf, öffnet den Mund und schleudert einen weiteren Flammenstrahl in die Luft, hoch über meinen Kopf und die Köpfe der beiden Wachleute. Schreiend rennen sie davon.

Ich mache mir nicht einmal die Mühe, eine Diskussion vom Zaun zu brechen, weil ich von diesem tödlichen Hyrrokinen davongetragen werde. Für mich ist er mein Retter – das Wesen, das die Hochzeit beendet hat, die ohnehin enden musste. Ich schlinge meine Arme um seinen sehnigen Hals und klammere mich fest, während er die Tür auftritt.

„Charlotte? Charlotte?", kreischt eine Stimme hinter uns. „Keine Sorge! Ich werde dich finden. Ich werde dich retten. Wir werden heiraten."

Ich drehe den Kopf, blicke über die Schulter des Hyrrokinen und erblicke Jaden, der sich hinter dem Altar versteckt.

Mh-mh. Nein. Das wird nicht passieren. Selbst wenn ich wirklich in Schwierigkeiten stecken sollte, was ich nicht tue, Jaden würde mich niemals retten. Der Kerl ist ein Feigling. Er hat keinen einzigen Tag im Militär gedient. Er hat noch nicht einmal einem anderen Kerl einen Haken versetzt oder eine Waffe in der Hand gehalten. Er spielt nur den ganzen Tag Golf mit seinen Kumpels, fährt in seinem Golfwagen herum und bezahlt einen Caddy, damit er ihm die Schläger trägt.

Ich lächle ihn breit und selbstgefällig an und winke ihm zu. Die Kirchentür fällt hinter mir und dem Hyrrokinen dröhnend ins Schloss und damit ist Jaden verschwunden. Für immer aus meinem Leben gestrichen.

Den Göttern sei Dank.

Als wir die Kirche verlassen, blinzle ich in das helle Sonnenlicht und strahle über das ganze Gesicht, überglücklich, aus dieser Situation heraus zu sein. Ich zupfe an meinem Schleier herum, dann zerre ich ihn mir von Kopf und werfe ihn mir über die Schulter. Eine Gruppe von jungen Frauen glotzt uns an, also werfe ich ihnen das Bouquet zu. Sie kreischen aufgeregt und rasen auf die

Blumen zu. Ich kichere, als eine von ihnen den Strauß vor den anderen wegschnappt und ihn sich an die Brust presst.

Dann schlinge ich beide Arme um den muskulösen Hals des Teufels. Ich liebe es, seine warme Haut zu berühren. „Wohin reisen wir noch mal?"

„Tarvos. Ich bringe dich nach Tarvos", grummelt der Hyrrokine, als wir auf die Straße zugehen. Seine schwarzen Hörner schimmern in der Sonne und zwei spitze Reißzähne treten zwischen seinen sexy schwarzen Lippen hervor. Er trägt mich so mühelos in seinen Armen, als ob ich nichts wiegen würde, und ist nicht einmal ansatzweise außer Atem. „Wir reisen sofort ab und fliegen zu meinem Heimatplaneten."

„Oh, wow. Jetzt sofort? Aber …"

„Ja", antwortet er streng, dann bleibt er vor einem sehr nobel aussehenden automatischen Fahrzeug stehen. „Wir reisen sofort ab." Eine Tür gleitet auf. Er beugt sich hinunter, setzt mich auf der breiten Rückbank ab und ich rutsche etwas zur Seite, versuche, mein Kleid und meine Schleppe so gut wie möglich in dem Fahrzeug unterzubringen, als er hinter mir ins Fahrzeug schlüpft.

Wir machen es uns bequem, die Tür schließt sich und das automatische Fahrzeug fährt los. Es ist so einfach. Ich drehe mich um und schaue aus dem Rückfenster, als wir uns vom Bürgersteig entfernen. Ich kann das gedämpfte Geräusch eines Feueralarms hören. Eine Menschenmenge steht vor der Kirche und Rauch quillt aus der Tür und den Fenstern. Feuerdrohnen kommen angeflogen, um das Feuer zu löschen. Ups.

„Ich heiße Thayne Ashmoor", erklärt er mir. „Du kannst mich Thayne nennen."

Ich strecke den Arm aus, biete meine Hand dem Mann an, der mich vor einer zum Scheitern verurteilen Heirat gerettet hat. Er nimmt meine Hand zwischen seine langen, roten Finger und ich lächle ihn strahlend an. „Und ich heiße Charlotte Cruz", erwidere ich mit einem festen Handschlag. „Es freut mich, dich kennenzulernen. Danke für das, was du da hinten für mich getan hast. Ich bin wirklich sehr dankbar." Ich bin ein bisschen aufgekratzt, weil ich von einem sehr muskulösen Mann in die Arme gerissen und in meiner größten Bedrängnis vom Altar weggetragen wurde. Und er kann Feuer spucken, was ziemlich beeindruckend ist. Wie etwas aus einer der Shows in den Video-Kanälen. Wie kann das wirklich passieren? „Du hast gesagt, wir fliegen nach Tarvos?" Ich bin überraschend gelassen bei dem Gedanken, zu einem anderen Planeten abzureisen. Vielleicht, weil es immer ein heimlicher Wunsch von mir war, diesen Planeten zu verlassen?

„Ja. Ich wohne auf Tarvos. Das ist der Heimatplanet der Hyrrokinen."

„Oh, okay. Aber, oh nein, ich … ich habe gar kein Gepäck dabei", erkläre ich ihm. „Das Einzige, was ich zum Anziehen habe, sind die Sachen, die ich im Augenblick trage." Ich gehe davon aus, dass wir zum Singapurer Weltraumhafen fliegen, damit wir mit einem Raumschiff den Planeten verlassen können. Ich hatte sowieso geplant, heute zu verreisen, um meine Flitterwochen zu beginnen, also macht mir die Vorstellung, den Planeten überstürzt zu verlassen, nicht so viel aus wie vielleicht jemand anderem. Meine Nachbarin weiß Bescheid, dass sie hin und wieder nach meiner Wohnung schauen soll, und die meisten meiner privaten Sachen sind schon in Boxen verpackt, weil ich vorhatte, mit Jaden zusammenzuziehen.

„Du brauchst kein Gepäck. Ich kaufe dir alles, was du brauchst."

Ich lehne mich zurück und bemerke, dass Thayne noch immer meine Hand in seiner hält und es mir überhaupt nichts ausmacht. „Ich versuche zu verstehen, warum du hier bist. Ich nehme an, deine Ankunft hat mit dem Vermögen von Targek Ashmoor zu tun? Hattest du vorhin wirklich gesagt, ich wäre dein Pflegekind? Und du denkst, du wärst mein ... ?"

„Ich bin dein Vormund und du bist mein Pflegekind. Targek hat mich als deinen gesetzlichen Vormund einge-setzt, also bin ich hier, um dich mit mir nach Tarvos mitzu-nehmen. Du wirst in meinem Domizil wohnen und ich werde mich um dich kümmern, bis du volljährig bist."

Diese Sache wird immer seltsamer. „Volljährig? Was soll das heißen? Ich schätze, ich hatte es so verstanden, dass du mich für einen Besuch nach Tarvos bringst, aber du willst, dass ich für immer auf deinem Planeten bleibe? Das muss ein Irrtum sein. Du siehst ja, dass ich kein Kind mehr bin. Ich brauche keinen Vormund. Bist du sicher, dass du *mich* nach Tarvos bringen sollst? Ich ... ich mache mir etwas Sorgen, dass du den falschen Menschen mitge-nommen hast. Es wäre ziemlich übel für uns beide, wenn wir wochenlang auf einem Raumschiff unterwegs wären, nur um auf deinem Heimatplaneten anzukommen und dann feststellen zu müssen, dass ich die Falsche bin."

Er schnaubt auf und stößt eine Rauchwolke aus. „Ich bin mir sicher, dass du die Richtige bist. Und wir fahren nicht in einem Raumschiff. Wir fliegen in einem Trans-porter nach Tarvos und dort steigen wir für den Rest der Strecke nach Gut Ashmoor in mein privates Hovercraft um. Wir werden innerhalb einer Stunde an meinem Anwesen ankommen."

Mir fällt der Mund auf. „Oh, wow." Wieder werfe ich einen Blick auf die Schärpe über seiner Brust, und nun fällt mir auf, dass darauf ein kunstvolles Wappen abge-bildet ist. Seine Gürtelschnalle ist ausgesprochen glänzend und seine Hose scheint aus dem feinsten Stoff und maßge-schneidert zu sein. „Bist du der König von Tarvos?"

Er lacht herzhaft auf. „Nein, ich bin nicht wirklich königlich, aber die Königin ist meine Großcousine. Ich bin der dreizehnte Feuerlord von Ashmoor. Dein Großvater war mein Großonkel. Gibt es ein Problem?"

„Nein, ich habe nur noch nie jemanden getroffen, der sich einen Transporter leisten konnte, also bin ich ein bisschen sprachlos."

„Ha." Er drückt meine Hand. „Erkläre mir, was war das für eine Ansammlung von Menschen dort hinten? Du bist mit so viel einschnürendem Stoff bedeckt und es waren so viele Menschen in diesem Gebäude. Warum standest du ganz vorn und warum haben dich alle angestarrt?"

In diesem Augenblick wird mir klar, dass er keinen blassen Schimmer hat. „Das war meine Hochzeit."

„Hochzeit? Was ist das?"

„Na ja, deshalb hat dieser Mann mir hinterhergeschrien, er würde kommen und mich finden. Er und ich sollten gerade heiraten."

„Heiraten? Ich kenne das Wort. Das ist die menschliche Partnerschaftszeremonie. Du warst also kurz davor, die Gattin dieses Mannes zu werden? Bist du überhaupt alt genug, um eine Partnerin zu werden?"

„Ja, natürlich."

„Willst du, dass ich dich zurückbringe, damit du ihn zu deinem Partner ernennen kannst?", sagt Thayne Ashmoor mit beängstigendem Tonfall.

„Nein. Nein, ich hasse ihn. Diese ganze Hochzeit war ein Fehler. Ich bin froh, dass wir verschwinden."

Er grunzt. „Gut ... Ich dachte allerdings ursprünglich, ich würde auf Neue Erde kommen, um ein junges Kind abzuholen, das ich mit nach Tarvos nehmen kann. Wie alt bist du?"

Kein Wunder, dass sein Blick die ganze Zeit auf meine Brust geheftet war, als ihn das blinkende rote Licht zu mir geführt hatte. Meine Kurven müssen ein Schock für ihn gewesen sein. „Ich bin neunzehn, aber ich werde nächste Woche zwanzig. Wie alt muss ich denn sein, um auf Tarvos als volljährig zu gelten?"

„Einundzwanzig. Mit zwanzig ist man alt genug, um zu wählen und sich einen Partner zu nehmen, aber man ist kein rechtmäßiger Staatsbürger, bis man einundzwanzig ist."

„Oh, na ja, wenigstens musst du dich nicht die ganze Zeit um mich kümmern. Wie du sehen kannst, gelte ich auf Neue Erde bereits als volljährig. Ich bin daran gewöhnt, mich um mich selbst zu kümmern. Ich könnte auf Tarvos in einer eigenen Wohnung leben, wenn dir das lieber ist. Du müsstest nur hin und wieder per Tablet nach mir schauen. Wir müssen keine große Sache daraus machen, oder?"

„Nein", sagte er entschieden. „Du wohnst in meinem Anwesen, bis du volljährig bist. Du wirst Bräuche und Sitten der Hyrrokinen lernen und ein Implantat für unsere Sprache erhalten. Es ist nur recht und billig, dass du alles über die Ashmoors lernst, denn daher kommt dein Erbe."

Und genau jetzt wird mir klar, dass wir die ganze Zeit Englisch sprechen. Das bedeutet, dass dieser Mann sich die Mühe gemacht hat, ein Implantat eingesetzt zu bekommen, damit er meine Sprache sprechen kann, bevor er hierhergereist ist. Wie lieb. „Ich finde auch, dass es nur richtig ist, den Heimatplaneten meines Großvaters zu besuchen und seine Geschichte zu lernen. Aber ich kann nicht da bleiben und dauerhaft dort leben."

„Doch, das kannst du", erklärt er.

Ich ziehe eine Augenbraue in die Höhe und starre ihn an. Er starrt einfach zurück, wartet darauf, dass ich versuche, ihm Widerworte zu geben.

Das Autofahrzeug hält vor der Transporterstation. Ich

war noch nie hier, also beuge ich mich neugierig vor und starre voller Verwunderung aus der Windschutzscheibe auf die beeindruckende Architektur. Reisen mit dem Transporter sind normalerweise viel zu teuer für eine Normalsterbliche wie mich, um überhaupt nur darüber nachzudenken. Nicht einmal für unsere Flitterwochen hatten Jaden und ich vor, einen Transporter zu benutzen, weil wir uns das einfach nicht leisten konnten.

Thayne öffnet die Tür und steigt aus dem Fahrzeug, dann dreht er sich zu mir um, greift nach meiner Hand und hilft mir heraus. Ich steige aus dem Wagen und bausche meinen Rock auf. „Ich schwöre, normalerweise ziehe ich mich nicht so formell an", sage ich in dem Versuch, mein übertriebenes Outfit zu erklären. „Das hier wurde extra für die Partnerschaftszeremonie angefertigt."

Mit gerunzelter Stirn blickt er auf mein Kleid, dann schnappt er sich wieder meine Hand und zieht mich einfach mit ihm in die Station. Innerhalb von Sekunden klackern meine Absatzschuhe über den glänzenden Boden in der Eingangshalle. Rings um uns schreien die Leute auf, als sie Thayne erblicken, aber wir marschieren einfach quer durch die Lobby. Vielleicht haben sie Angst, dass er mich entführt? Wachmänner beäugen uns misstrauisch und murmeln in ihre Funkgeräte. Thayne scheint die Aufregung nicht einmal zu bemerken, die er auslöst. Vermutlich, weil er nur für eine Nanosekunde auf Neue Erde ist, um mich abzuholen, und ich bin mir sicher, er geht davon aus, dass er niemals zurückkehren wird. Außerdem sind das nur *Menschen*. Wir werden als primitiv erachtet, ohne jegliche Auswirkung auf die anderen Bürger der Vier Sektoren.

„Ich bin dir wirklich dankbar für das, was du vorhin für mich getan hast", keuche ich, während ich versuche, mit ihm Schritt zu halten, während ich meinem neuem „Vormund" gleichzeitig klarmachen will, dass ich ihn ziemlich großartig finde.

„Was habe ich denn getan?", fragt er, als wir um eine Ecke in einen etwas schmaleren Flur abbiegen.

Ein Glucksen kommt mir über die Lippen. Auch jetzt hat er keinen Schimmer. „Du hast mich davor bewahrt, diesem Mann öffentlich eine Abfuhr zu erteilen, und mir geholfen, trotz der Menschenmenge irgendwie da rauszukommen. Es hätte ein Desaster werden sollen. Mein Verlobter hat versucht, mich reinzulegen, damit ich ihn heirate und er mein Erbe stehlen kann."

Ein Knurren rumpelt durch seine Brust, dann lässt er meine Hand los und öffnet die Tür eines Transportersaals. „Ich werde zurückkehren und diesen Menschen für dich umbringen", sagt er völlig nüchtern.

Ich betrete den Raum und lege meine Hand auf seinen starken Unterarm, weil ich nicht anders kann, als ihn anzufassen. Ich vermisse es, in diesen muskulösen Armen gehalten zu werden, und ich vermisse auch das Gefühl seiner rauen Klauen, die meine Hand halten. „Nein. Kümmere dich nicht um ihn. Ich will nicht, dass du seinetwegen Schwierigkeiten bekommst. Das ist er nicht wert."

Thayne Ashmoors Augen werden schmal und er nickt mir knapp zu.

In dem Moment, als wir den Transportersaal betreten, hebt ein Chor aus Heulen und Kreischen an. Oh-oh. Die Mitarbeiter rasten total aus, als plötzlich ein Hyrrokine in ihrer Mitte auftaucht. Ihre Reaktion ist fast genauso schlimm wie das Chaos in der Kirche. Die Mitarbeiter rennen buchstäblich davon und verstecken sich. Ein Mädchen ist hemmungslos am Heulen und tut mir irgendwie leid.

Ich greife nach Thaynes Hand und versuche, den anderen zu demonstrieren, dass er harmlos ist. Rauch wabert aus seinen Nasenlöchern, weil er sauer über die Verzögerung ist. Das hilft nicht gerade. Er sieht wirklich furchteinflößend aus.

Ich drücke seine Hand. „Sei nett und überlasse mir das Reden, okay?"

Ein Knurren rumpelt durch seine Brust, aber er überlässt mir die Führung.

Ich ziehe unsere Tickets aus seiner anderen Hand, halte sie dem nächstbesten Mitarbeiter hin und erkläre, wer wir sind und dass Thayne nicht der „leibhaftige Teufel, Satan höchstpersönlich" ist, wie sie es geschrien haben. „Thayne Ashmoor versucht nicht, mich zu entführen", erkläre ich den Wachmännern, die gerade mit gezückten Waffen herangestürmt sind. „Ich verlasse den Planeten freiwillig und gerne mit ihm. Er ist einfach nur ein Hyrrokine vom Planeten Tarvos, der mich auf seinen Heimatplaneten mitnehmen will, und je schneller Sie uns zu einer der Transporterscheiben durchlassen, umso schneller sind wir hier verschwunden."

Die Mitarbeiter beruhigen sich augenblicklich. Die Wachen stecken ihre Waffen in die Holster. Das Mädchen hinter dem Tresen wischt sich die Augen, schnäuzt sich und beginnt dann, mit zittriger Stimme die Sicherheitsvorschriften aufzuzählen.

4

THAYNE

Ich kann nicht glauben, wie wunderschön diese menschliche Frau ist.

Ich hatte keine Ahnung, dass Menschen so exotisch und traumhaft schön sein können. Vor dieser Reise zu Neue Erde war mir kaum bewusst gewesen, dass Menschen überhaupt existierten.

Charlotte spricht heiter mit den Transporter-Mitarbeitern, auf eine Art und Weise, die sie verstehen und die sie beruhigt und ihr Schreien und Flehen abklingen lässt, und ich bin ganz fasziniert von ihrer forschen Einstellung. Mein neues Pflegekind ist eine ausgewachsene, sexy, wunderschöne und ungezähmte Frau, deren heisere Stimme mich an verschwitzte Begegnungen und zerknitterte Bettlaken erinnert. Wie ist das möglich? Ich dachte, ich würde auf diesen provinziellen Planeten reisen, um ein kleines Kind in Not zu retten, aber stattdessen finde ich diese üppige, erwachsene Frau vor?

Sie trägt eine Art Kleid aus Lagen um Lagen von weißem Stoff, der leider ihre Arme und Schultern vor meinem Blick verbirgt. Der Stoff bauscht sich zu einem

Rock auf, der über den Boden streift. Es ist ein seltsames Kleid. Aber dennoch, ich kann erkennen, dass ihre Figur üppig ist. Ihre dicke Taille hat die perfekte Größe, um meine langen Klauen darum zu schlingen. Meine gespaltene Zunge würde am liebsten über die herrlichen Rundungen ihrer großen Brüste gleiten. Sie hat einen vollen Arsch, in den ich meine Finger krallen möchte, während ich zusehe, wie mein langer Schwanz von hinten in ihren feuchten Schlitz gleitet. In dem Augenblick, in dem ich sie erblickt habe, fühlte ich mich augenblicklich zu ihr hingezogen. Sie hat keine Hörner und keine Klauen und hat nicht einmal einen Schweif, noch kann sie Flammen spucken. Aber trotzdem finde ich sie unfassbar sexy.

Und ich konnte auch ihre Erregung für mich wittern, in dem Moment, als ich sie in der Versammlungsstätte der Menschen angetroffen habe.

Auf Neue Erde gilt sie als Erwachsene, aber auf Tarvos ist sie noch minderjährig und steht deshalb unter meiner Vormundschaft. Ich kann meinem explosiven Paarungsverlangen nicht nachgeben. Es ist gleichermaßen illegal und unmoralisch. Ein Knurren rumpelt durch meine Brust, als ich innehalte, um meinem Piloten eine Nachricht zu schicken und ihn darüber zu informieren, dass ich jeden Augenblick in Begleitung meines Pflegekinds ankommen werde und dass er das Hovercraft bereit machen soll.

Die Menschen in dem Raum beruhigen sich und bedeuten uns, auf die nächstgelegenen Lichtscheiben zu treten. Ich stelle mich neben mein Pflegekind, die auf ihrer eigenen Scheibe steht. Sie strahlt mich an, zeigt mir ihre stumpfen Zähne. Und das ist der Moment, in dem ich bemerke, dass ihre Haut nicht vollkommen farblos ist, sondern dass sie einen goldenen Schimmer aufweist, der mir sehr gefällt.

Wann wurde ein Feuerlord jemals mit so einem Dilemma konfrontiert? Seit der Zeit vor meiner arrangierten Partnerschaft habe ich so eine heiße Lust für ein Weibchen nicht mehr verspürt. Ehrlich gesagt war ich noch nie in meinem Leben so für ein Weibchen entflammt.

Das ist nicht gut.

Charlotte Cruz ist erst neunzehn, wird aber in sieben Tagen zwanzig. Das bedeutete, dass sie die nächste Woche über legal minderjährig ist. Wenn sie zwanzig wird, ist sie alt genug, um sich zu paaren und Nachkommen zu produzieren, wird aber noch immer nicht als Erwachsene mit den vollen Rechten einer hyrrokinischen Staatsbürgerin betrachtet werden, bis sie einundzwanzig ist. Daher wird sie noch mehr als ein Jahr lang mein Pflegekind sein.

Ich werde die Verantwortung für eine sexy, erwachsene Frau tragen, mit der ich mich ganz dringend lustpaaren will, und zwar für eine ganze Umkreisung des Planeten um die Sonne. Sie wird zusammen mit mir auf Gut Ashmoor leben und in einer Woche wird sie alt genug sein, um sich zu paaren.

Oh, verdammt.

Das Brummen des Transporters erfüllt den Raum.

Wir stehen eng nebeneinander und ihr lieblicher Duft von Blüten und Sonnenschein kitzelt meine Nase. Sie lächelt und wieder kann ich ihre Erregung wittern. In meiner Hose schwillt mein Schwanz an. In dem Augenblick, als wir uns vor dem Altar begegnet sind und sie mich von oben bis unten gemustert hat, konnte ich einen Hauch ihrer Erregung riechen. Der Duft wurde stärker, als wir uns in dem engen Raum des Fahrzeugs befunden hatten. Sie will mich genauso sehr, wie ich sie will. Ich möchte mein Gesicht in ihrem Nacken vergraben und ihren Duft inhalieren. Wenn sie nicht verboten wäre – wenn sie eine Hyrrokinin wäre, unverpartnert, meinem Alter näher und nicht unter meiner Vormundschaft stünde –, ich würde an meinem Gut ankommen, sie in mein Schlafzimmer zerren und sie auf meinen roten Schwanz ziehen. So sehr will ich sie aus Lust begatten. Aber stattdessen muss ich diese enorme Lust zurückhalten.

Das wird schwer werden.

Der Countdown endet und ein Kribbeln steigt in meinem Magen auf, als der Transportprozess beginnt. Unsere Atome trennen sich schmerzlos und rasen über die Vier Sektoren hinweg. Augenblicklich fügen wir beide uns wieder auf den Lichtscheiben in der Transporterstation von Tarvos zusammen.

Ich blinzle in der Dunkelheit, bis sich die kurzfristige Blindheit verzieht, dann sehe ich die lächelnden, vertrauten Gesichter der hyrrokinischen Transportermitarbeiter. Ich erwidere ihr Lächeln, denn es ist schön, wieder zu Hause zu sein. Es tut gut, ihre tiefroten Gesichtszüge und die schwarzen Hörner zu sehen. Neue Erde war ein einziges Chaos. Nervöse Menschen, die ständig herumbrüllen und vor mir davonrennen. Ich schüttle den Kopf und schnaube verächtlich auf.

Ich strecke die Hand aus und greife nach Charlottes kleinen Hand. Das ist das erste Mal, dass sie diese Technologie benutzt hat, und sie hat auch noch nie zuvor ihren Heimatplaneten verlassen. Ich trete neben sie und lege ihr eine Klaue auf ihren unteren Rücken. „Weibchen, geht es dir gut?"

Mit funkelnden braunen Augen voller grüner Sprenkel blickt sie zu mir auf. Alle Menschen haben ein seltsames Nest aus Follikeln auf ihrem Kopf und Charlottes „Haare", die auf ihren Schultern enden, sind glänzend und riechen süß und ich will nichts mehr, als mit meinen Klauen hindurchzufahren und zu spüren, wie es sich anfühlt. Meine Augen senken sich auf die Kurven ihrer vollen Lippen und die Rundungen ihres Kiefers, wandern über ihren Nacken bis zu dem weißen Stoff, der mir den Blick auf ihre restlichen Kurven und die goldene Haut verwehrt. Ich werde zufrieden sein, wenn sie nicht mehr länger in diesem menschlichen Paarungskleid steckt und stattdessen die typisch hyrrokinischen Anziehsachen trägt.

Mein menschliches Pflegekind erblickt die Transporter-mitarbeiter im Raum und stößt einen beunruhigten Schrei aus. Sie klammert sich an mich, krallt ihre Fingernägel in meinen Unterarm. Ich ziehe sie an mich und streife mit meinen Lippen über ihr Ohr. „Weibchen, wir sind jetzt auf Tarvos, deshalb sehen alle so aus wie ich. Niemand wird dir hier etwas tun." Und dann wird mir klar, dass ein anderes Problem meine augenblickliche Aufmerksamkeit erfordert. Ich hebe das Kinn und belle einen Befehl. „Dieses Menschenweibchen braucht einen Überset-zungschip für Hyrrokinisch. Sofort."

Ein Mitarbeiter eilt zur Ausgabe.

„W-was passiert jetzt?"

Ich lege ihr beide Klauen auf die Schultern. Sie blickt mir in die Augen. „Hast du jemals einen Übersetzungschip eingesetzt bekommen?", frage ich sie auf ihrer Sprache.

„Nein ..." Beklommen beobachtet sie das mächtige Hyrrokinenweibchen, das eilig mit dem Gerät in der Hand auf uns zukommt.

Ich nehme ihr Kinn in meine Finger und drehe ihr Gesicht zu meinem. „Keine Sorge." Zärtlich streichle ich mit meinem Daumen über ihr Kinn. „Dieses Weibchen wird den Sprachspender an der Basis deines Schädels platzieren und einen winzigen Chip unter deiner Haut verankern. Es ist völlig schmerzfrei. Der Chip wird Signale an dein Gehirn senden und es dir ermöglichen, die Sprache der Hyrrokinen zu sprechen und zu lesen. Im Augenblick können wir nur kommunizieren, weil mir vor meinem Besuch auf Neue

Erde ein ähnlicher Chip eingesetzt wurde, der es mir erlaubt, die Menschensprache zu verstehen. Aber jetzt befinden wir uns auf meinem Planeten und keiner der anderen Hyrrokinen hier wird dich verstehen, denn deine Sprache ist nicht sehr weit verbreitet. Du musst dir diesen Sprachchip implantieren lassen, bevor wir die Station verlassen, wenn du mit den anderen Hyrrokinen auf Tarvos kommunizieren willst."

Sie blickte mir unverwandt in die Augen. „Ich verstehe."

Ich lasse meine Hand sinken. „Bist du bereit?"

„Ja, ich bin bereit. Los geht's."

Ich bedeute der Mitarbeiterin, zu uns zu treten und ihren Job zu erledigen. Der Chip ist im Nullkommanichts implantiert und wir sind fertig.

Ich wechsle in meine eigene Sprache, um Charlottes Bereitschaft zu testen. „Bist du bereit, jetzt mit mir in mein Domizil zu fahren?"

„Ja", antwortet sie in perfektem Hyrrokinisch, mit einem niedlichen Akzent. „Ja, ich bin bereit und ich kann dich perfekt verstehen." Sie klatscht vor Begeisterung in die Hände. „Oh mein Gott. Ich spreche auf einmal deine Sprache. Wie cool." Charlotte wirft dem Weibchen, das ihr den Chip eingesetzt hat, ein Lächeln zu. „Das hat überhaupt nicht wehgetan. Vielen Dank."

Ich halte ihre Hand in meiner, als wir den Raum verlassen und zusammen den Flur hinunter zum Aufzug gehen. Wir betreten den Lift und ich gebe ein, dass er uns zum Dach fährt.

„Warum fahren wir nach oben? Sollten wir nicht ins Erdgeschoss fahren, damit wir das Gebäude verlassen können?"

„Wir fahren zum Dach, weil dort mein Hovercraft parkt."

Der Mund fällt ihr auf. „Hovercraft?"

Ein Lächeln zuckt in meinen Mundwinkeln. Der Lift hält an und die Türen gleiten auf. Ich nehme wieder ihre Hand und wir treten hinaus auf das Dach und gehen zum Hovercraft. Ihre menschlichen Haare und das seltsame, weiße Kleid wehen in der Brise der auf Hochtouren laufenden Windturbinen. Mein Pilot begrüßt uns warm. Die Rampe wird heruntergelassen und ich führe Charlotte ins Innere des Hovercraft, dann setze ich mich neben sie auf den Rücksitz.

Sie deutet auf die Ashmoor-Wappen, die auf die Rückenlehnen jedes Ledersitzes eingebrannt sind. „Du hast dieses Luftkissenschiff nicht gemietet, oder? Das hier ist dein privates Hovercraft?"

Meine Lippen zucken. „Lass mich raten, du bist auch noch nie im Leben mit einem Hovercraft gefahren?"

„Nein, natürlich nicht! Warum sollte ich?"

Ich nehme ihre Hand in meine und lege unsere verflochtenen Finger auf meinem Oberschenkel ab. Das Hovercraft hebt sich sanft von Dach.

Pure Freude legt sich über Charlottes Gesichtszüge, als wir losfliegen. Sie schaut aus dem Fenster und ist vor lauter Staunen verstummt.

Ich lächle sie nachsichtig an. „Warum hattest du nicht so viel Angst vor mir wie die anderen Menschen?", frage ich. „Du hast nicht geschrien und bist auch nicht vor mir davongerannt, so wie alle anderen Menschen auf deinem Planeten."

Sie schaut mich an und zuckt mit den Schultern. „Ich wusste wegen meines Großvaters, dass Hyrrokinen existieren. Ich habe Bilder von ihm gesehen und ich hatte mich bereits über eure Spezies informiert, also wusste ich sofort, was du bist, als du in der Kirche aufgetaucht bist. Ich

vermute, die anderen hatten nie von euch gehört und …
und dachten …"

„Glauben sie, ich sehe aus wie etwas aus ihren Albträumen?", gluckse ich. „Ich habe schon gehört, dass andere
Spezies glauben, die Hyrrokinen sähen aus irgendeinem
Grund ‚furchteinflößend' aus. Ist kein Problem. Wir setzten
es in Zeiten des Kriegs zu unserem Vorteil ein." Und dann
fällt mir noch etwas anderes ein. „Aber du hast ängstlich
und beunruhigt ausgesehen, als du die anderen hyrrokinischen Mitarbeiter im Transporterraum gesehen hast."

„Oh, na ja, sie sahen auch zuerst furchteinflößend aus
…"

„Aber ich nicht?"

Sie blinzelt, hat diese Verbindung scheinbar auch noch
nicht gemacht. „Nein", gibt sie zu. „Ich schätze, vor *dir*
hatte ich keine Angst."

Wieder lächle ich, dann greife ich nach meinem Tablet
und schreibe Barnabas eine Nachricht, dass wir bald
landen werden.

Charlotte betrachtet weiterhin die herrliche Aussicht
vor dem Fenster, während das Hovercraft über die Hauptstadt meines Heimatplaneten schwebt. Die glitzernden
Wolkenkratzer im Licht unserer zwei Sonnen sind wirklich
beeindruckend. Charlotte kichert vor Freude, als wir an
wichtigen Wahrzeichen vorbeifliegen, dann über zwei
rauchende Vulkane. Ich bin erfreut, etwas so Banales
durch ihre Augen erleben zu können.

*Ich darf mich mit diesem Weibchen nicht lustpaaren. Ich darf es
nicht. Sie ist mein Pflegekind.*

Und dann steht das Hovercraft in der Luft, während es
sich auf mein Anwesen absinken lässt und auf den
privaten Landeplatz neben Gut Ashmoor schwebt. Ich bin
ganz versessen darauf, ihr das Innere des Guts zu zeigen,
wo die Ashmoors seit Millennia gelebt haben. Sie ist jetzt

schließlich quasi selbst eine Ashmoor. Es ist auch ihre Familie.

Wieder fällt ihr der Mund auf und sie wirft mir einen vorwurfsvollen Blick zu. „Ich dachte, du hättest gesagt, du wärst nicht königlich, aber das sieht aus wie ein Palast."

„Ich bin nicht königlich. Das hier ist mein Zuhause und es nennt sich ein Gut. Ich bin der dreizehnte Feuerlord von Ashmoor", erinnere ich sie. Ich entschied mich, ihr weder meinen vollen Titel zu nennen noch meine Zweit- und Ehrentitel. „Feuerlord" war für den Augenblick genug. „Ich stehe erst an fünfundzwanzigster Stelle in der Thronfolge für den Feuerthron von Tarvos, also bin ich Hyrrokinenadel, aber nicht vom Königsgeschlecht. Aber das ist heutzutage ohnehin eher ein Ehrentitel. Die Königin ist nicht mehr länger das politische Oberhaupt des Planeten, aber sie ist noch immer das Herz und die Seele von Tarvos und der Mittelpunkt der Gesellschaft. Und sie ist extrem wohlhabend. Nur noch die jüngsten Tech- und Finanzmilliardäre besitzen ein größeres Vermögen."

„Lebst du alleine hier?"

„Ich bin der einzige Ashmoor, der in den letzten zwei Jahren hier seinen Hauptwohnsitz hatte. Aber es gibt viele Angestellte, die ebenfalls hier wohnen, also lebe ich genau genommen nicht allein hier."

„Oh nein, habe ich dich falsch angesprochen? Müsste ich dich Lord Ashmoor nennen?"

Die Etikette schreiben vor, dass sie mich eigentlich mit meinem Titel ansprechen muss, aber ich merke, dass ich das gar nicht will. „Nein, du kannst mich weiterhin Thayne nennen." Plötzlich stelle ich mir vor, wie wir beide nackt in meinem Bett liegen und sie meinen Vornamen ruft, während ich sie zur Vollendung bringe.

Ich darf mich mit meinem minderjährigen Pflegekind

nicht lustpaaren. *Aber in einer Woche wird es rechtens sein,*
bemerkt mein innerer Teufel.

„Du hast Angestellte, die hier wohnen? Und der Pilot
des Hovercrafts ist ebenfalls dein Angestellter?"

„Ja." Ich lächle. „Und die anderen wirst du kennenlernen, wenn wir ankommen."

Das Hovercraft kommt auf dem Landeplatz vollständig
zum Stillstand und Jinos öffnet die Tür. Die Rampe wird
herabgelassen und ich trete als Erster hinaus, dann nehme
ich die kleine Hand meines Weibchens in meine und helfe
ihr aus dem Hovercraft, während sie mit der anderen
Hand die Lagen ihres Kleids zusammenrafft. Sie trägt seltsame Fußbedeckungen an ihren Füßen, von der Sorte, wie
sie alle Menschen tragen. Wie kann sie nur so gut in diesen
spitzen Dingern laufen? Es ist mir ein Rätsel.

Ich führe sie auf die Terrasse vor dem Ostflügel.

Als wir Hand in Hand auf das Haus zulaufen, starrt sie
nach links auf die weitläufigen, gepflegten Gärten. „Es ist
so schön", sagt sie atemlos.

„Das ist es", stimme ich ihr gedankenverloren zu.
Meine Augen heften sich auf das, was uns an den
Eingangsstufen des Anwesens erwartet. Barnabas hat alle
Angestellten zusammengerufen. Sie stehen zu beiden
Seiten der vielen Stufen aufgereiht, bereit, das neue
Mitglied der Ashmoor-Familie willkommen zu heißen. Ich
bin erfreut, aber gleichzeitig auch seltsam nervös, als ob
das ein bedeutsamer Moment wäre.

Ein Gewirr von Stimmen surrt über der Szene. Hörner
drehen sich und neigen sich zueinander, als die Angestellten sich gegenseitig versichern, dass ich kein Kind
mitbringe, wie ursprünglich angenommen, sondern stattdessen eine erwachsene Frau dabei habe, die auf eine Art
und Weise eingekleidet ist, die ihnen sicherlich sehr seltsam
vorkommen muss. Aber als ich auf sie zukomme, akzep-

tieren sie diese unerwartete Änderung, ohne mit der Wimper zu zucken, und wahren ihr professionelles Auftreten. Meinen Angestellten ist dieses Anwesen ebenso wichtig wie mir. Die meisten von ihnen sind regelrechte Experten in der Familiengeschichte der Ashmoors und kommen aus Familien, die seit Hunderten von Jahren auf dem Anwesen arbeiten. Sie haben schon in uralten Zeiten den Ashmoors ihre Lehnstreue geschworen. Sich um das Anwesen zu kümmern und die Gebräuche aufrechtzuerhalten, ist diesen Hyrrokinen wichtig. Manchmal finde ich die Formalitäten etwas ermüdend, aber ich kann die Wichtigkeit verstehen, die Geschichte dieses geachteten Familiengeschlechts weiterzutragen. In dieser Generation bin ich der Verwalter der Ashmoors und ich nehme meine Aufgabe sehr ernst.

Am Fuß der breiten Stufen, die zum Haupteingang führen, bleiben Charlotte und ich stehen. Alle meine hyrrokinischen Angestellten der Villa tragen ihre offiziellen Ashmoor-Livrees gemäß ihrem Rang und ihrer Position, einschließlich der erst kürzlich eingetroffenen Saisonaushilfen.

„Oh", stößt Charlotte atemlos hervor. „Was ist das?"

Ich drücke ihre Hand und ziehe sie mit mir mit. „Du wirst nun alle kennenlernen", erkläre ich.

Meine Angestellten stehen stramm, sind absolut still, das einzige Geräusch ist das entfernte Wummern der Arbeiter am Reflexionsbecken. Alle einhundert Angestellten blicken auf mich und mein neues Pflegekind.

Ich halte Charlottes Hand weiterhin fest. Dann spreche mich mit lauter Stimme, damit alle meine Verkündung hören können. „Ich präsentiere euch diesen Menschen, Charlotte Cruz Ashmoor, die adoptierte Enkelin des ehemaligen Feuerbarons Targek Ashmoor dem Fünften. Dieses Weibchen ist nun mein rechtmäßiges Pflegekind

49

und ich bin ihr Vormund. Charlotte ist neunzehn Jahre alt und wird in einer Woche zwanzig. Sie wird für die nächste vollständige Umrundung des Planeten hier unter unserer Fürsorge leben, bis sie einundzwanzig Jahre alt ist. Wir werden ihr alles beibringen, was ein Ashmoor wissen muss, damit sie sich hervorragend in unseren hyrrokinischen Traditionen auskennt und sie weitertragen wird, wenn sie ihr Erbe erhält und uns wieder verlassen wird." Ich trete einen Schritt zurück und winke mit der Hand, bedeute ihr, vorzutreten und meine Angestellten zu begrüßen. „Lady Ashmoor, darf ich dir die Angestellten und Verwalter von Gut Ashmoor vorstellen. Begrüße jeden einzelnen von ihnen, damit sie dir ihre Titel und Aufgaben nennen können."

Mit einem plötzlichen Anflug der Furcht in ihren menschlichen Augen blickt sie zu mir auf. Ist mein Mensch zu schwach für so etwas? Ist sie noch nicht bereit? Ich trete vor, reihe mich in die Prozession ein, um ihr zu helfen.

Sie hält ihre Hand hoch und stoppt mich. „Nein. Ich schaffe das", wispert sie.

Stolz wärmt meine Brust, als sie ihre Nervosität hinunterschluckt und meine Hand loslässt. Dann hebt sie das Kinn und lässt mich einfach stehen. Forsch tritt Charlotte vor und begrüßt jeden der Hyrrokinen einzeln, wie es der Brauch ist.

Am Fuß der Treppe, an erster Stelle, steht mein Butler Barnabas. Ich schaue zu, als er vor meinem Pflegekind einen formellen Bückling macht, ihr seinen Namen und seinen Titel nennt und sie sich freundlich die Hand geben. Charlotte lächelt ihn an und lässt ihn auf der hyrrokinischen Sprache wissen, dass es sie freut, hier zu sein und seine Bekanntschaft zu machen. Dann tritt sie auf die nächste Stufe und begrüßt auf ähnliche Weise die Haushälterin, erfährt ihren Namen und ihren Titel, lächelt begrüßend und bietet ihre zarte Hand meiner Angestellten zum Gruß an. Dann tritt sie auf die nächste Stufe, macht die Bekanntschaft des Chefkochs, dann auf der nächsten Stufe die des Gärtners, und immer weiter die Stufen hinauf. Immer wieder hält sie inne, schüttelt rote Hände mit silbernen Klauen und lächelt jeden meiner Angestellten mit unverfälschter Anmut an.

Sie zeigt keine verweilenden Anzeichen von Angst vor den Hyrrokinen, die sie noch in der Transporterstation gezeigt hatte. Ihr weißes Kleid ist so lang, dass es ein paar Schritte hinter ihr noch über den Boden schleift, während sie das Spalier entlangschreitet. Das Weiß ihres Kleids, ihre blasse Haut und das Fehlen von Hörnern auf ihrem Kopf steht im krassen Kontrast zu den größeren Hyrrokinen mit ihrer roten Haut, die sie umgeben. Sie ist nicht zu übersehen, während sie Stufe für Stufe die Treppe hinaufgeht.

Als sie ganz oben ankommt, ist ihr eindeutig klar, dass sie auch die letzte Stufe betreten und weitergehen muss. Sie biegt zweimal nach links ab, dann beginnt sie auf der anderen Seiten den Abstieg, lächelt strahlend und schüttelt noch mehr Hände. Mit der linken Hand hat sie den Saum ihres Kleids gerafft, während sie anmutig in diesen spitzen Fußbedeckungen Stufe für Stufe die Treppe wieder hinuntergeht. Ich sehe zu, wie sie niemanden auslässt, sicherstellt, dass sie auch die beiden jungen, staunenden Aushilfen am Fuß der Treppe mit einem herzlichen Lächeln und einem Handschlag begrüßt. Schließlich ist das Ende der Vorstellungsrunde erreicht und sie tritt am Ende der Treppe wieder neben mich. Ihre Wangen glühen nun förmlich und ihre Augen funkeln.

Plötzlich wünsche ich mir, meine Mutter könnte hier sein, um dieses Menschenweibchen kennenzulernen.

In meiner Erinnerung blitzt das Bild meiner ersten Partnerin auf, die genau die gleiche Aufgabe bewältigen musste, als wir nach dem Termin im Standesamt zum ersten Mal zusammen zum Gut gekommen sind. Meine Mutter musste sie die Stufen hinaufbegleiten, ihr mit ständigen, sanften Aufforderungen helfen, die Begrüßung durchzuführen. Auf der Hälfte hatte Letecia aufgehört, hatte gesagt, sie wäre erschöpft, und hatte die Hälfte der Angestellten ohne eine formelle Begrüßung einfach stehen gelassen. Das hatte sich als Vorbote ihrer schlechten Behandlung des Personals und des ausbleibenden Einheitsgefühls mit den Verwaltern meiner Linie erwiesen.

Ich nehme Charlottes Hand in meine und lächle strahlend, als wir den letzten Abschnitt unserer Reise antreten. Wir marschieren beide zurück in die Mitte der Treppe, Hand in Hand, zwischen den beiden Reihen der Angestellten zu beiden Seiten. Sie rafft den weißen Stoff ihres Kleids zusammen, während wir die Stufen hinaufschreiten. Die versammelten Hyrrokinen klatschen und pfeifen für uns, als wir sie passieren, applaudieren unserer Ankunft.

Hah. Für Letecia haben sie nicht applaudiert.

Ein Portier öffnet uns die Eingangstür und wir betreten das große Foyer. Hinter uns schließt sich die Tür mit einem dumpfen Schlag und die Stille des Anwesens umfängt uns. Grimwall und Barnabas sind ebenfalls mitgekommen. Nun sind es nur noch wir vier – die Haushälterin, der Butler, mein Pflegekind und ich. Charlotte lässt meine Hand los und lässt den Prunk der Eingangshalle auf sich wirken. Die hohen Decken, die prachtvolle Treppe, den riesigen Raum mit den Bogenfenstern. Sie dreht sich im Kreis, um nichts zu übersehen.

Ich sollte zufrieden sein. Dieses Weibchen hat allen Angestellten den angemessenen Respekt erwiesen und ist ganz verzaubert von dem Anwesen. Gut Ashmoor ist, was ich bin, und ich sollte froh darüber sein, dass ihr das Anwesen gefällt, das mein Ein und Alles ist. Aber meine ursprüngliche Freude über die Nähe dieses Weibchens, mit dem ich mich lustpaaren will, verwandelt sich in Beunruhigung. Die Porträts meiner Vorfahren verurteilen mich und ich werde an die Jahrtausende voller Pflichten und Verantwortungen erinnert, die schwer auf meinen Schultern lasten. Ich studiere die Kurven ihre Lippen und die Rundungen ihrer Titten, die über diesem Kleid hervorragen. Ich bin zu betört von ihr. Das ist nicht richtig.

Ich kann sie nicht haben. Eine Nacht des Lustpaarens würde niemals genug sein. Nicht nur ist sie zu jung, und ein Mensch, aber ich habe auch geschworen, nie wieder eine Partnerin zu nehmen oder eine neue Familie zu gründen.

„Lady Ashmoor, darf ich Ihnen Ihr Zimmer zeigen, damit Sie sich ausruhen und umziehen können?", fragt Grimwall, die Haushälterin, das Weibchen.

Charlotte blickt mich fragend an und ich nicke zustimmend. Es wird ihr guttun, sich einzuleben und Zeit für sich zu haben.

Grimwall geht die Treppe hinauf, aber Charlotte greift erneut nach meiner Hand, um mit mir zusammen hinter Grimwall herzugehen, aber dieses Mal gehe ich an ihr vorbei und marschiere allein die Treppe hinauf. Charlotte blickt mich verletzt an und ich komme mir vor wie ein Arsch. Aber sie folgt mir eilig hinterher, Barnabas im Schlepptau. Ich vermisse ihre Berührung, aber jetzt, da wir uns im Inneren der Villa befinden, werde ich an meinen Eid erinnert, an meine Ashmoor-Ehre und an meine rechtlichen Verpflichtungen diesem Weibchen gegenüber. Und vor allem werde ich daran erinnert, wie die Dinge mit meiner ehemaligen Partnerin gelaufen sind. Zunächst war mit Letecia alles viel zu gut gelaufen.

Und dann ist alles den Bach hinuntergegangen.

Oben auf der Treppe angekommen, folge ich der

Haushälterin den Flur hinunter. Wir vier spazieren einen Flur hinunter, dann einen anderen und kommen schließlich an dem Schlafzimmer an, das meine Hausangestellten für Charlotte vorbereitet haben. Im letzten Augenblick fällt mir ein, dass es das Kinderzimmer ist. Wir alle hatten geglaubt, ich würde ein Kind mitbringen. Ehrlich gesagt befindet sich dieses Zimmer direkt neben dem Zimmer, das meinem Sohn gehört hatte, als er noch lebte. Ich war seit zwei Jahren nicht mehr in diesem Flur gewesen. Normalerweise mache ich einen Umweg und betrete meine eigene Suite über die Dienstbotentreppe.

Meine Hände werden feucht, als ich einen eiligen Blick auf das ehemalige Zimmer meines Sohnes werfe. Ich bin seit fast drei Jahren nicht mehr in diesem Zimmer gewesen. Sieht es noch so aus wie immer? Nach seinem Tod hatte ich es für versiegelt erklärt. Sind seine Spielsachen noch da?

Grimwall öffnet die Tür zum Zimmer, das für Charlotte vorbereitet ist, das sich neben Wyliks ehemaligem Zimmer befindet. Ich trete durch die Tür und sehe, dass das Zimmer in violetten Farben dekoriert und für ein kleines Kind eingerichtet ist. Das wird nicht funktionieren. Charlotte blickt sich um, ein breites Grinsen auf ihrem Gesicht. Sie findet das Zimmer perfekt, so wie es ist, aber ich weiß, dass es vollkommen unangemessen ist. Hier kann ich sie nicht besuchen und ich will auch nicht, dass dieser Bereich des Hauses benutzt wird.

„Barnabas?", knurre ich und bedeute meinem Butler, mir in den Flur zu folgen, damit wir unter vier Augen sprechen können.

„Ja, Sir?"

„Dieses Zimmer ist nicht angemessen. Ich dachte ursprünglich, ich würde ein Kind mitbringen, aber wie Sie sehen können, ist mein Pflegekind nur noch eine Woche von der Volljährigkeit entfernt. Sagen Sie der Nanny und dem Privatlehrer bitte ab."

„Wie Sie wünschen."

„Bitte bringen Sie dieses Weibchen in der Partnerinnen-Suite neben meiner unter. Ich möchte sie in meiner Nähe wissen, während sie sich an diese neue Welt und die Gepflogenheiten in unserem Haus gewöhnt."

Sein Gesicht bleibt vollkommen ausdruckslos über meinen ungeheuerlichen Befehl. „Ja."

„Sie braucht einen kompletten Satz neuer Kleider. Ich will, dass morgen ein persönlicher Stylist mit einer Auswahl an Sachen herkommt, die sie anprobieren kann."

„Ja."

„Weisen Sie ihr persönliche Angestellte zu und sorgen Sie dafür, dass sie sich wohlfühlt. Und …" Ich drehe mich um und schaue Charlotte an. Sie steht neben der Tür, beobachtet mich, wie ich mit Barnabas spreche, und so wie die Tür sie einrahmt – sie sieht perfekt aus. Abgesehen von diesem menschlichen Paarungskleid. Das hasse ich. „Sorgen Sie dafür, dass dieser weiße Stoff, den sie trägt, verbrannt wird", grummle ich.

Barnabas nickt und macht sich eine Notiz auf dem Tablet.

„Thayne? Ist alles in Ordnung?", fragte Charlotte ernsthaft beunruhigt. „Was stimmt nicht?"

Sie starrt mich eindringlich an. Es macht mich fertig, dass sie meinetwegen besorgt ist. Aber wieso sollte sie besorgt sein? Wir haben uns gerade erst kennengelernt. Meine Augen fallen auf die Tür zum Zimmer meines Sohns, was Erinnerungen in mir hervorruft, für die ich jetzt nicht bereit bin. Rauch quillt aus meinen Nasenlöchern. „Ich muss los zu einer Besprechung", lüge ich. „Barnabas und Grimwall werden sicherstellen, dass du alles hast, was du brauchst."

Ihr Blick wird traurig und sie tritt auf mich zu. „Du ... du gehst?"

Ich trete einen Schritt zurück. Seit wir uns getroffen haben, war sie an meiner Seite, aber ich kann sie nicht haben und das muss sie nun begreifen. Ich bin der Feuerlord und der Kopf des Hauses Ashmoor. Entehrung mit einem minderjährigen Pflegekind ist inakzeptabel. Und selbst wenn sie volljährig wäre, kann ich nie mehr für sie sein als ein kurzfristiger Lustpartner, und sie ist zu jung, um etwas anderes zu akzeptieren als einen Mann, der ihr alles geben kann.

Ich bin ihr Vormund und ich werde sie beschützen, sogar vor mir selbst.

Ich beiße die Zähne zusammen, versuche, Charlottes köstlichen Duft nicht einzuatmen. „Du bist neunzehn Jahre alt und stehst unter meiner Obhut." Ich erinnere sie an die rechtlichen Umstände unserer Beziehung. „Ich bin dein Vormund und du bist mein Pflegekind."

Wieder blickt sie mich mit großen Augen an, in denen ich nichts als echte Sorge und Beunruhigung erkennen kann.

Ich drehe mich um und gehe davon.

Meine ehemalige Partnerin schien anfangs ebenfalls voller Zuneigung zu sein. Letecia hat sich den Angestellten gegenüber nicht perfekt verhalten, aber sie war nett zu meiner Mutter und aufmerksam jedem meiner Bedürfnisse gegenüber. Sie hat das Anwesen geliebt und alle öffentlichen Zusammenkünfte besucht. Ich war bereit gewesen, ihr mein ganzes Herz zu schenken, wenn sie es gewollt hätte. Ich habe meine Deckung fallen lassen und den ultimativen Preis bezahlt.

Ich werde nicht zulassen, dass so etwas noch einmal vorkommt.

5

CHARLOTTE

Thayne geht davon, Barnabas im Schlepptau, und ich bin allein mit Grimwall, der Haushälterin.

Ich schaue den Wogen von Thaynes muskulösem Rücken und dem Schlagen seines Schweifes hinterher, als er den Flur hinuntergeht und dann die Treppe hinuntertrampelt, ohne sich noch einmal umzudrehen. Himmel, ist er muskulös. Muskeln über Muskeln. Diese rote Brust ist ein regelrechtes Kunstwerk.

Hm. Ich spitze die Lippen und blicke mich um. Er ist quasi vor mir davongerannt.

Thayne schien in dem Moment beunruhigt zu werden, als wir das Haus betraten und sich die Türen hinter uns geschlossen hatten. Und er wurde noch aufgebrachter, als wir in die obere Etage gegangen waren. Die freundliche, gefühlsbetonte Version von Thayne war von einem steifen, distanzierten Mann mit geballten Fäusten und hektischem Atem abgelöst worden. Er schien nicht wütend zu sein, aber aufgewühlt. In dem Augenblick, als wir hier oben angekommen waren und vor dem Schlafzimmer gestanden hatten, hatte er erschüttert ausgesehen, und ich hatte ihm helfen wollen, aber er hat mir nicht erzählt, was los ist, und hat dicht gemacht.

Ich vermisse Thayne jetzt schon. Er ist mein Vertrauter. Der Mann, der mich aus einer schlimmen Lage gerettet und mich an diesen sicheren Ort gebracht hat, wo ich frei bin, meine Zukunft zu planen, und wo die Gemeinheiten der Vergangenheit hinter mir liegen. Ich kann hier nun ein ganz neues Kapitel meines Lebens beginnen, in dem ich auch mehr über das Erbe lerne, das Targek Ashmoor mir hinterlassen hat.

Meine Mutter war ein labiles Wrack und hat die Erscheinung meines Großvaters gehasst, hat zugelassen, dass das einen Keil zwischen sie und ihre eigene Mutter treibt und ich infolgedessen von meiner eigenen Familie abgeschnitten wurde. Aber meine Großmutter hatte Targek Ashmoor sehr geliebt. Und trotz der Art und Weise, wie meine Mutter ihn behandelt hat, hat dieser Mann dennoch einen Weg gefunden, mir Geld zukommen zu lassen und dafür zu sorgen, dass mein Leben angenehm und voller Möglichkeiten war. Ich glaube wirklich, dass meine Großeltern geplant hatten, wieder in mein Leben zu treten, sobald ich volljährig bin und dadurch nicht länger unter dem Einfluss meiner Mutter stehe. Vielleicht hätten wir für meinen zwanzigsten Geburtstag ein richtiges Familientreffen veranstaltet. Wir waren so kurz davor, noch einmal von vorn zu beginnen und eine neue Beziehung zueinander aufzubauen. Und dann wurde uns das alles genommen. Meine Mutter ist plötzlich gestorben, ebenso wie meine beiden Großeltern, alle drei nur wenige Monate nacheinander. Und jetzt bin ich allein. Ich bin es meinen Großeltern schuldig, diese Gelegenheit beim Schopfe zu greifen und mehr über die Hyrrokinen und die Ashmoors zu lernen.

Ich drehe mich wieder zu der Haushälterin um und sie

lächelt mich an, was ihre grimmigen Züge weniger furchteinflößend macht. Ich knabbere an meiner Unterlippe
herum und entscheide, dass Thayne vermutlich einfach
gestresst ist, weil er tatsächlich zu einer Besprechung muss.
Ich muss mich einfach ranhalten und mir dieses neue
Leben zu eigen machen und nicht klein beigeben. Er hat
darauf bestanden, dass mir ein Übersetzungschip eingesetzt wird, was sich durchaus als praktisch erwiesen hat,
und er hat ebenfalls sichergestellt, dass ich mich allen
Angestellten vorstelle und von ihnen willkommen geheißen
werde … Er lässt mich nicht einfach hängen. Er hat mir
eine Rampe gebaut, um in diesem neuen Leben erfolg-
reich zu sein, und im Prinzip gibt er mir nur zu verstehen,
dass ich jetzt die Zügel in der Hand halte.

Ich stoße einen Seufzer aus.

Okay. Ich kann das schaffen. Mit meiner Mitbewohnerin und ihrer Familie wahre Freundschaft zu finden, hat
nicht funktioniert, aber das sind ja nicht die Einzigen.
Wenn Thayne und Targek Ashmoor irgendein Hinweis
darauf sind, wie sich die Hyrrokinen benehmen, dann
muss ich dieser Sache eine Chance geben. Ich war noch
nie jemand, der Leute nur aufgrund ihrer Äußerlichkeiten
verurteilt, also fällt es mir tatsächlich leicht, über das
albtraumhaftes Aussehen all dieser Hyrrokinen hinwegzu-
sehen und mich daran zu erinnern, dass Menschen und
Hyrrokinen im Inneren gar nicht so unterschiedlich sind.
Das habe ich bereit in der kurzen Zeit herausgefunden, die
ich allein mit Thayne verbracht habe.

Leider habe ich meinen Großvater vor seinem Tod nie
kennenlernen können, also war Thayne der erste Hyrrokine, den ich in echt getroffen habe. Ich wusste nur durch
die oberflächliche Recherche, die ich über sie betrieben
hatte, über diese Spezies Bescheid. Dann habe ich seinen
Piloten getroffen, der gruselig war, dann die Mitarbeiter

der Transporterstation. Und dann – schluck – wurde ich jedem einzelnen hyrrokinischen Angestellten vorgestellt, der auf diesem riesigen Anwesen arbeitet, einschließlich der Außengebäude und der Ländereien. Und jetzt fühle ich mich also ein bisschen desensibilisiert. Aber sie sind alle so viel größer als ich. Und die schwarzen Hörner auf ihren Köpfen und die Schwänze lassen sie sogar noch größer erscheinen. Manchmal kann ich Rauch aus ihren Nasenlöchern quellen sehen.

Grimwall lächelt mich weiterhin an, zeigt mir ihre scharfen Reißzähne. Sie führt mich den Flur hinunter und ich folge ihr. „Ich entschuldige mich für das kleine Zimmer", lässt sie mich wissen. „Lord Ashmoor hat vollkommen recht. Es ist nicht angemessen für Sie. Wir dachten ursprünglich, er würde ein kleines Kind mitbringen, also haben wir das Kinderzimmer hergerichtet. Ich werde Ihnen Ihr neues Zimmer zeigen."

Grimwall ist nicht so viel größer als ich und sie trägt eine Kette um den Hals, an der eine Sammlung alter Schlüssel hängt. Alle Frauen, die ich bisher auf Tarvos getroffen habe, tragen die gleichen hellen Blusen, die ihren Oberkörper bedecken, aber ihre Arme und ihren Hals frei lassen. Es gibt keinerlei Träger. Ihre Bluse ist dunkelpink und sie trägt einen passenden pinken Rock, der ihrem Schweif genug Spielraum gibt, um hinter ihr hin und her zu zucken. Sie sieht feminin aus, dennoch sachlich und auf ihre Arbeit bedacht. Das gefällt mir.

Ich nicke zustimmend und folge ihr wortlos den sehr langen Flur hinunter, an dessen Ende sich ein Fenster befindet. Wir biegen zweimal links ab, dann gehen wir einen weiteren Flur hinunter und halten vor einer Tür an. Sie sucht einen Schlüssel aus dem Bund um ihren Hals und öffnet damit die große, verzierte Tür. Ich weiche einen Schritt zurück, um ihr Platz zu lassen, will nicht von dem spitzen, schwarzen, zuckenden Schweif erwischt werden.

„Ich bin so viele altmodische Türen mit antiken Schlössern nicht gewohnt", lasse ich sie wissen. „Neue Erde wurde erst kürzlich nach dem Krieg wieder aufgebaut, also ist alles dort neu …" Dann schwingt die Tür quietschend auf und ich schnappe vor Überraschung nach Luft. Ein herrliches Zimmer liegt vor mir. Ich presse mir eine Hand auf die Brust und trete zögerlich ein, starre voller Verwunderung alles auf einmal an, bin völlig überwältigt vor Freude über die Schönheit, die mich umgibt. Mir war schon klar, dass das hier eine Art „Palast" ist, aber dieses Zimmer zu sehen, besiegelt es.

Das Kinderzimmer, in das ich zuerst geführt wurde, war schon fantastisch, und wenn ich ehrlich bin, hätte ich überhaupt nicht gewusst, dass es ein Kinderzimmer ist, wenn sie es mir nicht erzählt hätten. Ich hatte nicht erkannt, dass es für ein Kind dekoriert worden war, und ich war bereit gewesen, dort zu bleiben, hatte schon gedacht, dass dieses Zimmer viel schöner war als alle anderen Zimmer, in denen ich je in meinem Leben gewohnt hatte. Aber jetzt erkenne ich den Unterschied. Das letzte Zimmer hatte ein schmales, kleines Bett, das genau meiner Größe entsprach, also hatte ich nicht bemerkt, dass es für ein Kind gebaut worden war, aber in diesem Zimmer steht ein Himmelbett mit vier Pfosten, das groß genug für fünf Leute ist. Die Decke ist hoch und mit Stuck und Schnitzereien verziert. Eine Fensterfront gibt den Blick auf die angelegten Gärten von Ashmoor frei. Das Zimmer ist so groß, es gibt vor den Fenstern sogar eine großzügige Sitzecke mit vier bequemen, cremefarbenen Sessel mit grünen Kissen und einem kleinen Tisch.

Meine Absätze klackern über den Steinboden, dann versinken sie in tiefen Teppichen, als ich eilig auf die

Fenster zugehe, weil ich mir einfach die Aussicht anschauen muss. Die Aussicht aus dem Kinderzimmer ging auf die hinteren Gärten hinaus, aber dieses Zimmer bietet einen ausladenden Ausblick über die Vorderseite des Anwesens. Ich halte direkt an einem offenen Fenster an und stehe einen Augenblick da, schaue einer Gruppe Hyrrokinen zu, die in der Ferne Wasser in eine Art Teich mitten zwischen den Gärten leiten.

Dann drehe ich mich herum und betrachte wieder das enorme Zimmer, kreische vor Freude über das Bett auf. Es besteht aus Ebenholz und die Laken sind hellgrün. Ich gehe herüber und gleite mit der Hand über die herrliche Tagesdecke, kann gar nicht glauben, wie weich dieser fein gewebte Stoff ist. An der Wand dem Bett gegenüber gibt es einen riesigen Kamin und an den Wänden hängen große Ölgemälde mit Landschaften und Hyrrokinen aus vergangenen Jahrhunderten darauf, die in formellen Anziehsachen posieren, ähnlich wie die Bilder, die ich schon im Foyer und den Fluren gesehen habe.

„Ist dieses Zimmer angemessen?", fragt die Haushälterin.

„Natürlich", sprudle ich hervor. „Es ist fantastisch. Ich habe in meinem ganzen Leben noch kein schöneres Zimmer gesehen. Vielen Dank, dass Sie mich hierher gebracht haben."

Sie strahlt, freut sich über meine Antwort. „Freut mich, dass es Ihnen gefällt. Da hier war früher die Suite der Altgräfin Ashmoor."

Ich halte in meinem Inspizieren der Nachttische inne und starre sie verwirrt an. „Was ist eine ‚Altgräfin'?"

„Oh, eine Altgräfin ist der Titel, den eine verwitwete Mutter eines Mitglieds unseres Adels trägt. Unsere Altgräfin war Lord Ashmoors Mutter. Sie hat hier bei ihm auf Gut Ashmoor gelebt, bis sie vor zwei Jahren gestorben ist. Sie hat nicht tatsächlich in diesem Zimmer geschlafen, nicht seit sie mit dem vorhergehenden Feuerlord verpartnert war. Es war früher ihr Zimmer, als sie die Herrin dieses Hauses war und ihr Partner, Torman Ashmoor, der Vater des jetzigen Lords Ashmoors, der zwölfte Feuerlord war."

„Oh." Ich blicke mich um, denn jetzt bin ich wirklich verwirrt. Will sie damit sagen, dass das hier theoretisch das Zimmer für die Frau des Feuerlords war? Aber ich bin nicht die Frau von Thayne, ich bin sein Pflegekind. Warum sollte er mich hier unterbringen wollen?

„Wir haben die Fenster aufgerissen, um zu lüften, denn dieses Zimmer wurde seit fünfzehn Jahren nicht mehr benutzt. Deshalb stehen die Fenster noch offen. Aber es ist noch immer hergerichtet, weil wir es immer bereithalten wollen, falls es gebraucht wird, so wie jetzt. Sie können die Konsole auf dem Nachttisch benutzen, um uns zu rufen, egal, was Sie brauchen. Dem Zimmer ist ein Putz-Bot zugewiesen, aber Sie haben auch ein persönliches Dienstmädchen namens Milli."

„Wirklich?"

„Natürlich. Und jetzt lassen Sie mich Ihnen den Rest der Suite zeigen. Ich bin sicher, Sie sind froh, wenn ich wieder verschwunden bin, damit Sie sich entspannen und ausruhen können."

Ich lächle, weil sie irgendwie recht hat. Entspannen und ausruhen klingt wundervoll, vor allem nach diesem verrückten Tag, den ich hatte.

Grimwall führt mich zum Badezimmer und zeigt mir, wie ich die noble Ausstattung benutze. Jede Oberfläche sieht aus, als ob sie entweder aus weißem Marmor geschnitzt wäre oder aus gebürstetem Stahl besteht. Die Reinigungseinheit ist groß genug, um eine ganze Mannschaft von Hyrrokinen zu beherbergen, und ich sehe, dass es Einstellungen gibt, die ich nie zuvor benutzt habe. Dieses Haus sieht alt aus, aber es ist gut gepflegt und mit den neusten Annehmlichkeiten ausgestattet. Wir passieren eine riesige Badewanne, dann gehen wir durch einen kurzen Flur weiter in ein Ankleidezimmer. Die Lichter gehen an und ich erblicke einen ebenfalls riesigen begehbaren Kleiderschrank mit glänzenden, dunklen Regalen, die allesamt leer sind.

„Ich wurde darüber informiert, dass Sie Ihren Heimatplaneten verlassen habe, ohne Ihre eigenen Anziehsachen mitnehmen zu können. Und da wir leider ein Kind erwartet haben, liegen noch keine Sachen für Sie bereit", erklärt mir Grimwall und deutet auf einen weißen Bademantel, der an einem Haken hängt. „Aber Sie können den Bademantel anziehen, während Sie auf Ihre neuen Sachen warten, wenn Sie aus diesem ... ähm ..." Sie wedelt mit der Hand in der Luft herum, deutet auf mein Kleid.

Ich blicke an mir herunter auf das enge Kleid und die enorme Schleppe und wünsche mir plötzlich, ich könnte *tatsächlich* aus diesem Ding herauskommen. Ich stehe noch immer in meinem Brautkleid und den Absatzschuhen da, die ich vor dem Altar getragen habe. Es ist nicht gerade das, was ich mir ausgesucht hätte, aber es sieht hübsch aus. Aber es ist auch extrem unbequem. Und die Schuhe bringen mich um. Augenblicklich trete ich sie von den Füßen. „Das ist ein Hochzeitskleid", erkläre ich, während ich mich herunterbeuge und einen der glänzend weißen Schuhe hochhebe. „Lord Ashmoor hat mich davor bewahrt, einen sehr bösen Menschenmann zu heiraten. Ich bin ihm sehr dankbar. Und Sie haben recht, ich würde sehr gern aus diesem Kleid rauskommen, weil es mich einzwängt und unglaublich unbequem ist. Ich würde mich liebend gern in einem Bademantel entspannen." Ich starre auf den steifen, weißen Stoff, der meinen Körper bedeckt, und mir wird augenblicklich klar, dass ich mit dem Korsett Hilfe brauchen werde. „Aber, ähm, bevor Sie gehen, könnten Sie mir das Kleid aufmachen?"

„Natürlich."

Ich drehe mich um und Grimwall löst gekonnt die Schnüre in meinem Rücken, das Einzige, was ich nicht allein hinbekommen hätte. Das Korsett löst sich und ich halte es fest, damit es nicht hinunterrutscht, und atme dankbar ein.

Grimwall gluckst über meine offensichtliche Erleichterung darüber, endlich wieder richtig atmen zu können. „Ich werde ein Tablett mit Erfrischungen hochschicken", sagt sie. „Milli wird jeden Augenblick vorbeikommen, um nach Ihnen zu schauen." Und damit verschwindet sie. Ich kann das leise Klacken hören, als die Tür zu meiner Suite zufällt.

Ich schaue mich in dem glamourösen Schrank um und kichere.

Als ich heute Morgen aufgewacht bin, hatte ich mir ganz und gar nicht vorgestellt, dass mein Tag so verlaufen würde. Ich kann nicht glauben, dass in einem Tag so viel passieren kann. Ich war kurz davor gewesen, Jaden zu heiraten, dann hatte ich herausgefunden, dass er mich betrogen hatte und dass er, seine Schwester und seine Mutter mich tatsächlich all die Jahre über gehasst hatten und nur vorgegeben hatten, mich zu mögen, damit Jaden mich heiraten und mein Erbe in die Finger kriegen konnte.

Thayne war in die Kirche gestürmt, hatte mich vom Altar weggeschnappt und es mir so unglaublich einfach gemacht, aus dieser Hochzeit rauszukommen, die niemals hätte stattfinden dürfen. Von meinem Adoptivgroßvater hatte ich ein Vermögen und den Titel geerbt, aber er hatte für den Fall seines Todes auch Thayne Ashmoor als meinen Vormund eingesetzt, und nun bin ich also Thaynes Pflegekind. Ich habe die Vermutung, wenn ich wollte, könnte ich diese ganze Sache rechtlich anfechten. Ich bin ein Mensch und Bürgerin von Neue Erde. Aber ich bin mir auch zu neunundneunzig Prozent sicher, dass ich das Erbe und den Titel aufgeben müsste, wenn ich die Vormundschaft anfechten würde. Will ich wirklich so dringend wieder weg von Tarvos? Nein. Ich kann für ein Jahr hier leben und alles über die Hyrrokinen lernen. Das klingt wie ein fairer Deal.

Ich winde mich aus dem Kleid, das ihn ohnehin nie haben wollte. Maya hatte es für mich ausgesucht. Tränen brennen in meinen Augen, als ich an die Person denken muss, von der ich dachte, sie wäre meine Freundin. Mayas Verrat schmerzt mehr als der von Jaden oder seiner Mom. Wir waren Mitbewohnerinnen. Ich bin praktisch nur mit ihrem Bruder ausgegangen und habe zugestimmt, ihn zu heiraten, weil er *ihr Bruder* war.

Ich ziehe das Kleid hinunter und trete heraus, versuche, den Schmerz zu vergessen, den Maya in mir verursacht hat. Gestern Abend habe ich lange über diesen Verrat geweint. Ich werde nicht zulassen, dass sie mich noch einen zweiten Abend lang zum Weinen bringt. Die drei sind wahrscheinlich richtig sauer, dass ich entkommen bin und ihnen mein Vermögen durch die Finger gegangen ist. Abgesehen davon war ich ihnen scheißegal.

Grr.

Dieses wunderschöne Kleid wühlt alle möglichen, schlimmen Erinnerungen an Falschheit und gebrochene Versprechen in mir auf. Ich will das alles hinter mir lassen.

Endlich liegen mein Kleid, meine Unterwäsche und die Accessoires in einem großen, fluffigen Haufen auf dem Boden, mitten im Ankleidezimmer, und ich selbst stehe nackt und bloß da. Ich werfe einen Blick in einen großen Ganzkörperspiegel, der an die Wand gelehnt ist. Normalerweise vermeide ich es, mich nackt zu betrachten, aber weil ich so geübt darin bin, meine Fettröllchen, Zellulitis und den dicken Bauch als hässlich zu betrachten. Aber ausnahmsweise habe ich es nicht eilig, mich zu bedecken und … es macht mir nichts aus, was ich sehe.

Meine Gedanken fliegen zu all den bewundernden, glühend heißen Blicken und die intimen Berührungen, die Thayne mir die ganze Zeit über geschenkt hat, die wir zusammen verbracht haben.

Ich bin keine Jungfrau. Ich bin auf Dates gegangen und ich hatte zwei sehr unterschiedliche, kurzzeitige Freunde. Aber … noch nie hat mich jemand angeschaut, wie Thayne mich heute angeschaut hat. Ich lege eine Hand auf meine Hüfte und mache den Rücken gerade. Dann drehe ich mich um und werfe einen Blick über meine Schulter auf meinen nackten Hintern. Ich drehe mich wieder nach vorn und schaue an mir hinab. Und ich entdecke die guten Qualitäten. Meine Brüste sind groß und haben eine gute Form. Meine Haare sind zwar dünn, aber sie glänzen und haben natürliche Strähnchen. Und ich habe ein strahlendes Lächeln und hübsche Zähne. Meine hellbraunen Augen funkeln mit grünen Sprenkeln. Ich mag, wie meine Beine aussehen; ich finde sie wohlgeformt. Meine Haut ist weich und leuchtet golden. Ich brauche so gut wie kein Make-up, weil meine Haut so rein ist.

Hm.

Ich schnappe mir den Bademantel und werfe ihn mir über den Arm, dann tapse ich barfuß durch den kurzen Flur zurück ins Bad. Die Temperaturen auf diesem Dschungelplaneten sind perfekt. Nicht einmal meine Füße sind kalt, obwohl die Fenster in dem großen Zimmer offenstehen. Ich betrete das Badezimmer und seufze vor Entzücken auf. Allein dieser Bereich ist locker so groß wie meine letzte Wohnung.

Das dicke Hochzeits-Make-up muss verschwinden, ebenso wie die Frisur. Ich will sauber und frisch sein. Den Verlobungsring habe ich mir bereits vom Finger gezogen und bis zum Ringtausch bei der Hochzeit sind wir gar nicht gekommen. Ich bin mir hundertprozentig sicher, dass Jaden, Maya oder ihre Mom in dem Augenblick auf dem Boden der Kirche herumgekrabbelt sind und ihn gesucht haben, als ich verschwunden war.

Ich drehe die Reinigungseinheit an und lege den Bademantel über die Lehne eines gepolsterten Stuhls. Dann trete ich unter die herrlichste Dusche, die ich jemals in meinem Leben genießen durfte. Wow. Das Wasser regnet von oben auf mich herab und ist augenblicklich warm genug. Es gibt nicht einmal einen Timer für die Temperatur oder ein Rückgewinnungssystem für das Wasser. Neue Erde ist eine Halbwüste, also kommt mir dieser starke Wasserstrahl völlig bizarr vor.

Auf diesem Planeten gibt es überall grüne Vegetation und Gewässer. Die Gärten vor dem Ashmoor-Anwesen sind voller exotischer Blumen. Ich bin ganz besessen von Xenobotanik und Gartenbau, also weiß ich schon, dass es mir gefallen wird, die Pflanzen, Blumen und Bäume auf Tarvos zu studieren und sie mit denen auf Neue Erde zu vergleichen. Das mag der heimliche Grund sein, weshalb ich so schnell zugestimmt habe, hierzubleiben.

Die Reinigungseinheit ist fantastisch und ich bleibe sehr lange darin stehen, weil ich nicht glauben kann, wie herrlich dekadent es sich anfühlt, so viel Wasser zu benutzen, wie ich will. Am Ende des Programms fühlt sich meine Haut sauber und regelrecht poliert an und meine Haare sind geföhnt, glänzend und glatt. Ich trete aus der Einheit und fühle mich pudelwohl. Kein Wunder, dass es in diesem Badezimmer keine Handtücher gibt – ich brauche keine. Als ich in den super weichen, weißen Bademantel schlüpfe und den Gürtel vor meiner Taille verknote, bin ich bereits vollkommen trocken.

Dann höre ich das Klopfen an der Tür zur Suite.

6

CHARLOTTE

Ich nehme an, es ist Grimwall mit diesen „Erfrischungen".

Zu Hause auf Neue Erde ist alles neu gebaut, also sind die Türen solche modernen, aufgleitenden Türen mit digitalen Signaltönen. Ich liebe es, dass hier in dem Anwesen alle Türen mit einem echten Knauf geöffnet werden müssen. Das altmodische Geräusch einer Hand, die an einer schweren Holztür anklopft, damit ich öffne, ist ebenfalls unfassbar charmant.

Ich gehe vom Bad in das Zimmer der Suite und drehe den Knauf der schweren Eingangstür, ziehe sie knarzend auf. Ein mir bekannt vorkommendes, schauerlich aussehendes Hyrrokinenweibchen steht vor meiner Tür Spalier, trägt die gleiche pinke Uniform wie alle weiblichen Hausangestellten, nur dass ihr Rock kürzer ist und an den Knien endet. Sie hält ein Tablett mit Essen in der Hand und macht einen Knicks, ohne dass etwas herunterfällt. „Guten Tag, Lady Ashmoor. Ich bin Milli, Ihr persönliches Dienstmädchen. Darf ich eintreten?"

Ihre Zunge ist lang und gespalten. Sind ihre Reißzähne schärfer als üblich?

„Oh, natürlich", erwidere ich und versuche, meine Stimme nicht zittern zu lassen. Für einen Augenblick ist meine Furcht zurückgekehrt, und ich gebe mein Bestes, sie zu unterdrücken. Es ist so, so seltsam, dass diese Wesen, die äußerlich aussehen, als ob sie mich jeden Augenblick angreifen und mir den Kopf abreißen werden, mich als „Lady" ansprechen. Ich fühle mich wie eins der Mädchen in einem dieser Fantasy-Videokanäle. Wie kann das hier tatsächlich mein Leben sein?

Ich trete einen Schritt zurück, um ihr etwas Platz zu machen, weil ich nicht versehentlich von dem glänzenden, schwarzen Schweif erwischt werden will. Das Weibchen rauscht an mir vorbei und der leckere Geruch von dem, was auch immer sie da auf dem Tablett hat, lässt meinen Magen vor Hunger knurren.

„Wir haben uns vorhin kennengelernt", wirft sie mir mit einem freundlichen Tonfall über die Schulter zu. „Aber Sie haben so viele Hyrrokinen auf einmal getroffen, ich bin mir sicher, Sie erinnern sich nicht mehr. Wie gesagt, mein Name ist Milli. Oh, wo soll ich das für Sie hinstellen?"

Ich blicke zu ihr auf, versuche zu vertuschen, dass ich ihre nackten Füße mit den tödlichen Zehennägeln examiniert habe. Und ich deute auf den Tisch und die Sessel vor der hübschen Aussicht. Sie nickt und geht herüber, um das Tablett abzustellen. Dann erklärt sie mir schnell, wie die warme Kanne mit Traq funktioniert und wie ich an den Süßstoff und die Milch rankomme, die sich in wundervollen, kleinen Behältern befinden. Sie zeigt mir den winzigen, bunten Teller voller heißer Fleischstückchen. „Setzen Sie sich und entspannen Sie sich", sagt sie. „Grimwall lässt Ihnen ausrichten, dass Sie sich keine Sorgen machen sollen, weil Sie keine Kleidung dabeihaben. Ihre Stylistin wird direkt morgen früh herkommen und sicherstellen, dass Sie alles haben, was Sie brauchen."

Schwer lasse ich mich auf einen der Sessel fallen. „Meine Stylistin?" Seit wann brauche ich eine Stylistin? Aber … ich blicke mich in dem Prunk der Suite um, die mir zugeteilt wurde, und erinnere mich daran, dass die Dinge nun einfach sehr anders sind. Zuerst einmal bin ich ein Mensch, der die korrekten hyrrokinischen Anziehsachen braucht, und ich habe keinen blassen Schimmer, was das mit sich bringt. Außerdem wird es hier auf dem Anwesen sicherlich jede Menge Glanz und Gloria geben und ich nehme an, dafür muss ich angemessen angezogen sein.

„Ja. Wir entschuldigen uns dafür, dass im Augenblick nichts anderes zur Verfügung steht als dieser Bademantel, aber das wird bald geklärt sein. Ist es in Ordnung, wenn ich die Sachen mitnehme, in denen Sie hier angekommen sind? Dann können wir anhand dieser Sachen Ihre Größe feststellen."

„Oh, natürlich." Ich bin tatsächlich nicht so interessiert an der Vorstellung von neuen Anziehsachen, wie ich es vielleicht sein sollte. Was ich wirklich wissen will, ist der Aufenthaltsort von Thayne Ashmoor, aber ich will auch nicht zu verzweifelt wirken. Er weiß, wo ich bin, und wenn er mich sehen will, muss er einfach nur hierherkommen.

Überschwänglich bedanke ich mich bei Milli für die Snacks und sie verlässt die Suite mit Armen voller weißem Kleid, meiner Unterwäsche und meinen Schuhen. Sie erklärt mir noch, wie ich mein Abendessen bestellen kann, wenn ich Hunger bekomme, und dann ist sie verschwunden und ich bin wieder allein.

Ich rücke das Kissen in meinem Rücken zurecht, dann sinke ich in den bequemen Sessel vor den offenen Fenstern und gieße mir etwas Traq in eine sehr große Tasse ein, schütte mir Süßstoff und Milch hinein und knabbere an dem köstlichen Fleisch. Eine angenehme Brise weht durch meine Haare und ich lächle.

Die Aussicht aus diesen Fenstern in der zweiten Etage ist herrlich, genauso wie das Essen, aber ich kann an nichts anderes denken als an Thayne.

Ist er genervt darüber, plötzlich mit einem Menschenweibchen belastet zu sein, wenn er ursprünglich ein Kind erwartet hatte, jetzt aber der Vormund einer erwachsenen Frau ist, die allerdings laut dem Gesetz der Hyrrokinen noch keine offizielle Erwachsene ist? Es muss schwer für einen reichen, adligen Kerl wie Thayne sein, plötzlich herauszufinden, dass er für irgendeine Fremde verantwortlich ist, die noch nicht einmal zu seiner eigenen Spezies gehört. Er hätte auch einfach „Drauf geschissen" sagen und ein Team von Anwälten anheuern können, um das Testament anzufechten, damit er sich nie die Mühe machen braucht, mich nach Tarvos zu holen. Ich gluckse, während ich meinen Traq schlürfe, muss daran denken, wie Thayne geglaubt hat, ich wäre ein Kind, und mich stattdessen am Altar vorgefunden hat, in Begriff, eine Ehe zu schließen.

Wer hätte das gedacht?

Als er in diese Kirche marschiert ist, hat er eine Reihe von Ereignissen angestoßen, die mich vor einer zum Scheitern verurteilten Ehe gerettet haben, und dafür bin ich ihm ewig dankbar. Ich hasse Konfrontationen, also Jaden, Maya und ihrer Mutter nicht die Meinung geigen zu müssen und einfach auf so eine spektakuläre Art und Weise verschwinden zu können, war meiner Meinung nach viel besser. Außerdem ist es gut, dass ich hier bin, denke ich. Was er zu den Angestellten gesagt hat, stimmt – ich bin hier, um alles über die Ashmoors zu lernen. Wenn ich Targek Ashmoors Vermögen und seinen Titel erben werde, ist es nur richtig, dass ich auch die Kultur und die Geschichte verstehe, die ich damit erbe.

Ich trinke meine Tasse Traq aus und verschlinge alle Fleischhappen, dann entscheide ich mich, dass er sich sehr gut anhört, mich ein wenig hinzulegen. Das herrliche Himmelbett lockt mich förmlich an. Ich schiebe eine Fußbank davor, damit ich überhaupt hinaufklettern kann. Dann lege ich mich hin und entdecke, dass ich mich im Himmel befinde. Ich muss mich nur nach links drehen und kann aus den Panoramafenstern die Aussicht genießen, während ich im Bett liege. Wie großartig ist das denn bitteschön.

Ich drehe mit den Fingern an einer Haarsträhne herum, fantasiere über die Vorstellung, wie Thayne mit mir vor einem Altar steht, als mein echter Bräutigam, und wir beide uns unser Eheversprechen geben und Ehemann und Ehefrau werden. Und als er mich davonträgt, trägt er mich zu unseren Flitterwochen.

Dann rolle ich mich im weichen Bademantel zusammen und schlafe ein.

ICH WACHE AUF, als die zwei Sonnen untergehen. Himmel, wie lange habe ich denn geschlafen? Ich recke und strecke mich, bleibe aber eine Weile liegen und lasse den Blick über die Details im Raum gleiten, versuche zu begreifen, was alles passiert ist. Ich kann einfach nicht fassen, dass ich heute Morgen in Singapur auf Neue Erde aufgewacht bin und geglaubt hatte, ich würde heute heiraten. Und jetzt bin ich auf einem anderen Planeten auf der anderen Seite der Vier Sektoren. Moderne Technik ist ziemlich beeindruckend.

Ich strecke die Hand aus und greife nach der Konsole auf dem Nachttisch, um mit Grimwall zu sprechen.

Zusammen gehen wir die Speisekarte für den Abend durch und ich versuche, so gut ich kann, die Gerichte auszuwählen, die mir schmecken könnten. Dann gehe ich ins Bad und benutze die hohe Hightech-Toilette und wasche mir die Hände. Ich wünschte, ich hätte ein paar Menschensachen dabei, wie Socken oder Puschen, denn meine Füße frieren auf den Bodenfliesen, jetzt, da die Sonnen untergehen.

Schon bald erscheint Milli mit einem weiteren Tablett köstlichen Essens und stellt mein Abendessen wieder auf dem Tisch in der Sitzecke vor den Fenstern ab – diesmal mit der herrlichen Aussicht auf die zwei Sonnen, die über dem Garten untergehen.

Diesmal ist ein männlicher hyrrokinischer Angestellter mitgekommen, den ich ebenfalls bei meiner Ankunft kennengelernt habe, aber ich muss leider zugeben, dass ich mich nicht mehr an seinen Namen erinnern kann. Er stellt einen Korb mit dicken Büchern neben meinem Stuhl ab, dann stellt er sich noch einmal vor. „Ich heiße Sylik, ich bin der erste Assistent des Butlers, Barnabas. Er hat mir aufgetragen, Ihnen diese Bücher vorbeizubringen und dass sie in diesem Zimmer bleiben sollen, als Ihre persönliche Bibliothek über die Geschichte des Hauses Ashmoor."

„Oh, vielen Dank." Ich beuge mich hinunter und fahre mit den Fingern über die schweren, gebundenen Bücher. „Sie sind wunderschön. Ich habe noch nie im Leben echte Bücher berührt. Ich verspreche, ich werde –" Ich schreie auf, weil Milli ihren Mund geöffnet hat und einen Flammenstrahl in den Kamin schießt, die Scheite aus Ebenholz in Brand setzt. Ich presse mir die Hand auf die Brust, versuche, meinen Atem zu beruhigen. Himmel, wann werde ich mich endlich an das Feuerspucken gewöhnen?

Die beiden Hyrrokinen glucksen bei meiner Reaktion auf etwas so Banales. Dann schaltet Milli alle Lichter in den Wandleuchtern und auf meinem Nachttisch für mich an. Schließlich wünschen mir die beiden eine gute Nacht und lassen mich mit dem leisen Zuklicken der Tür zurück.

Ich setzte mich auf einen der weichen Sessel und schaue mir die Bücher an, esse mein Abendessen, das aus scharfem Hackfleisch besteht, und betrachte staunend den doppelten Sonnenuntergang, der die Welt in ein flammendes Farbenmeer von Orange, Pink und Violett taucht. Es ist unglaublich schön und entspannend. Ich habe das Gefühl, als ob ich Neue Erde wirklich verlassen hätte, um in die Flitterwochen zu fahren, nur eben ohne Bräutigam. Was letzten Endes viel besser ist, denke ich.

Wenn ich nicht erfahren hätte, dass Maya und ihre Familie mich um mein Erben bringen wollten, würde ich mich jetzt stattdessen auf einer Kreuzfahrt durch die Monde von Creeka befinden, in einem Raum mit Jaden feststecken, der vermutlich betrunken wäre und mich auf das Bett werfen würde, um … Ich schaudere angeekelt über diese Vorstellung. Ich war einigermaßen angezogen von ihm und hatte immer geglaubt, dass mehr daraus werden könnte. Aber jetzt, wo mir klar ist, was Jaden wirklich ist, und jetzt, wo ich Thayne kennengelernt habe, kann ich mir nicht vorstellen, wie irgendjemand anderes außer er mich berührt.

Ich ziehe eine Grimasse, weil ich auf gar keinen Fall Sex mit meinem älteren Hyrrokinen-Feuerlord-Vormund haben kann. Das ist absoluter Irrsinn. Ja, ich fühle mich von ihm angezogen, seit wir uns getroffen haben, aber realistisch betrachtet kann niemals etwas zwischen uns passieren.

Lord Ashmoor ist einen ganzen Kopf größer als ich, seine Haut ist tiefrot und er hat zwei schwarze Hörner, die aus seiner Stirn herausbrechen. Zwei Reißzähne stehen über seine Lippen ab und er hat eine gespaltene Zunge.

Ein glänzender, hart aussehender Schweif mit einem Stachel am Ende wächst am Ende seiner Wirbelsäule hervor. Und er hat riesige Hände und Füße mit silbernen Klauen.

Und nichts davon macht mir auch nur im Geringsten etwas aus.

Ja, ich stehe unglaublich auf meinen Vormund.

Und tja, was hatte ich denn geglaubt, was das Ende von all dem Händchenhalten sein würde? Warum habe ich zugelassen, dass er meine Hand hält, habe ihn sogar dazu ermutigt? Ich war heiß auf ihn, seit wir uns kennengelernt haben. Und sogar jetzt, wenn ich nur an Thayne und diese Hörner auf seinem Kopf denke, werde ich feucht zwischen den Beinen – und er ist noch nicht einmal im Zimmer.

Wie soll das funktionieren? Er hält mich für minderjährig. Er ist ein verdammter Feuerlord und ich ... sein menschliches Pflegekind. Der Mensch, den er für das nächste Jahr bei sich aufgenommen hat. Soweit ich weiß, kann er diese ganze Sache auch absolut infrage stellen und es nicht mehr erwarten können, mich endlich loszuwerden. Vielleicht war er sauer, weil mit mir zusammenzuleben plötzlich sehr real wurde und er etwas Abstand und Zeit für sich braucht. Wird er froh sein, wenn ich endlich in mein eigenes Domizil ziehe oder auf Neue Erde zurückkehre?

Ich stoße einen Seufzer aus und blättere weiter durch die großartigen Bücher, die Barnabas mir hat schicken lassen, versuche an etwas anderes zu denken als an mein unerwidertes Begehren nach Thayne Ashmoor.

Die Bücher sind dick und schwer, voller bunter Bilder und Stammbäume. Der himmlische Geruch von Papier und Tinte steigt aus den Seiten auf und ich bin ganz betört. Nie im Leben habe ich ein gedrucktes Buch auch nur angefasst. Ich habe sie immer nur auf Schwarzmarkt-

Videos vom ursprünglichen Planeten gesehen oder auf anderen historischen Videoshows für unsere Spezies. Niemand stellt diese Bücher noch her. Mittlerweile wird nur noch digital gelesen. Aber natürlich besitzen die Ashmoors diese antiken Bücher, also behandle ich sie mit Vorsicht.

Nachdem die Sonnen untergegangen sind und ich mein Abendessen beendet habe, stelle ich sicher, dass alle Fenster geschlossen sind, und ziehe die schweren Vorhänge zu, stelle den Korb mit den Büchern neben einem der Sessel vor dem Kamin ab. Ein echtes Feuer knistert auf dem Gitter – kein künstliches Feuer – und es ist so gemütlich. Ich lasse mich in den Sessel sinken und lege meine Füße auf einer weichen Ottomane ab, lasse mir die Füße vom Feuer wärmen.

Ich starre in den Kamin, wünschte, ich wäre so vorausschauend gewesen, mein Tablet mitzubringen. Es steckt in meinem Gepäck in meiner Wohnung. Es wäre schön, eine Nachricht an meine alten Freunde von der Uni zu schicken, die auf der Hochzeit waren, und sie wissen zu lassen, dass es mir absolut gut geht. Sie müssen ganz außer sich sein, nachdem sie mit angesehen haben, wie ich von einem Feuer spuckenden Hyrrokinen davongetragen wurde.

Vielleicht kann ich mir morgen von irgendwem ein Tablet ausleihen, um mit meinen Freunden zu Hause Kontakt aufzunehmen?

SPÄTER AM ABEND höre ich ein seltsames Geräusch.

Ich klappe mein Buch zu und lege es behutsam in den Korb neben mir. Das Feuer ist heruntergebrannt, aber es knistert noch immer. Ich drehe mich in meinem Sessel herum, versuche, die Ursache dieses Geräusches auszumachen. War das eine Putzeinheit? Ich höre es wieder und stehe auf, fahre herum. Dann trete ich auf die Wand neben dem Kamin zu, die Wand, die an Thaynes Zimmer grenzt, und presse mein Ohr gegen die Wand. Dieses Mal höre ich einen Rumms und möglicherweise das Stampfen von Schritten.

Oh, wow.

Mein Puls geht schneller.

Er ist da. Thayne ist in dem Zimmer nebenan. Die ganze Zeit über war er beschäftigt gewesen, aber er ist zur Nacht zurückgekehrt. Und das ist der Moment, in dem ich mich dabei ertappe, wie meine rechte Hand einen Wandvorhang berührt und über eine Erhöhung in der Wand fährt. Was ist das? Ich schaue hin und sehe, dass der Wandvorhang an einer Stange hängt und ich ihn wie einen normalen Vorhang zur Seite ziehen kann. Dahinter kommt ein Türknauf zum Vorschein. Ich trete einen Schritt zurück und schaue mir die ganze Vorrichtung an. Gibt es etwa eine Verbindungstür zwischen den beiden Zimmern? Tja, ich schätze, das ergibt nur Sinn, wenn das hier das Zimmer ist, in dem üblicherweise die Frauen der Feuerlords wohnen. Ich vermute, sie brauchten einen einfacheren Weg, um sich sehen zu können.

Ich kann mich nicht zurückhalten. Ich strecke die Hand aus und berühre sanft den Türknauf, überprüfe, ob sie zugeschlossen oder offen ist. Und zu meiner Überraschung lässt sich der Knauf drehen, als ob ich die Tür öffnen könnte. Ich schnappe nach Luft und reiße meine Hand zurück. Das ist nicht gut. Ich kann doch nicht einfach in Thaynes Zimmer marschieren, als ob mir das Haus gehören würde. Warum nur hat er mich so nah bei sich untergebracht? Ich bin in dem Zimmer direkt neben dem Feuerlord. Es ist das Zimmer, in dem seine Frau, die Herrin des Hauses, residieren sollte. Warum bin ich hier und nicht in einem Gästezimmer auf der anderen Seite des Anwesens?

Plötzlich wird die Tür aufgerissen und ich kreische erschrocken auf. Ich springe zurück und ziehe den Bademantel enger um mich zusammen, denn darunter bin ich splitterfasernackt. Dann hebe ich das Kinn und starre hinauf auf die imposante Gestalt des Feuerlords von Gut Ashmoor. Die Schärpe über seiner Brust hat er mittlerweile ausgezogen und er trägt weiche, schwarze Pyjamahosen, unter denen seine nackten, roten Füße hervorschauen. Das erlaubt mir, die Bögen seiner nackten Brust und die perfekten Bauchmuskeln eingehend zu studieren. Seine Nippel stechen schwarz auf der roten Haut hervor. Er ist eine Sünde in Schwarz, Rot und Silber.

„S... sorry", stammle ich. „Ich habe gerade erst bemerkt, dass es eine Verbindungstür gibt und ..."

Thayne mustert mich von oben bis unten und ich schwöre, es fühlt sich an wie eine Liebkosung. Ich kann nicht glauben, wie schnell ich mich an seine schaurigen, blutroten Züge gewöhnt habe. Er sieht erhaben aus, nicht furchteinflößend. Aristokratisch, nicht wie ein Albtraum.

„Fühlst du dich wohl?", fragt er.

„Ähm, ja. Die Angestellten sind ganz wundervoll. Sie haben sich sehr gut um mich gekümmert. Ich habe dieses unbequeme Kleid ausgezogen und ein Nickerchen gehalten. Und ich habe zu Abend gegessen und in ein paar der Bücher gelesen."

Er nickt und seine Augen wandern wieder über meinen Bademantel, dann hinauf auf mein Gesicht. „Dein Stylist wird morgen früh vorbeikommen."

„Das hat man mir schon gesagt." Warum sind meine Wangen so heiß? Und meine Brüste so schwer? „Vielen Dank. Ich verspreche, ich werde es dir zurückzahlen –"

„Nicht nötig."

„Na ja, aber ich sollte –"

„Du bist mein Gast. Ich werde mich um dich kümmern." Und damit dreht er sich um und greift nach etwas auf einem Tisch, dann kommt er zurück, reicht mir ein Glas-Tablet an. „Das ist für dich."

Ich nehme das brandneue, unfassbar teure Glas-Tablet entgegen, das neuste Modell, von dem sich jeder wünscht, er könnte es sich leisten, und starre es verwundert an. Mit dem Finger fahre ich über die glatte Seite. „Das … ist für mich?", stoße ich atemlos hervor.

„Ja, ich habe es für dich codieren lassen. Es gehört dir, damit du mit jedem in Kontakt bleiben kannst, mit dem du möchtest."

„Ich leihe es mir nur aus und kann es wieder zurückgeben, wenn ich abreise und …"

Sein Kiefer verspannt sich. „Nein, es gehört dir."

„Aber ich will nicht zur Last fallen."

„Du fällst nicht zur Last. Ich bin froh, dass du hier bist", sagt er schroff.

„Wirklich?" Ich lächle ihn an. „Oh, und wie geht es *dir*? Ich habe mir etwas Sorgen um dich gemacht. Du sahst aufgewühlt aus und ich –"

„Mir geht es gut, danke der Nachfrage. Gute Nacht, Weibchen. Schlaf gut." Und damit schließt er die Tür vor meiner Nase und schließt sie vorsichtshalber auch noch ab.

Uff. Das war abrupt.

Ich beiße auf meine Unterlippe, drehe mich um und setze mich wieder in den bequemen Sessel, um mit meinem neuen Tablet zu spielen.

7

CHARLOTTE

Am nächsten Morgen wird mir das Frühstück im Bett serviert und ich kann gar nicht glauben, wie diese Wesen mich verwöhnen. Womit habe ich diesen ganzen Luxus verdient?

Wieder prasselt ein heiteres Feuer im Kamin und vertreibt die kalte Morgenluft. Meine Träume in der Nacht waren voll von sexy Erscheinungen eines bestimmten Feuerlords, der in der Suite neben meiner schläft.

Als junges Kind im Ghetto von Singapur war ich auf natürliche Ressourcen angewiesen, um unsere Hütte zu heizen oder zu kühlen. Niemand von uns hatte Strom, abgesehen davon, was auf unserem Planeten gefällt oder ausgegraben werden konnte. Abwasser floss durch die Straßen und ich musste ein Plumpsklo oder einen Nacht-topf benutzen. Es gab kein fließendes Wasser und wir hatten Glück, dass unser Nachbar einen Brunnen hatte. Essensautomaten und Kleidungshersteller existierten nicht. Auch keine Medizin-Labore. Aber nun werden wir nicht mehr länger von den Hurlianern versklavt und der große Wiederaufbau hat alles zum Besseren verändert.

Meine kleine Wohnung auf dem Campus war vor den Elementen hermetisch versiegelt und temperaturreguliert und ich hatte es geliebt. Ich dachte, ich würde es hassen, wenn echtes Feuer und Türen, die man von Hand öffnen musste, wieder zurückkamen, solche „unzivilisierten" Überreste der ehemaligen, primitiven Unterdrücker der Menschen, aber ... mir gefällt dieser Widerspruch zwischen alt und modern. Es gefällt mir, dass die Hyrrokinen nicht einfach alles Alte zerstörten, um Platz für Neues zu schaffen, sondern es instand hielten und erneuerten, damit es auch für zukünftige Generationen bewohnbar blieb. Ich lerne, dass alte Dinge nicht immer schlecht sind. Manchmal preschen Wesen ein wenig zu weit voraus und vergessen, wie gut manche der alten Dinge waren.

Später will ich die Fenster wieder öffnen, um die frische Brise und den Duft der blühenden Blumen hereinzulassen.

„Ihre Stylistin ist da", verkündet Milli.

Ich setze mich gerader auf. „Oh, tatsächlich? Schon?" Ich trinke den letzten Schluck Traq aus, klopfe mir die Krümel von der Brust und steige aus dem Bett, noch immer im Bademantel von gestern Abend. Ich bin nervös, denn meine einzige Erfahrung mit jemandem, der meine Maße genommen und mich eingekleidet hat, war mit der Schneiderin und der Designerin meines Hochzeitskleides. Und das war keine schöne Erfahrung.

Die Tür geht auf und ein lächelndes Hyrrokinenweibchen in lebhaft gelben Farben kommt in meine Suite. Sie hat zwei Taschen über der Schulter und kommt direkt auf mich zu, streckt mir ihre Klauenhand entgegen, um meine Hand zu schütteln. Die Stylistin trägt das gleiche ärmellose Oberteil wie alle anderen und ich liebe es, wie ihr schwarzer Schweif sich von ihren eleganten Hosen abhebt. Die Hyrrokinen sind alle muskulös und kräftig, sogar die Frauen. Sie sehen alle so stark und kraftvoll aus.

Die Zähne und die Hörner meiner Stylistin machen mir nicht einmal etwas aus. Und ich finde ihren dicken Schweif feingliedrig und gleichzeitig scharfkantig. Sie trägt funkelnde Ohrringe und eine dicke, goldenen Halskette.

„Guten Morgen, Lady Ashmoor", sagt sie mit souveränem Tonfall. „Ich bin Lorki Limestone und ich bin hier, um Sie einzukleiden und Ihre Garderobe aufzufüllen."

Ich schüttle ihre Hand. Ich habe die Vermutung, Lorki Limestone ist der Inbegriff hyrrokinischer Mode und Schönheit. „Ich bin Charlotte Cruz Ashmoor", sage ich unnötigerweise. „Freut mich, Sie kennenzulernen."

Sie hält inne und mustert mich von oben bis unten. „Mir wurde gesagt, Sie wären ein Mensch, aber ich kann es noch immer nicht glauben."

Ich zucke zusammen.

Lorki stellt ihre Taschen ab und schnippt mit den Fingern. Ein Team von weiteren Hyrrokinen schiebt Kleiderständer in die Suite. Plötzlich ist der ganze Raum voll von ihren Assistenten, die sich direkt an die Arbeit machen und die Stühle im Zimmer in einen Halbkreis stellen.

Milli kommt mit einem weiteren Tablett voller Erfrischungen herein und zwinkert mir ermutigend zu. Ich lächle zurück und sie geht zum Himmelbett, um die Laken abzuziehen und das Bett neu zu machen, und ich bin so dankbar für ihre Hilfe. Milli strahlt aufrichtige Zuwendung aus, was mir nach meinem kürzlichen Drama auf Neue Erde unglaublich wichtig ist. Es wird lange dauern, bevor ich einer anderen Person wieder einfach vertrauen kann, aber wenn ich jemandem vertrauen würde, dann Milli.

„Grimwall hat mir das weiße Kleid zukommen lassen, das Sie gestern getragen haben", erklärt Lorki. „Davon konnte ich Ihre Größe ableiten. Ich habe auch mit Lord Ashmoor gesprochen und er hat mir zusätzliche Details zu

Ihrer Größe genannt und mir gesagt, wie ich Sie anziehen soll."

Ich blinzle. „Hat er das?"

„Ja", lächelt sie. „Er hat mich wissen lassen, auf was für Dinners und Empfänge Sie ihn begleiten werden und was für solche Anlässe angemessen ist."

Wärme breitet sich in meiner Brust aus, als ich mir vorstelle, wie Thayne mit diesem Weibchen über mich gesprochen hat, Pläne geschmiedet hat, was ich anziehen werde – in der Hoffnung, dass ich ihn zu diesen Anlässen begleiten würde. „Ich habe noch nie mit einer Stylistin zusammengearbeitet", gebe ich zu. „Ich habe bisher immer nur Anziehsachen von den Kleidungsherstellern getragen."

Sie wedelt mit der Hand durch die Luft. „Oh, Kleidungshersteller sind wunderbar für Alltagssachen. Aber ich bin hier, um sicherzustellen, dass Sie Anziehsachen haben, die der Kultur und der Haute Couture der Hyrrokinen angemessen sind. Und das zu unserem Klima passt. Das ist definitiv eine der herausforderndsten Aufgaben, die mir je gestellt worden ist – einen Menschen mit Anziehsachen auszustatten, die für Tarvos angemessen sind, aber auch angenehm für Ihre Spezies sind. Aber machen Sie sich keine Sorgen, ich habe Nachforschungen über die Menschen angestellt und mich über Ihre speziellen körperlichen Bedürfnisse informiert, also glaube ich, dass ich alles dahabe, was Sie brauchen werden. Wie Sie sehen können, habe ich eine große Auswahl an Fußbedeckungen mitgebracht."

Ich klatsche vor Freude in die Hände, als ich einen Garderobenständer voller Schuhe und Socken erblicke.

Sie lacht. „Sind Sie bereit, die neuen Sachen anzuprobieren, damit wir entscheiden können, was Sie behalten wollen und was möglicherweise geändert werden muss?"

„Oh, ja, natürlich."

Der ganze Raum hält inne und alle starren mich an und ich frage mich, ob sie wohl erwarten, dass ich mich jetzt vor ihnen allen splitterfasernackt ausziehen werde, denn darauf können sie lange warten. Einige ihrer Assistenten sind männliche Hyrrokinen. Und außerdem kenne ich keinen von ihnen.

Milli räuspert sich und deutet auf einen hohen Paravent, den sie gerade aufgebaut haben müssen.

„Oh, danke." Ich kichere, trete dankbar hinter den Sichtschutz und schlüpfe aus dem Bademantel. Und dann fangen sie an, mir Anziehsachen anzureichen, hängen sie über einen Stuhl, der neben dem Paravent steht und von dem ich sie mir einfach wegnehmen kann, und schon bald bilden wir ein Vor-und-zurück-Fließband.

Ich probiere die Sachen an, trete vor den Paravent, präsentiere allen das Ergebnis und dann stimmen wir in der Gruppe ab. Grimwall und Milli sind ebenfalls anwesend, steuern ihre Meinung bei. Es gibt eine Klaue hoch oder Klaue runter, bei der meine Stimme, die Stimme der Assistenten und die von Grimwall und Milli mitgezählt werden, aber Lorki hat immer das letzte Wort. Ich richte mich einfach nach dem, was sie wollen, weil ich keinen Schimmer von Hyrrokinen-Mode habe noch einen Schimmer von der Mode auf Neue Erde, wenn man ehrlich ist, was Maya mir permanent unter die Nase reiben musste.

Die Anziehsachen, die ich anprobiere, sind herrlich, denn sie passen mir und sind nie zu eng. Meine weiten Hüften scheinen Lorki nichts auszumachen. Und es geht nicht immer darum, meine Fettröllchen zu vertuschen, stattdessen sind alle Sachen so geschneidert, dass sie meine Taille, mein Dekolleté und meine Beine betonen. Tatsächlich macht Lorki sogar oft Kommentare darüber, wie perfekt sie meine Figur findet und dass ich damit angeben soll. Niemand hier glaubt, ich wäre zu dick, um Haute Couture zu tragen. Sie sind einfach nur vollkommen fasziniert von den Haaren auf meinem Kopf, dem nicht vorhandenen Schweif und der Tatsache, dass ich „Schuhe" trage.

Die ganze Sache entwickelt sich in eine Art spontane hyrrokinische Modeschau. Die ganzen neuen Sachen anzuprobieren, ist viel mehr Mädelsspaß, als ich geglaubt hatte. Die Sachen passen mir und zeigen weitaus mehr Haut, als ich es gewohnt bin, aber ich fange an, Gefallen an der Vorstellung zu finden, mit meinen Kurven anzugeben, anstatt sie zu verstecken. Irgendwann wird Wein hereingebracht, Gläser eingegossen und alle lachen und erzählen Witze und lustige Anekdoten. Zwischen Schlucken von hyrrokinischem Wein probiere ich weitere Anziehsachen an. Das An- und Ausziehen der Kleidungsstücke dauert so lange, dass wir schließlich zusammen in meiner Suite eine Mittagspause einlegen.

Als meine Stylistin und ihr Team schließlich zum Gehen bereit sind, ist meine Garderobe voll. Ein paar der Sachen haben sie mitgenommen, weil sie noch geändert werden müssen, aber nichtsdestotrotz habe ich nun so viele neue Anziehsachen, dass ich das Gefühl habe, sie unmöglich alle tragen zu können. Der ehemals leere Kleiderschrank platzt nun aus allen Nähten vor wunderschönen, nach Farben und Größen sortierten Sachen.

In den Schubladen liegen Reihen um Reihen von sorgfältig zusammengelegten Slips und BHs. Schlauchtops in allen Farben des Regenbogens bedecke eine ganze Wand. Es gibt Röcke, sowohl kurz als auch lang, und eine riesige Auswahl unterschiedlichster Hosen. Alles ist von der höchsten Qualität. An der anderen Wand, hinter beleuchteten Glastüren sind Kleider und Abendgaroben ausgestellt, zusammen mit den passenden Schuhen. Solche Sachen, wie sie normalerweise die Reichen und Berühmten tragen. Und es ist alles für mich. Schubladen voller teuer aussehendem Schmuck. Reihen von Schuhen für jede nur erdenkliche Situation. Sogar ein Paar Pantoffeln, die ich direkt anziehe. Das Badezimmer ist ebenfalls mit Make-up und Pflegemitteln ausgestattet.

Lorki hat dafür gesorgt, dass ich für jede Situation etwas zum Anziehen habe, nicht nur, um auszugehen oder elegant oder sexy auszusehen. Es gibt auch Pyjamas und Loungewear und Sachen, die ich anziehen kann, wenn ich nach draußen gehen und mich schmutzig machen will. Ich habe mitbekommen, dass die Regensaison bald anfängt, also gibt es auch jede Menge Ausrüstung, die ich dafür nutzen kann. Sie hat mir sogar Stiefel und dicke Socken dagelassen. Es war herrlich komisch, sie und die anderen Hyrrokinen zu beobachten, wie sie meine „menschlichen Fußabdeckungen" in die Hände genommen und inspiziert haben.

Ich bringe das Thema der Haarentfernung zur Sprache, was keiner von ihnen versteht, denn Hyrrokinen sind völlig unbehaart, bis auf ihre Wimpern. Die Reinigungseinheit weist jede nur erdenkliche Einstellung auf, bis auf die Haarentfernung, also bitte ich sie um altmodische Rasierer. Nach einer langen Diskussion und einer eingehenden Recherche auf einem der Tablets findet schließlich einer von Lorkis Assistenten heraus, wie ich an meine Rasierer kommen kann.

Schließlich ziehe ich weiße Unterwäsche, ein blassblaues Schlauchtop und einen frischen, weißen Bademantel an und schlüpfe in meine flauschigen, pinken Pantoffeln. Es ist so, so bequem. Der Bademantel ist frisch und neu und den alten von gestern Abend haben sie zum Waschen mitgenommen. Mir fällt auf, dass es nirgendwo in der Suite eine Wascheinheit für Anziehsachen gibt, also werden alle meine Sachen immer von den Angestellten gewaschen werden. Ich kann es nicht glauben.

„Lord Ashmoor bittet um Ihre Anwesenheit beim Dinner heute Abend bei Sonnenuntergang im Speisesaal", lässt mich Grimwall auf ihrem Weg aus der Suite wissen, als ob es gar nichts wäre.

„Oh, wow."

„Keine Sorge", meldet sich Lorki zu Wort, während sie packt. „Davon wusste ich bereits und ich habe Ihnen ein Outfit hingehängt, das *perfekt* ist. Und Sie können mich jederzeit über Ihr Tablet kontaktieren. Ich stehe immer zur Verfügung, wenn Sie Ratschläge brauchen, und wir können auch alles ausbessern, falls etwas kaputtgehen sollte, oder Ihnen neue Sachen bringen."

Überschwänglich bedanke ich mich bei Lorki und ihrem Team. Nach unzähligen Umarmungen und Versprechen, in Kontakt zu bleiben, sind sie schließlich alle verschwunden und ich bin wieder allein. Es ist fast so, als ob sie überhaupt nicht hier gewesen wären, und das Zimmer ist plötzlich unglaublich still. Das Essen und die Getränke sind verschwunden und alles ist aufgeräumt. Die Stühle stehen wieder an ihren ursprünglichen Plätzen vor den Fenstern und dem Kamin. Und Milli war so lieb, mir ein Tablett mit Snacks dazulassen. Ich setze mich hin, lege die Füße auf die Ottomane, esse und trinke und tippe auf meinem edlen, neuen Tablet herum. Am Ende lande ich auf dem frisch bezogenen Bett und mache ein Nickerchen, denn das Bett ist einfach zu verdammt bequem.

STUNDEN SPÄTER, als ich aufwache und sehe, wie viel Uhr es ist, kreische ich erschrocken auf, denn die Sonnen stehen schon tief am Horizont. Ich kann gar nicht glauben, wie

gut ich schlafe, seit ich hier angekommen bin – normalerweise schlafe ich nie so viel.

Eilig springe ich in die Reinigungseinheit und wasche
mich. Dieses Mal rasiere ich mich auch. Das Föhnen zum
Schluss lässt meine Haare glänzen. Dann betrete ich den
begehbaren Kleiderschrank und entdecke das Outfit, das
Lorki für mich rausgehängt hat. Es ist nicht zu übersehen.
Ein wunderschönes, blassgrünes Kleid, das an einem
einzelnen Kleiderständer hängt. Die Schuhe, die sie zu
dem Kleid herausgesucht hat, stehen darunter auf dem
Boden und an dem Ständer hängen außerdem Unterwäsche und Ohrringe. Es ist ein komplettes Outfit und ich
weiß es zu schätzen, dass ich mir nicht alles selbst zusam-
mensuchen muss, sondern einfach in die Sachen schlüpfen
kann, die sie für mich rausgesucht hat.

Ich ziehe die Sachen an, dann trete ich vor den
Spiegel und liebe einfach, wie ich aussehe. Und ich kann
nicht umhin, mich zu fragen, was Thayne davon halten
wird. Er hat mich bisher nur in meinem Hochzeitskleid
und dann in einem Bademantel gesehen. Aber jetzt bin
ich angezogen wie ein Hyrrokinenweibchen, nur dass ich
noch Schuhe trage. Das Oberteil des Kleids ist die Sorte
Schlauchtop, wie sie alles es tragen, und er Rock ist weit
und wallend und geht mir bis zu den Knien. Die hellgrüne
Farbe der Sachen steht mir sehr gut, wie ich mit einem
Blick in den Spiegel feststelle. Ich schlüpfe in die nudefar-
benen Stilettos, dann setze ich mich hin und trage das edle
Make-up auf, das mir die Stylistin für meinen menschlichen Hautton dagelassen hat. Ich trage nie viel Make-up,
nur ein bisschen, um mein Gesicht aufzuhellen, aber es
gefällt mir, mit dem Make-up herumzuspielen, das hyrrokinische Weibchen tragen. Ich trage etwas Rouge auf, ein
winziges bisschen Mascara, einen Hauch roten
Lippenstift.

Endlich bin ich fertig. Ich werfe einen Blick auf die mechanische Uhr an der Wand. Genau pünktlich.

Ich habe mittlerweile anderthalb Tage in meiner Suite verbracht, also fühlt es sich gut an, das Zimmer zu verlassen. Jetzt, da ich die passenden Anziehsachen habe, kann ich es kaum erwarten, endlich aus der Suite rauszukommen, selbst wenn ich nur ins Erdgeschoss gehe. Immerhin gibt es ein ganzes Anwesen, das ich noch erkunden kann.

Ich öffne die Tür und schaue nach links und rechts in den Korridor. Er ist still und leer. Thayne ist noch nicht in seine Suite zurückgekehrt und hat sich für das Dinner fertiggemacht, aber er könnte natürlich zurückgekommen sein, als ich in der Reinigungseinheit war. Oder hat er sich woanders zurechtgemacht?

Zu schade, dass wir uns nicht einfach hier treffen und zusammen nach unten gehen können …

Plötzliche Eifersucht steigt in mir auf, als mir etwas einfällt, was ich bisher nicht bedacht habe: Was, wenn er noch eine andere Freundin hat? Ein so viriler Mann wie Thayne muss Lustpartnerinnen haben. Für Menschen mag er furchteinflößend aussehen, aber ich habe das Gefühl, dass er unter den Hyrrokinen als begehrter Junggeselle gilt. Bei der Vorstellung, dass Thayne Ashmoor, ein Mann, den ich mir für mich gewünscht habe, eine andere hat, wimmere ich auf. Was, wenn ich glaube, er wäre Single, er es aber nicht ist?

Ich erinnere mich daran, wie er meine Hand gehalten hat, als wir uns das erste Mal getroffen haben, und wie er mich gestern Abend angeschaut hat. Ich bin mir ziemlich sicher, dass er sich von mir ebenso angezogen fühlt wie ich mich von ihm. Aber soweit ich weiß, wartet er womöglich nur darauf, dass ich endlich „mündig" bin, um mich als zeitweilige Lustpartnerin zu nehmen, während er seine andere Freundin hinhält. Ich habe keine Ahnung.

Ist das etwas, was ich auch wollen würde? Eine Affäre mit ihm, um ihn dann in einem Jahr verlassen zu müssen und ihn kaum noch zu sehen, ihm dann Jahre später bei irgendeiner Veranstaltung über den Weg zu laufen und herauszufinden, dass er Frau und Kinder hat?

Bei dieser Vorstellung schmerzt mir ein wenig das Herz. Es ist traurig und deprimierend und etwas, was mich sehr lange weinen lassen würde. Ich bin offensichtlich kein Lustpartnerinnen-Mädel, vor allem nicht, wenn es um Thayne Ashmoor geht.

Soweit ich weiß, hat Thayne einen ganzen Schwarm von Mädels, die er rotiert, und wenn ich entscheiden sollte, mit ihm zusammen sein zu wollen, dann würde ich als das „Donnerstagabend-Weibchen" auf der Liste stehen oder so etwas. Igitt.

Ich stoße den Atem aus, versuche, nicht mehr an diese bedrückenden Gedanken zu denken, und gehe den Weg durch die Gänge zurück, den ich auch hergekommen bin. Ich komme an dem Kinderzimmer vorbei – dem Zimmer, in dem sie mich zuerst unterbringen wollten – und halte für einen Augenblick inne, um meiner Fantasie freien Lauf zu lassen und mir fröhliche halb menschliche, halb hyrrokinische Kinder vorzustellen, die auf diesem Flur kichern und giggeln.

Als ich gestern hier gewesen bin, um mir den violetten Raum zeigen zu lassen, hat Thayne sehr eindringlich auf die Tür zum Zimmer nebenan gestarrt. Ich halte an und starre ebenfalls. Was befindet sich in dem Zimmer? Ich trete einen Schritt vor und presse mein Ohr an die Tür, aber ich kann nichts hören. Vorsichtig klopfe ich an. Keine Antwort. Dann drehe ich an dem altmodischen Knauf, aber die Tür ist abgeschlossen.

Hm. Es ist ein Rätsel. Ich gehe weiter den Flur hinunter, entschlossen, später herauszufinden, was Thayne an

diesem Zimmer so aufgewühlt hat. Ich hasse es, ihn aufgewühlt zu sehen.

Dann erblicke ich die große Treppe, über die wir
gestern hier hochgekommen sind, und schreite vorsichtig
die breiten Stufen hinab, komme mir wie ein Mädchen in
einer dieser Geschichten vor, die ich auf meinem e-Reader
lese. Am Fuße der Treppe werde ich herzlich von zwei
Portiers empfangen. Ich lasse sie wissen, dass ich mit Lord
Ashmoor zum Dinner verabredet bin, und einer von ihnen
hält mir seinen Ellenbogen hin, und ich hake mich bei ihm
ein, wie ich es auf Bildern in den Büchern gesehen habe,
die mir Barnabas geschickt hat. Der Portier führt mich
einen weiteren Flur hinunter und vor einer riesigen
Flügeltür halten wir an.

Er öffnet die Türen und ich erblicke Thayne Ashmoor,
der am Ende eines riesigen Tisches sitzt und so furchteinflößend und attraktiv aussieht wie eh und je.

8

THAYNE

Mein Pflegekind betritt den Speisesaal und ich starre viel zu lange auf ihre üppige Figur.

Diese gewaltige Lust, die ich für sie verspüre, brennt immerzu auf einer gleichbleibenden Flamme. Wie kann ich mein Verlangen nach ihr für ein ganzes Jahr bedeckt halten, während sie in meinem Domizil wohnt? Es kommt mir unmöglich vor.

Ich wollte mich von ihr fernhalten, aber ich habe meine eigene Regel nur für wenige Stunden befolgen können, bevor ich die Verbindungstür zu ihrer Suite geöffnet habe. Meine Ausrede war das Tablet. Dieses verfluchte Tablet, dass ich ihr sonst wann geben oder durch Barnabas hätte vorbeibringen lassen können.

Ich habe Charlotte der exzellenten Fürsorge meiner Angestellten überlassen, während ich mich abgemüht habe, beschäftigt zu sein, behauptet habe, ich müsste Termine wahrnehmen, und das war nur teilweise eine Lüge – es gibt immer irgendwas Geschäftliches. Besprechungen, Konflikte, die zu klären sind, Finanzen, die ich regeln muss. Ich bin der Kopf des Ashmoor-Anwesens, der biologischen Agrarwirtschaft sowie den angrenzenden königlichen Liegenschaften, dazu eine Myriade anderer lukrativer Geschäfte, von denen ich einige geerbt und andere erstanden habe. Die Ashmoor Corporation ist riesig und vielfältig und hat tausende von Angestellten. Ich habe jede Menge kompetenter Direktoren und Manager, aber keinen Verwaltungsrat. Ich allein bin verantwortlich. Mein Wort ist Gesetz und ich leite die Marke Ashmoor mit eiserner Faust. Aber ich nehme mir auch frei, um mich zu erholen, und hier sitze ich nun also und verbringe meine Freizeit mit meinem prächtigen menschlichen Pflegekind.

Charlotte verharrt in der Tür. Ich beobachte sie, während ihre Augen durch den Raum wandern, den Speisesaal betrachten, den Generationen meiner Familie genutzt haben. Ich genieße ihre Reaktionen auf das Haus, in dem ich geboren und aufgezogen wurde. Alles hier ist mir endlos vertraut. Ich habe an diesem Tisch gegessen, seit ich ein kleines Kind war, als mein Vater auf dem Platz saß, an dem ich jetzt sitze. Ich habe mein ganzes Leben hier verbracht und nun kann ich meine Welt durch die Augen eines Weibchens betrachten, die aus einer vollkommen anderen Spezies kommt. Jede ihrer Reaktionen auf Gut Ashmoor fasziniert mich.

Mein Pflegekind trägt nicht mehr länger diesen grässlichen weißen Stoff, sondern steckt nun in einem Kleid, das dem Stil der hyrrokinischen Mode entspricht. Die Stylistin hat hervorragende Arbeit dabei geleistet, Charlotte einzukleiden. Der grüne Stoff schmeichelt ihrem Oberkörper und legt ihre Arme und ihren Hals für meine Blicke frei. Der Rock ist kurz, liegt an ihren Hüften eng an und geht bis zu ihren Knien. Ihre Kurven sind absolute Perfektion, als ob sie genau nach meinen Wünschen geformt worden wären. Ich liebe einen großen Arsch und ihrer ist üppig. Ihre Füße stecken in diesen spitzen, hochhackigen Fußabdeckungen. Ich muss mich erst an dieses seltsame menschliche Merkmal gewöhnen. Mir wäre es lieber, sie wäre barfuß, so wie gestern Abend, als ich sie mit nichts als ihrem Bademantel bekleidet in ihrem Zimmer überrascht habe, aber ihre Füße scheinen sehr weich und schutzbedürftig zu sein.

Charlotte Cruz Ashmoor ist ohne Weiteres das schönste Weibchen, das ich jemals erblickt habe. Ihr Duft, die Art, wie sie sich bewegt, das Schaukeln ihrer Hüften … Es ist alles bezaubernd.

Ich muss nicht mit ihr zusammen zu Abend essen. Normalerweise esse ich im Club, auf meinem Zimmer oder in meinem Büro. Dieser Speisesaal wurde in den letzten zwei Jahren nicht benutzt, seit dem Tod meiner Mutter. Aber ich habe entschieden, die letzte Mahlzeit des Tages zusammen mit meinem Pflegekind im großen Speisesaal von Gut Ashmoor einzunehmen, weil ich nicht aufhören kann, an sie zu denken, und das hier ist das Zimmer, in dem ich jeden Abend zusammen mit meiner Familie gegessen habe, als ich noch ein Kind war, und später mit meiner Partnerin, wenn sie mir und meiner Mutter Gesellschaft leisten wollte … und unserem Sohn. Es kommt mir nur richtig vor, dass mein Pflegekind ebenfalls hier sein sollte.

Wenn ich mit Charlotte zusammen esse, weiß ich über ihren Aufenthaltsort Bescheid und kann ihre Fortschritte beobachten, wie es ein ordentlicher Vormund tut. Gestern Abend, als ich die Verbindungstür zwischen unseren Zimmern geöffnet hatte, wollte ich nur nach ihr schauen. Aber es war womöglich ein Fehler, sie neben meinem Zimmer in der Suite für meine Partnerin unterzubringen.

Unter diesem Bademantel war sie völlig nackt gewesen, und ihre nackten Füße hatten einfach zum Anbeißen ausgesehen.

Letecia hat die Partnerinnen-Suite nie gewollt. Noch hatte sie jemals vorgeschlagen, dass wir zusammen in einem Zimmer schlafen könnten, wie es meine Eltern getan hatten. Und seltsamerweise hatte ich auch nie protestiert, wenn sie mein Bett nach unseren eiligen Sex-Sessions wieder verlassen hatte. Ich hatte immer geglaubt, sie hätte recht damit gehabt – wir brauchten unsere Frei-räume. „Abwesenheit lässt die Zuneigung wachsen", hatte sie immer als Grund für unsere räumliche Trennung vorgeschoben. Und zu der Zeit hatte das vollkommen Sinn ergeben.

Meine ehemalige Partnerin hatte in dem Flügel der Villa gewohnt, in dem üblicherweise Gäste untergebracht wurden, auf der gegenüberliegenden Seite des Hauses von mir, unserem Sohn und meiner Mutter. Letecia hatte zwei Zimmer in eine riesige Suite und ein Büro umbauen lassen, einschließlich eines kleinen Essbereichs. Das erlaubte ihr, dort zu wohnen, ohne jemals mir oder meiner Mutter in einem der gemeinsamen Bereiche begegnen zu müssen. Sie konnte sogar ihre Gäste durch einen separaten Eingang empfangen. Nach der Geburt unseres Sohns lebten wir im Endeffekt getrennte Leben. Aber irgendwie war das für mich akzeptabel gewesen.

Ich konnte mir nicht vorstellen, mit Charlotte auf diese Weise zu leben. Ich hatte sie im alten Zimmer meiner Mutter untergebracht, ohne sie überhaupt nach ihrer Meinung zu fragen. Aber sie schien nicht unzufrieden darüber zu sein, dass wir nun so eng nebeneinander wohnte. Grimwall hatte mich wissen lassen, dass Charlotte mit ihrem Zimmer sehr zufrieden ist und es noch genauso schön aussieht, wie meine Mutter es verlassen hat.

Endlich betritt Charlotte den Saal und begrüßt mich, während der Portier sie zu dem traditionellen Platz meiner ehemaligen Partnerin führen will, am anderen Ende der langen Tafel.

Mit dieser Sitzordnung habe ich mich mein ganzes Leben lang arrangiert, ohne mich zu beschweren, habe mich mit meiner Mutter und mit Letecia über die Distanz hinweg unterhalten. Aber heute gefällt es mir nicht. „Nein", befehle ich. „Ich will sie direkt neben mir haben." Ich zeige auf den Platz zu meiner Rechten, direkt an meiner Seite.

Die Augen des Portiers werden groß, als er diese Überschreitung der Etikette vernimmt, aber er beeilt sich, meiner Anordnung nachzukommen.

„Oh, das ist nicht nötig –", beginnt mein Weibchen.

Mit meinen Klauen trommle ich auf den alten, schimmernden Ebenholztisch. „Du *wirst* neben mir sitzen", verkünde ich.

Ihr Kiefer verkrampft sich, denn ich weiß, dass sie es hasst, wenn ich arrogante Ansprüche stelle. Sie ist niedlich, wenn sie wütend ist.

Die Bediensteten legen an ihrem neuen Sitzplatz ein Gedeck auf, direkt an der Ecke neben meinem Platz, und füllen ihr Glas mit hyrrokinischem Wein. Der Portier zieht den Stuhl hervor und mein Pflegekind geht den ganzen, langen Tisch hinunter, wobei ihre stattlichen Hüften in ihrem sexy, kurzen Kleid wiegen. Ich beobachte sie die ganze Zeit. Sie nimmt Platz und der Portier rückt ihren Stuhl an den Tisch.

Ich kann nicht aufhören, auf ihre üppige Brust zu starren. Endlich hebe ich den Blick. Ihr Atem geht schneller und ihre Wangen werden rot. Erneut schwebt ihre süße Erregung durch die Luft und ich bin erfreut darüber, dass dieses Weibchen mich weiterhin begehrt. Ich lächle, zufrieden, sie so nah bei mir zu haben, während wir essen. Ich greife nach meinem Tablet und schreibe eine schnelle Nachricht an Barnabas, damit er immer sicherstellt, dass sie hier neben mir zu Abend isst.

Sie nimmt eine Serviette und legt sie aus irgendeinem Grund auf ihren Schoß. Dann starrt sie auf die Anordnung von Utensilien neben ihrem Teller. „Ich weiß nicht, wie man die benutzt", gesteht sie.

„Keine Sorge, schau einfach, was ich mache. Ich bringe es dir bei." Ich bin nicht im Geringsten genervt von ihrem Unwissen, es macht mir Spaß, ihr diese Dinge beizubringen. Das macht es auch für mich neu und spannend.

Der erste Gang wird serviert und ich zeige ihr, mit welchem Utensil sie die heißen Fleischhappen aufspießen kann.

„Mir gefällt dein jetziges Kleid viel besser als das, was du getragen hast, als ich dich bei dieser Versammlung der Menschen angetroffen habe", lasse ich sie wissen.

Sie lacht. „Mir gefällt es auch besser. Dieses Kleid ist viel bequemer. Und ich liebe die Sachen wirklich sehr, die Lorki für mich ausgesucht hat. Danke, dass du sie hast kommen lassen. Sie und ihr Team waren wirklich wundervoll."

Ich schlucke mein Essen hinunter und grinse sie an.

„Ich werde dir das alles zahlen", sagt sie.

Ich hebe die Augenbrauen. „Mir was zahlen?"

„Die gesamte Garderobe und die Stylistin. Das war viel zu viel. Lorki hat meinen Kleiderschrank mit genug Sachen für ein ganzes Jahr angefüllt. Ich weiß, dass du letzte Nacht gesagt hast, du willst nicht, dass ich für irgendwas bezahle, aber ich habe noch einmal darüber nachgedacht und es kommt mir falsch vor, dass du mich so unterstützt. Es muss sehr teuer sein. Ich würde mich besser fühlen, wenn du ein Auge darauf hast, wie viel du jetzt für mich ausgibst, während ich dein Pflegekind bin, und dann kannst du es mir in Rechnung stellen, wenn ich mein Erbe erhalte."

„Etwas dergleichen werde ich nicht tun", knurre ich. „Du wohnst hier und stehst unter meinem Schutz. Ich kümmere mich um dich. Ich brauche nichts deines Erbes, um für deine Bedürfnisse aufzukommen." Ehrlich gesagt war Targek Ashmoor sogar die bedürftige Verwandtschaft gewesen, verhältnismäßig natürlich. Sein „Vermögen" ist im Vergleich zu meinem und dem meiner Familie völlig unbedeutend. Der Mann war dafür berüchtigt, seine Investitionen so gut wie nie zu kontrollieren und zuzulassen, dass ihr Wachstum stagnierte. Ich halte inne und zeige Charlotte, wie sie ihre Blutwurst schneiden muss, dann füge ich hinzu: „Aber eine Sache, die ich für dich tun werde, ist deine Investitionen meiner persönlichen Betreuung zu unterstellen. Ich werde deine Konten prüfen und nach Möglichkeiten suchen, dein Vermögen zu vermehren."

Der Raum verstummt, denn die Bediensteten sind ganz verblüfft über diese generöse Geste. Ich blicke auf und glaube, das Weibchen wird auch froh über diesen Gefallen sein. In den letzten Jahren haben mich viele Hyrrokinen angefleht, das Management ihrer Investitionen zu übernehmen, aber ich habe immer abgelehnt.

Charlottes Lippen werden schmal. „Mir wäre es lieber, du würdest das nicht tun. Ich bin mir sicher, ich kann einen professionellen Finanzberater engagieren, um mein Vermögen zu managen, also musst du dich nicht um meine Konten kümmern."

„Du traust mir nicht, dein Vermögen zu managen?", spucke ich aus.

Sie wedelt mit einem blutigen Messer in der Luft herum. „Na ja, es ist einfach so, du hast dein ganzes Vermögen geerbt, verstehst du? Tut mir leid, aber ich mache mir einfach Sorgen, dass du daran gewöhnt bist, Geld einfach geschenkt zu bekommen, ohne dafür arbeiten zu müssen. Ich würde mir lieber ein bisschen Zeit lassen, um eine Firma für Finanzverwaltung zu engagieren, wie diese, die es auf Salo gibt. Diese Wesen machen nichts anderes, als Geld zu vermehren."

„Du glaubst, ich würde nicht gut darin sein, dein Vermögen zu vermehren?"

„Na ja, du scheinst jede Menge Ausgaben zu haben …"

„Du glaubst, ich bin ein verwöhnter Lord, der sein Erbe verbrennt und nicht weiß, wie er das Vermögen verwalten soll, das ihm hinterlassen wurde?" Ich lache. Barnabas ist lautlos in den Speisesaal gekommen und ich sehe, dass er unsere Unterhaltung mitbekommen haben muss, denn auch er ist am Lachen. Es ist zu komisch.

Charlotte blickt sich um, bemerkt die lachenden Angestellten, und ihre Wangen werden rot. „Okay, ich schätze, ich könnte es dich versuchen lassen …"

„Sie würde es mich *versuchen* lassen …" Ich schlage mit der Kralle auf den Tisch, lache noch herzlicher.

Der ganze Raum ist erfüllt von Lachen. Die beiden Portiers schlagen sich gegenseitig auf die Rücken, Barnabas wischt sich die Tränen aus den Augen.

Charlotte wirft ihre Serviette auf den Tisch. „Was ist hier los? Warum sind alle am Lachen? Was ist so lustig?"

„Charlotte … Charlotte." Ich versuche, wieder zu Atem zu kommen und es ihr zu erklären. „Es gibt nur drei Wesen auf diesem Planeten, die wohlhabender sind als ich. Aegir Touchstone, der das Finanzprogramm erfunden hat, das das persönliche Finanzmanagement revolutioniert hat, sein Bruder, der in Aegirs Firma investiert hat und außerdem der glückliche Eigentümer einer Sub-Illibrium-Mine ist. Und die Königin ist die drittreichste Bürgerin von Tarvos. Das vierte Wesen bin ich, der Feuerlord von Ashmoor. Ich habe dieses Anwesen geerbt, als es am Rande des Bankrotts stand, und habe es modernisiert und es schließlich zu dem Vermögenswert gebracht, den es heute hat."

„Oh, wow. Glückwunsch. Das ist eine großartige Leistung."

„Danke. Wirst du mir nun also vertrauen, dein Vermögen zu verwalten?"

„Ja", stimmt sie zu. „Es wäre toll, wenn du meine Konten verwaltest. Und vielen Dank für dein Angebot."

Ich trinke einen großen Schluck Ale, lächle breit. So viel Spaß hatte ich schon seit einer Ewigkeit nicht mehr gehabt.

Der Portier serviert das Hauptgericht, was heute Abend aus verkohltem Gnu besteht. Mein Lieblingsgericht. Ich lehne mich zurück, als zwei flammende Teller vor uns gestellt werden. Die Flammen auf den Tellern züngeln so hoch, dass sie fast an die Decke reichen. Es ist ein wirklich herrlicher Anblick. Ich muss mich später beim Koch für sein Können bedanken.

Charlotte schreit erschrocken auf und rutscht vom Tisch zurück. Ich puste auf ihren Teller, dann auf meinen. Als das Feuer erlischt, beruhigt sie sich sichtbar. Ich entscheide, dass ich immer der Mann sein werde, der ihre Flammen eindämmt. Als Nächstes zeige ich ihr die beiden Utensilien, mit denen sie das verkohlte Fleisch essen kann. „Schneide es in kleinere Stücke als ich. Du hast keine Reiß-zähne und nur stumpfe Menschenzähne, die kleinere

Happen notwendig machen." Und dann reiße ich mit meinen langen Eckzähnen einen großen Bissen aus dem Fleisch, versuche ihr zu zeigen, wie lecker es ist.

Sie spießt ein winziges Stück mit ihrer Gabel auf und knabbert mit winzigen, menschlichen Bissen daran herum. Sie kaut und schluckt und dann erstrahlt ihr wunderschönes Gesicht mit einem Lächeln. „Oh, das schmeckt so gut. Das Fleisch ist ganz zart und schmeckt köstlich."

Ich bin erfreut, dass es ihr genauso gut schmeckt wie mir. Nachdem wir fertig gegessen haben, waschen wir uns in den Schüsseln auf dem Tisch Gesicht und Hände, trocknen uns mit den bereitgestellten Handtüchern ab.

„Wie war es, auf Neue Erde aufzuwachsen?", frage ich, plötzlich ganz interessiert an den menschlichen Angelegenheiten.

Charlotte lächelt den Portier an, als er einen kleinen Dessertteller vor sie stellt. Sie nimmt das nächste Utensil in ihre zierlichen Finger und antwortet auf meine Frage. „Als ich älter war, wurde es besser, aber es war hart, als ich klein war. Ich war noch ein Baby, als die Hurlianer von Neue Erde vertrieben wurden. Nur kurz zuvor war mein Vater von den Hurlianern geschnappt worden und ist nie zu uns zurückgekehrt. Ich habe ihn nie kennengelernt."

„Das tut mir leid", sage ich mit aufrichtigem Bedauern, bin bekümmert darüber, dass Charlotte so lange ohne einen Vater gelebt hat.

„Meine Mom hat das Verschwinden meines Vaters sehr mitgenommen. Sie haben sich geliebt und ich war noch so klein, als er geschnappt wurde. Es ist direkt vor ihren Augen passiert, aber sie konnte ihm nicht helfen, niemand konnte das. Ich glaube, sie hat sich nie davon erholt und das hat sie irgendwann zerstört. Sie hat uns immer mehr von ihren Eltern isoliert und war schließlich abhängig von Opidiz."

Ich zucke zusammen, denn ich weiß, was für eine Geißel der Menschheit diese Droge seit ihrer Erfindung in einem Labor vor mehr als zwanzig Jahren ist. Sie hat das Leben von Milliarden von Wesen in allen Vier Sektoren zerstört.

„Ich bin nicht in einem Haushalt mit meinen Großeltern aufgewachsen. Leider wusste ich nicht einmal, dass sie existierten. Sie haben im wilden Teil meines Heimatplaneten gelebt, auf einem sehr großen Grundstück. Ich schätze, weil Targek Hyrrokine war, wussten sie beide, wie die Menschen auf seine Erscheinung reagieren würden, also haben sie sich auf dem Land besser gefühlt. Sie haben weit entfernt von mir gelebt, auf der anderen Seite des Planeten. Man hat mir erzählt, sie wären gestorben, als ich noch klein war, und wir hatte keine weiteren Verwandten. Es ist meiner Mutter schwergefallen, einen Job zu behalten, und wir sind oft umgezogen. Aber als ich älter wurde, habe ich ein Stipendium von einem mysteriösen Gönner erhalten und sehr viel davon gespart."

Ich ziehe eine Augenbraue hoch. „Ein mysteriöser Gönner?"

Sie schaut mir in die Augen. „Genau. Ich glaube, es waren meine Großeltern. Ich habe nie gewusst, dass sie mir die ganze Zeit über unter die Arme gegriffen haben. Aber mein Leben war wie verzaubert. Es ist immer etwas passiert, das mir geholfen hat. Ich habe ein Stipendium für eine Privatschule für Mädchen in Singapur erhalten. Dann habe ich ein weiteres Stipendium für eine Universität gewonnen, die kürzlich auf Neue Erde eröffnet hatte. Bevor diese Uni ihre Tore geöffnet hat, mussten alle für ihre weiterführende Bildung den Planeten verlassen. Ich habe mich also dazu entschlossen, dazubleiben und auf meinen Heimatplaneten auf die Uni zu gehen. Es hat mich nichts gekostet, also warum nicht? Das Stipendium hat außerdem die Kosten für Unterkunft, Kleidung und Verpflegung gedeckt, also war ich bestens aufgestellt. Sobald ich alt genug war, bin ich also sofort ausgezogen, um meine Mom und ihre zwielichtigen Freunde zu vermeiden und mein eigenes Leben zu haben, was herrlich war."

Ich nehme ihre kleine Hand in meine. „Ich bin mir sicher, deine Großeltern waren sehr froh, dass sie ihr Vermögen sinnvoll einsetzen konnten."

„Weißt du, was mir Sorgen bereitet?"

„Hm?"

„Ich mache mir Sorgen, dass sie nur deshalb die Distanz zu mir gewahrt haben, weil sie glaubten, meine Mutter hätte mich gegen sie und die Hyrrokinen aufgestachelt und dass ich nichts mit ihnen zu tun haben wollte."

„Hat sie das getan?"

„Nein. Meine Mutter hat mir Geschichten über meinen Großvater erzählt und gesagt, er würde aussehen wie der Teufel. Sie hatte ihn gehasst, bevor sie gestorben war. Aber das war alles. Sie hat hauptsächlich über sie geschwiegen und so getan, als würden sie nicht existieren. Und wenn mir überraschender Weise Geld geschenkt wurde, habe ich schließlich gelernt, es vor ihr zu verstecken. Nicht, weil ich nicht wusste, von wem es kam, sondern weil ich befürchtete, sie würde es mir abnehmen und für Drogen ausgeben."

„Deine Mutter hat dein Geld gestohlen, was für dein Essen, deine Kleidung und deine Ausbildung vorgesehen war, um sich Drogen zu kaufen?"

„Ja. Aber das war zu der Zeit, als ich noch jünger war. Ich schätze, meine Großeltern sind irgendwann auch dahintergekommen und haben kein Geld mehr geschickt, dass sie stibitzen konnte, denn es sind irgendwann nur noch Leute aufgetaucht, die mir gesagt haben, ich hätte dieses oder jenes Stipendium gewonnen. Das ist immer wieder passiert. Und es waren immer meine Großeltern, die mir helfen wollten."

„Wusste deine Mutter, dass sie dahintersteckten?"

„Ich glaube schon. Aber manchmal haben sie so clevere Erklärungen vorgebracht, dass sie nur noch darüber gelacht hat, was für ein Glück ich hätte. Und warum ich nicht mal solche Dinge wie Reisen oder Raumschiffe oder Bargeld gewinnen könnte."

Ich ließ ihre Hand los. „Tut mir leid, dass dir das zugestoßen ist."

„Es war nicht so schlimm. Vor allem, nachdem ich älter geworden bin und ausziehen konnte. Die letzten zwei Jahre waren ziemlich gut. Ich konnte in einem Gebäude wohnen, das der Uni gehört, und studieren. Ich habe meine Mutter in den letzten Jahren vor ihrem Tod nicht einmal mehr gesehen." Ihr Mund verzieht sich. „Ja. Es war traurig. Meine Mom, meine Großmutter und dann mein Großvater sind alle innerhalb weniger Monate gestorben. Das Schlimmste ist, dass ich meine Großeltern nie kennengelernt habe. Ich habe das Gefühl, als ob ich um die Zeit mit ihnen betrogen worden wäre."

„Das *ist* traurig", stimme ich zu. Dann stelle ich ihr eine weitere Frage, versuche, mein Pflegekind von ihren Sorgen abzulenken. „Und jetzt, da du hier bist … Was hältst du von dem Anwesen?", frage ich und versuche, das Thema zu wechseln und über etwas zu sprechen, was ihr nicht das Herz bricht, sondern sie vielleicht fröhlich stimmt. Ihre Vergangenheit war furchtbar, aber jetzt bin ich hier und ich werde ihre Zukunft strahlen lassen. Außerdem interessiere ich mich wirklich für ihre Meinung über das Domizil, das meine Vorfahren seit Jahrhunderten beherbergt hat.

Sie blüht auf. „Oh, ich liebe es hier. Die Suite, in der du mich untergebracht hast, ist wunderschön."

Ich grummle, erinnere mich daran, wie meine frühere Partnerin den Anblick dieses Raumes gehasst hatte und ihn für alt und zerfallen erklärt hat. Hatte sich nicht einmal die Mühe gemacht, meiner Mutter zuliebe ihre Worte sanfter klingen zu lassen.

„Es gefällt mir, weil es auf Gut Ashmoor eine Mischung aus Alt und Neu gibt."

Ich nicke, denn das ist es, was mir an dem Anwesen auch so gut gefällt.

Sie legt den Kopf zur Seite. „Du weißt schon, ich kann beispielsweise in diesem Zimmer in einem Lehnsessel sitzen, nachdem ich gerade die Hightech-Reinigungseinheit benutzt habe und hier mit einem Hovercraft angereist bin. Ein Putzroboter kann zu meinen Füßen über den Boden kriechen, aber ich sitze vor einem antiken Steinkamin, in dem ein echtes Feuer prasselt. Ein Korb mit echten, gedruckten Büchern steht neben meinem Sessel und ein Ölgemälde deiner Vorfahren hängt an der Wand. Und mir bringen wirkliche, echte Bedienstete Tabletts mit Essen. Es gibt echte Angestellte, die das Anwesen instand halten, zusammen mit den Bots. Ich mag es, mit echten Wesen zu sprechen, anstatt mit künstlicher Intelligenz."

„Hast du noch immer Angst vor uns?", frage ich sie.

Sie blinzelt mich überrascht an. „Nein. Na ja, vielleicht für einen kurzen Moment, als Milli das erste Mal erschienen ist, und wenn ihr eure Flammen spuckt, daran habe ich mich noch nicht gewöhnt. Aber Angst? Nein."

Sie hatte nie Angst vor mir.

Zunächst hatte ich mir das damit erklärt, dass sie bereits über die Hyrrokinen Bescheid wusste. Und sie wusste auch von Targeks Wohlwollen und hat meine Spezies daher als „nett" betrachtet. Aber dann ist da noch die Tatsache, dass sie von meinem hohen Stand in der Gesellschaft der Hyrrokinen und meinen Reichtum Bescheid weiß und mich trotzdem behandelt wie einen Freund. Was ich zu schätzen weiß. Ich nehme an, das liegt daran, dass sie ein Mensch ist und die Ebenen der hyrrokinischen Formalitäten nicht richtig versteht, die mich von den meisten anderen Bürgern abgrenzen. Aber ich glaube nicht, dass das der wahre Grund ist. Ich glaube, wir verstehen uns einfach. Ich genieße die Zeit mit diesem Weibchen. Als Thayne und als Charlotte anstatt als Vormund und Pflegekind.

„Du scheinst reif für jemanden so Junges zu sein", bemerke ich. „Das mag der Grund sein, weshalb du stoisch im Angesicht von Dingen sein magst, die andere in deinem Alter oder aus deiner Spezies verabscheuen."

Sie hebt die Augen. Ha. Ich glaube, sie hat auf meine Unterarme gestarrt.

„Das wurde mir schon öfter gesagt." Sie zuckt mit den Schultern. „Mir wird manchmal gesagt, ich wäre reif für mein Alter. Ich glaube, das liegt daran, dass ich mich im Prinzip selbst erzogen habe. Das musste ich tun. Irgendjemand musste schließlich dafür sorgen, dass die Rechnungen rechtzeitig bezahlt wurden und ich etwas zu essen bekam."

Rauch quoll aus meinen Nasenlöchern.

Sie erwiderte meinen finsteren Blick. „Oh, tut mir leid, ich wollte es nicht so furchtbar klingen lassen … Vergessen wir nicht, dass ich auch sehr viele Chancen bekommen habe." Sie fährt mit der Hand durch die Luft. „Ich meine, schau dir nur an, wo ich mich gerade befinde. Wie viele Menschen können so eine Erfahrung machen? Ich bin ganz demütig, dass mein hyrrokinischer Großvater meine Mutter adoptiert hat, nachdem ihr echter Vater gestorben war, und mir keine Vorwürfe darüber gemacht hat, wie schrecklich sie ihn behandelt hat, sondern mich weiter als seine Erbin betrachtet hat."

„Noch nie zuvor hat ein Mensch dieses Anwesen betreten", lasse ich sie wissen. „Du bist die Erste."

Ihre Augen schießen zurück zu meinen Unterarmen. Und dieses Mal balle ich die Fäuste, damit sie auch was zu gucken hat. Sie schnappt nach Luft.

Meine Mundwinkel zucken.

„Ich bin der erste Mensch auf Gut Ashmoor? Moment, ist das gut oder schlecht?" Sie fingert an ihrem Weinglas herum und blickt mich verlegen an. „Ich meine, was denkst du wirklich darüber, dass ein Mensch die Erbin von Targek Ashmoors Vermögen ist und jetzt Mitglied der Ashmoor-Familie?"

Ich lehne mich in meinen Stuhl zurück und denke so ernsthaft über diese Frage nach, wie sie es verdient hat. „Es macht mir überraschend wenig aus, einen fremden Menschen in unserer Mitte zu haben", gebe ich zu. „Es gibt Menschen, die nach Tarvos übergesiedelt wurden, also hatte ich zumindest schon von deiner Spezies gehört. Mein Nachbar hat vor Kurzem einen Menschen geheiratet …"

Ihr klappt der Mund auf. „Dein Nachbar hat einen Menschen geheiratet? Wann? Eine Frau?"

„Nebenan auf dem Strikehouse-Anwesen wohnt ein weiblicher Mensch. Ich glaube, sie ist älter als du, aber nicht um viel. Sie heißt Ariana Strikestone. Sie ist die Partnerin meines Nachbarn, Skoll Strikestone."

„Oh, ich würde sie gerne kennenlernen."

„Das wirst du sicherlich. Sie weiß über dein Eintreffen hier Bescheid. Ich kann mir nicht vorstellen, dass sie zu lange auf sich warten lassen wird. Die Strikestones haben die Angewohnheit, immer dann aufzutauchen, wenn die Ashmoors es am wenigsten erwarten."

Charlotte klatscht in die Hände, was sie immer macht, wenn sie erfreut ist, habe ich bemerkt.

„Was sind deine Pläne, wenn du einundzwanzig bist?", frage ich, weil ich mehr über dieses Weibchen erfahren will.

„Oh, na ja ..." Sie erzählt mir von ihren Plänen, an der Universität von Neue Erde Xenobotanik zu studieren. Ich weiß, ich sollte ihr von meinem Bruder erzählen, aber das tue ich nicht. Ich bin noch nicht bereit, sie mit ihm zu teilen. Für den Augenblick behalte ich sie hier bei mir und meinen Angestellten.

„Ich weiß nicht so richtig, was ich dann tun werde und wo ich leben will", fügt sie hinzu. „Ich will nur mehr über das lernen, was mich interessiert, und eines Tages würde ich ... würde ich gerne heiraten und eine Familie haben. Vielleicht, weil ich keine eigene Familie habe."

Ein Gewicht scheint sich schwer auf mein Herz zu senken. Ich stelle meinen Humpen mit Ale auf den Tisch. „Morgen Abend habe ich einen Geschäftsempfang, zu dem ich dich als meine Begleitung mitnehmen werde", informiere ich sie. „Es ist eine Wohltätigkeitsauktion." Früher habe ich meine ehemalige Partnerin zu diesen Empfängen und Feiern mitgenommen, bis sie sich irgendwann geweigert hat, mich zu begleiten. Später habe ich meine Mutter mitgebracht, aber in den letzten zwei Jahren bin ich immer alleine dorthin gegangen, wenn überhaupt. Ich habe Charlottes Stylistin über ihren sämtlichen Bedarf als Lady Ashmoor informiert.

„Bist du sicher, dass du mich dabei haben willst?"

„Ja. Ich werde dich nicht wie ein minderjähriges Kind verstecken oder als irgendeinen seltsamen Menschen, wegen dem ich mich schämen müsste, dass er in meinem Haus wohnt. Du wirst deinen Platz als mein Pflegekind und neues Mitglied der Ashmoor-Familie stolz einnehmen. Du bist schließlich eine Feuerbaroness."

Sie grinst mich an, was ein Grübchen auf ihre Wange malt. „Okay."

WIR ESSEN UNSER DESSERT AUF, dann erhebt sich Charlotte und geht zurück auf ihr Zimmer.

Ich verneige mich kurz, wünsche ihr eine gute Nacht und ziehe mich dann in mein Büro im Erdgeschoss zurück, um noch ein wenig zu arbeiten. Diese Zeit am Abend, wenn die Angestellten alle zu Bett gegangen oder in ihre eigenen Zuhause gefahren sind, ist meine liebste Zeit, um zu arbeiten. Sogar Barnabas ist nicht mehr da und nur noch per Notfallnachricht erreichbar.

Ich arbeite an meinem Schreibtisch, schließe die ausstehende Kommunikation ab. Ich nehme mir die Zeit, in Ruhe alle Nachrichten durchzulesen, die wir von Kunden und Bediensteten erhalten haben. Ich weiß gerne über das Bescheid, was über die Ashmoor-Organisation gesagt wird, damit ich Probleme klären kann und auf zukünftige Trends vorbereitet bin.

Nach einer Weile setze ich mich auf einen Sessel vor das knisternde Feuer in meinem Kamin, halte ein Glas mit einem Fingerbreit bernsteinfarbenem Feuer-Alkohol in meiner Klaue und bin missmutig, weil ich Charlottes Duft nicht länger in meiner Nähe riechen kann. Ich stelle mir vor, wie sie dasselbe tut, sich oben in ihrem Zimmer vor ihren Kamin setzt − allein. Ich werfe einen Blick auf den leeren Platz neben mir und entscheide, dass ich einen zweiten Sessel in dieses Zimmer stellen muss.

In den drei Jahren seit dem Tod meiner Partnerin habe ich kein anderes Weibchen kennengelernt, mit dem ich mich lustpaaren wollte. Und ich habe geschworen, kein anderes Weibchen als meine Partnerin zu begehren. Und doch will ich in diesem Augenblick nichts mehr, als nach oben zu gehen und dieses minderjährige Weibchen in mein Zimmer zu holen, sie unter mir zu spüren und sie anschließend in den Armen zu halten und ihre Haut zu lecken. Und dann mit ihr an meiner Seite einzuschlafen.

Mein Pflegekind. Was stimmt denn nicht mit mir?

Ich werfe einen Blick auf den Kalender, weiß, dass ich noch fünf Tage vor mir habe, bis sie volljährig ist.

Langsam gehe ich nach oben. Unter ihrer Tür scheint kein Licht hervor. Ich betrete mein eigenes Zimmer, dasselbe Zimmer, in dem ich die letzten fünfzehn Jahre über geschlafen habe. Die ganze Zeit über hat die Suite nebenan leer gestanden, ein Relikt aus glücklicheren Zeiten, als meine Eltern noch verpartnert waren. Sie haben zusammen in diesem Zimmer geschlafen und meine Mutter hat ihr eigenes Zimmer als zusätzlichen Raum genutzt, ein erweitertes Ankleidezimmer und ein Sitzbereich, sozusagen, dazu ein zusätzliches Bett, falls es benötigt wurde. Sie hatte es dekorieren dürfen, wie sie wollte, ohne dass mein Vater sich eingemischt hätte. Sie hatten sich auf die Dekoration ihres gemeinsamen Schlafzimmers geeinigt, aber das Zimmer nebenan gehörte nur ihr ganz allein.

Nachdem mein Vater gestorben war und meine Mutter in ihre Altgräfin-Suite gezogen war, um mir zu ermöglichen, die Position des Feuerlords einzunehmen, hatte sie immer gehofft, meine zukünftige Partnerin würde eines Tages die Partnerinnen-Suite übernehmen und diese Tradition der Ashmoors weitertragen. Meine Mutter war am Boden zerstört gewesen, als Letecia niemals eingezogen war. Das Zimmer, in dem mein Pflegekind nun wohnt, war von jeher das Zimmer für die Partnerinnen der Ashmoors gewesen.

Stirnrunzelnd starre ich auf die Verbindungstür. Gestern Abend hatte ich sie abgeschlossen, um mich selbst davon abzuhalten, mich unangemessen zu verhalten. Aber was, wenn Charlotte aufwacht und mich mitten in der Nacht brauchen sollte?

Ich gehe zur Tür und schließe sie auf.

Dann gehe ich ins Bett und schlafe ein.

9

CHARLOTTE

Ich liebe es, in der Suite zu schlafen.

Milli ist an diesem Morgen bereits da, zieht die schweren Vorhänge auf und lässt das Sonnenlicht hinein. Das Zimmer nebenan ist still und ich vermute, dass Thayne bereits aufgestanden ist. Wann schläft dieser Mann eigentlich? Gestern Abend nach unserem Essen habe ich nicht gehört, wie er für die Nacht nach oben in sein Zimmer gekommen ist.

Ist es seltsam, dass ich versuche, Thaynes Kommen und Gehen mitzubekommen? Ich glaube, ich bin noch immer ganz verzückt von dem zauberhaften Abendessen, das wir gestern Abend geteilt haben. Es ist einfach … Es war so wundervoll, mit ihm zusammen in diesem prächtigen Speisesaal zu essen. Wie in einem Märchen. Der Tisch war so lang und so glänzend, eindeutig für große Dinners gefertigt. Schwere Stühle standen an den Wänden aufgereiht und es war trotzdem noch so viel Platz in dem Raum – es konnten noch viel mehr Gäste an dem Tisch Platz nehmen.

Und nicht lange, nachdem ich ihm Gesellschaft

geleistet hatte, hatte er auf seine arrogante Art verlangt, dass ich direkt neben ihn gesetzt werde. Das hat mir natürlich nichts ausgemacht, weil ich ansonsten quer über den ganzen Tisch hätte rufen müssen, um mich mit ihm zu unterhalten. Es ist nur so, dass er niemals Bitte oder Danke sagt, zu niemandem.

Aber sobald ich neben meinem Feuerlord saß, hatte ich ihm seine Arroganz schon verziehen, denn ich war ihm nun so nah, dass ich jedes Zucken der Muskeln in seinem starken Unterarm erkennen konnte. Ich bin absolut süchtig nach Thaynes Unterarmen. Man könnte glauben, ich würde eher auf seinen sehnigen Hals oder die Hügel und Täler seiner Bauchmuskeln oder seinen harten Bizeps stehen: Nein. Es sind diese aderigen Unterarme. Ich habe immer wieder heimlich auf seine Arme geschaut, wenn er nicht hingeschaut hat.

Ich setze mich auf und räkle mich, versuche mich im kalten Licht des Morgens daran zu erinnern, dass nichts aus meiner Obsession mit diesem Mann werden kann. Ja, er hält oft meine Hand, aber vielleicht macht er das mit allen Frauen, in deren Gesellschaft er sich befindet? Das ist nichts Besonderes. *Nichts Besonderes.* Aber als ich gestern Abend den Speisesaal betreten hatte und Thaynes Augen auf mich gefallen waren, hatte er mich für einen Augenblick nur angestarrt, hatte innegehalten, um mich zu mustern. Seine Augen haben an meinem Scheitel angefangen und sind dann über mein Gesicht, meine Brust und meine Beine und Zehen hinuntergewandert. Ich habe nur dagestanden und ihn sich sattsehen lassen, hatte mich gefragt, ob ich seinen Blick richtig einordnete. Ich dachte, ich könnte einen Anflug der Lust in seinen Augen erkennen, aber dann hat er sich sofort wieder in den ehrwürdigen Feuerlord verwandelt.

Die „Ich bin nur sein minderjähriges Pflegekind"-

Fassade aufrechtzuerhalten, wird nun tausendmal schwerer sein, nachdem ich noch mehr Zeit mit ihm allein verbracht habe, wir uns unterhalten, gegessen und gelacht haben. Ich liebe es, Zeit mit ihm zu verbringen, und ich war traurig, gestern Abend allein auf mein Zimmer zurückzugehen.

Milli kümmert sich bereits um die größeren Aufräum-arbeiten in meiner Suite, also stehe ich auf und gehe ins Bad, um mich zu waschen und anzuziehen. Nachdem ich aus der Reinigungseinheit gestiegen bin, ziehe ich für einen Moment wieder meinen Bademantel an und betrete das Ankleidezimmer. Der Glamour des aufgefüllten Kleider-schranks voller hyrrokinischen Designersachen, die genau auf mich zugeschnitten sind, wird einfach nicht alt. Ich kann es mir scheinbar nicht erlauben, in meine alte Ange-wohnheit zu verfallen, meine dreckigen Sachen einfach auf den Boden fallen zu lassen und meinen billigen Schmuck auf die nächstbeste Ablagefläche zu schmeißen. Vor allem deshalb, weil billiger Schmuck nicht mehr existiert.

Vorsichtig öffne ich eine der ausgekleideten Schub-laden und wähle meine Unterwäsche für heute aus, dann pflücke ich mir Anziehsachen von den Bügeln. Heute entscheide ich mich für weiche, dehnbare, dunkle Hosen und ein weiteres Schlauchtop, diesmal in einem blassen Pink. Dann schlüpfe ich in bequeme pinke Ballerinas, die perfekt zu meinem Oberteil passen. Vorbei sind die Zeiten von Baggy Pants und Schlabbersachen. Alles in meinem Schrank ist nun maßgeschneidert, um meinen Körper perfekt einzuhüllen, während sie gleichzeitig dehnbar und herrlich bequem sind. Ich ziehe mir ein Paar einfache, glit-zernde Ohrringe an und verzichte auf Make-up.

Ich hoffe, dass ich heute mein Zimmer verlassen und die Villa erkunden kann.

Ich komme aus dem Ankleidezimmer und setze mich mit dem Tablet auf dem Schoß in einen der Stühle, esse mein Frühstück und trinke Traq, der auf einem Tablett steht. Milli ist noch immer hier und wir unterhalten uns. Ich mag es, mit ihr zu quatschen, mit ihr kann man sich gut unterhalten. Sie erzählt mir von ihrem Leben und ich erfahre, dass sie das jüngste Kind in einer großen Familie ist. Ich erfahre von ihren Brüdern und Schwestern und was sie machen, jetzt, wo sie alle erwachsen sind. Es ist faszinierend.

„Gefällt es Ihnen hier auf dem Anwesen?", fragt sie mich plötzlich.

„Oh ja, wie kann ich es nicht mögen?", antworte ich ehrlich und deute mit der Hand auf die ganzen herrlichen Möbelstücke und das Dekor.

Sie lacht und hockt sich vor dem Kamin hin. „Das Anwesen *ist* ein historisches Meisterwerk. Ich schätze mich glücklich, durch dieselben Korridore zu gehen, durch die schon so viele Hyrrokinen gewandelt sind. Ich habe viele Freunde zu Hause, die eifersüchtig darauf sind, dass ich hier arbeiten darf."

„Das kann ich mir gut vorstellen. Aber ... darf ich Ihnen etwas verraten?"

„Natürlich."

„Ich ... Ich glaube, Barnabas mag mich nicht", gestehe ich meinem persönlichen Dienstmädchen, weil ich es immer allen recht machen muss. Es verunsichert mich, wenn Leute mich aus unbekannten Gründen nicht leiden können. Vermutlich wird es mich bis zu meinem letzten Atemzug quälen, dass Jaden, Maya und ihre Mutter mich alle heimlich gehasst haben. Vor allem, weil ich mich so bemüht habe, sie für mich zu gewinnen, und sie sich einfach nicht darauf eingelassen haben.

Ich habe versucht, mich mit allen Bediensteten, mit denen ich zu tun hatte, seit ich hier angekommen bin, freundlich zu stellen. Den Koch, die Haushälterin, die

Stylistin und Milli kennenzulernen. Der Chefkoch war einfach. Ich musste nur gestern Abend kurz an der Küche vorbeigehen und ihm persönlich für das ganze fantastische Essen danken, das er für mich gekocht hatte, seit ich angekommen war. Ich hatte ihn dabei überrascht, wie er in der Küche auf und ab gegangen war, zu nervös, um Feierabend zu machen und ins Bett zu gehen, weil er unbedingt wissen musste, was die neue Lady Ashmoor von seinem Menü hielt. Wie niedlich war das denn bitteschön? Ich hatte mich überschwänglich bedankt und ihn wissen lassen, dass mir alles geschmeckt hatte, insbesondere die Blutwurst. Er hatte mich eingeladen, jederzeit in die Küche zurückzukommen, wenn ich wollte.

Die anderen Bediensteten, mit denen ich zu tun habe, sind immer herzlich und höflich gewesen. Aber Barnabas ist steif wie ein Brett und ich glaube, er geht mir aus dem Weg. Ja, gestern Abend hat er auch über meine Bemerkungen über Finanzverwaltung gelacht, aber es kam mir eher vor, als ob er mich ausgelacht hätte. Ich weiß nicht, was ich getan habe, um ihn zu verärgern, und das stört mich. „Vielleicht liegt es daran, dass ich ein Mensch bin?", frage ich nachdenklich. „Fühlt sich Barnabas in Gegenwart meiner Spezies unwohl?"

Milli hockt sich hin und blickt zu mir auf. „Nein, nein. Ich bin mir sicher, das ist nicht der Grund. Niemanden hier kümmert es, dass Sie ein Mensch sind. Ehrlich gesagt finden wir Ihre Spezies niedlich."

Mir fällt der Mund auf. „Tatsächlich?"

„Ja", kichert sie und beugt sich wieder vor, um den alten Kamin sauberzumachen. „Es ist lustig, Sie ohne Schweif herumlaufen zu sehen, und wie Sie auf diesen Fußabdeckungen balancieren. Ich bin mir sicher, Barnabas ist nur etwas argwöhnisch, weil er noch immer davon traumatisiert ist, was mit der ersten Lady Ashmoor vorgefallen ist. Sie werden ihn schon bald genug für sich gewinnen."

„Sprechen Sie von Thaynes Mutter?", frage ich. „Hat sich Barnabas nicht gut mit der Altgräfin verstanden?"

„Nein, ich meine nicht sie. Ich habe die Altgräfin leider nicht mehr kennengelernt, bevor sie gestorben ist, was mich sehr traurig macht, denn sie wurde von allen bewundert. Barnabas ist nicht mit Lady Ashmoor zurechtgekommen, der früheren Partnerin von Lord Ashmoor."

Ich richte mich auf und lege mein Tablet zur Seite. „Thayne war verheiratet?"

Milli wischt sich die dreckigen Handschuhe an ihrer Schürze ab. „Ja, Lord Ashmoor hatte schon einmal eine Partnerin. Wussten Sie das nicht? Seine Partnerin ist vor … ich glaube drei Jahren gestorben, genauso wie sein Sohn. Im großen Feuer von '05. Es war wirklich, wirklich traurig. Seine Partnerin und sein Sohn sind beide im Feuer in dieser Nacht umgekommen. Und der kleine Lord Wylik war erst drei Jahre alt. Es war eine furchtbare Tragödie."

„Thayne hatte einen Sohn?", presse ich hervor.

Sie runzelt ihre roten Augenbrauen. „Sie haben Ihnen nicht viel erzählt, oder?"

„Nein", piepse ich. „Anscheinend nicht." Dann wird mir klar, dass ich viel über das Anwesen und die alte Familiengeschichte gelernt habe. Die Bücher, die mir Barnabas geschickt hat, sind eine hervorragende Quelle, und die Videolektionen über die Ashmoor-Etikette, die ich auf meinem neuen Tablett entdeckt habe, sind wirklich hilfreich, aber ich habe nur Dinge über das Anwesen und die Geschichte gelernt. Ich weiß so gut wie nichts über die derzeitigen Bewohner. Thayne fragt mich immer über mein Leben aus, aber er erzählt wenig von sich selbst. Ich war davon ausgegangen, dass er noch nicht verheiratet war und keine Kinder hatte, denn so etwas Wichtiges hätte er mir doch sicher erzählt. Oder?

Gestern Abend hatte er mich ermutigt, mehr von mir zu erzählen, und ich hatte ihm von meiner Mutter, meinen Großeltern und meinem Ex-Verlobten erzählt. Ich hatte meine Hoffnungen und Träume offenbart, aber nicht ein einziges Mal hatte ich ihn nach den Einzelheiten seines Lebens gefragt. Puh. Ich bin wirklich eine schlechte Freundin.

„Na ja, nicht, dass ich besonders viel wüsste", seufzt Milli, als sie das Gitter anhebt und die Asche darunter zusammenfegt. „Ich arbeite erst seit ein paar Mondzyklen hier in der Villa, aber ich habe gehört, dass Adlige nicht immer die Partnerinnen auswählen können, die sie lieben. Aber darüber wissen so ziemlich alle anderen hier besser Bescheid als ich. Ich habe diesen Job nur, weil meine Groß-mutter früher hier gearbeitet hat. Sie stellen gerne Personal aus einer Familie ein. Wie auch immer, ich habe gehört, dass Aristokraten ebenso wie viele königliche Wesen sich mit demjenigen verpartnern müssen, der als angemessen für das allgemeine Wohl ihrer Familie erachtet wird."

„Oh nein, das ist ja furchtbar."

„Ja, oder? Der Rest von uns auf Tarvos wurde so erzo-gen, dass wir wussten, wenn wir eines Tages jemanden treffen würden, in den wir uns verlieben und den wir als unseren Partner nehmen würden, dann können wir dieses Wesen als unser erklären und wären lebenslange Partner. Bis dahin können wir uns nach Herzenslust lustpaaren. Tja, Wesen wie der Feuerlord müssen ihre Linie weiterfüh-ren, die schon sehr alt ist. Also ..." Sie flüstert nur noch. „Ich glaube, normalerweise ist es so, dass Mitglieder des Adels warten, bis sie kurz vor dem Moment stehen, wenn sie sich verpartnern und Nachkommen schaffen müssen oder es einfach zu spät ist, weil sie beide zu alt sind, um

Babys zu bekommen. Und bis dahin lustpaaren sie sich. Ich habe gehört, dass sie sich manchmal in Hyrrokinen verlieben, die ihre wirklichen Partner sein sollen, aber sie diese nicht nehmen dürfen. Es ist ziemlich tragisch. Ich weiß nicht, warum sie damit weitermachen. Klingt für mich ziemlich altmodisch."

Meine Gedanken rasen zu meinem albernen Tagtraum, in dem ich mir vorstelle, tatsächlich Thaynes Partnerin zu sein und ... schwanger mit seinem Baby bin. Aber ich weiß nun, dass ich niemals seine Partnerin sein kann, weil ich ein Mensch bin. Und ein Feuerlord kann keine halb menschlichen, halb hyrrokinischen Nachkommen haben. Ich würde ihre Familie durcheinanderbringen.

„Ich habe die erste Lady Ashmoor, seine erste Partnerin, nie kennengelernt", fährt Milli fort. „Das war vor meiner Zeit, aber ich habe gehört, dass alle Angestellten sie gehasst haben."

Ich rutsche mit meinem Stuhl näher an sie heran. „Was? Warum haben die Angestellten sie gehasst? Was hat sie getan?"

„Nun, erinnern Sie sich an den ersten Tag, als Sie hier angekommen sind und jeden einzelnen der Angestellten auf den Stufen begrüßt haben? Sie haben uns allen die Hand geschüttelt, sogar den beiden Aushilfen."

„Ja."

Milli steht auf und wischt sich die Stirn ab. Sie blickt lächelnd auf ihre getane Arbeit hinunter – den perfekt geputzten Kamin und die brandneuen Ebenholzscheite, die auf dem Gitter liegen. „Na ja, es ist Ihnen vermutlich nicht bewusst, aber das war sehr wichtig. Es bedeutet den Angestellten hier sehr viel, diese formelle Begrüßung. Die beiden Aushilfen, die Sie am Ende umarmt haben – die beiden Jungen –, das sind Grimwalls Enkel. Also glauben Sie mir, Sie haben sich damit sofort beliebt bei ihr gemacht. Ich schätze, diese erste Begrüßung wird in der Geschichte der Familie immer großgeschrieben und, na ja, die erste Lady Ashmoor hat die Begrüßung nicht wie Sie beendet. Die Altgräfin musste sie begleiten, damit sie es überhaupt geschafft hat, das Personal zu begrüßen, und sie hat es trotzdem nicht bis zum Ende durchgezogen. Sie hatte gesagt, sie wäre müde, und hat nach der Hälfte aufgehört, obwohl sie überhaupt nicht müde war. Das war also schon einmal ein furchtbarer Start. Trotzdem, es hätten ihr alle verziehen, vor allem, wenn sie wirklich müde oder krank gewesen wäre, denn das ist vollkommen verständlich, aber sie war auch danach weiterhin gemein zu allen."

„Oh, wow. Wie … Wie war sie gemein? Was hat sie getan?"

„Na ja, sie hat sich nie bei den Angestellten für ihre harte Arbeit bedankt. Sie hat Personal für jeden Fehler öffentlich ausgeschimpft. Sie hat sich bei Lord Ashmoor darüber beschwert, dass Grimwall faul wäre. Ich habe gehört, sie hätte mit ihrem ungehobelten Verhalten regelmäßig antike Gegenstände zerstört. Und sie hat sich nie die Mühe gemacht, etwas über die Geschichte der Ashmoor-Familie zu lernen. Außerdem war sie keine sehr fürsorgliche Mutter. Manchmal hat sie ihr Kind eine ganze Woche lang nicht gesehen." Milli tritt auf mich zu. „Tut mir leid, ich bin ins Quasseln gekommen. Ich verspreche, dass ich normalerweise keine Tratschtante bin. Ich erzähle das nur, damit Sie verstehen, warum die anderen Bediensteten womöglich zunächst etwas steif in Ihrer Gegenwart sind. Sie haben eine schlechte Erfahrung gemacht und wollen möglicherweise erst abwarten, ob Sie wirklich ein netter Mensch sind, der das Wohl des Anwesens und des

Feuerlords im Sinn hat, bevor sie Ihnen vollkommen vertrauen."

„Das verstehe ich." Und das tue ich wirklich.

Sie lächelt mich an. „Ich vertraue Ihnen bereits", bemerkt sie.

Oh. Auch auf meinen Lippen breitet sich ein Lächeln aus und ich strahle sie an.

10

CHARLOTTE

Zwei Stunden vergehen und mir wird langweilig. Ich muss irgendetwas tun, außer die Bücher zu lesen, die Barnabas mir geschickt hat. Ich habe bereits Folge 5 der Videoserie über die Ashmoor-Familie auf meinem Tablet geschaut, also mache ich gute Fortschritte. Aber trotzdem, ich hätte nichts gegen eine Pause.

Ich habe viel über das Anwesen und die Geschichte der Ashmoors gelernt. Aber ich muss hier rauskommen, um handfesteres Wissen anzuhäufen. Außerdem bin ich schon viel zu lange im Haus. Gestern Abend im Haus unterwegs zu sein, hat mir eine Kostprobe von Freiheit gegeben und ich will mehr davon. Ich schaue aus dem Fenster. Zwei Sonnen und frische Luft klingen herrlich. Und ich kann es kaum erwarten, durch die Fußwege im geometrischen Garten zu spazieren, der aus dem Dschungel geschaffen wurde, und die Pflanzen zu identifizieren, die jenen auf Neue Erde ähnlich, aber doch so anders sind.

Ich bin süchtig nach Landschaftsgärtnerei und Gartenbau, obwohl es davon nicht viel gab, wo ich gewohnt habe. Hauptsächlich Containergärten und Hydrokulturen. Neue

Erde war über tausende von Jahren ein riesiges Ghetto für gekidnappte und versklavte Menschen, bis wir von den Hurlianern befreit wurden. Jetzt ist mein Heimatplanet im Aufschwung und erlebt einen Ansturm der neuen Wesen sowie größere Freiheit und Reichtum. Es wird so viel gebaut, es ist verrückt, überall, wo man in Singapur hinschaut, wird ein neuer Wolkenkratzer errichtet.

Xenobotanik ist mein Hobby. Es gefällt mir, die verschiedenen Pflanzen und Vegetationen auf den Heimat-planeten anderer Spezies zu studieren und herauszufinden, ob ich die Witterungsbedingungen nachahmen und einige von ihnen auf meinem Planeten züchten kann. Ich habe gerade mein zweites Jahr an der Universität abgeschlossen. Das Semester ist eine Woche vor der Hochzeit zu Ende gegangen. Nächstes Jahr wollte ich mit meinem Abschluss in Xenobotanik anfange, aber ich hatte gehofft, so bald wie möglich an eine Uni auf einem anderen Planeten zu wechseln.

Wieder schaue ich aus den Fenstern, wünsche mir, ich wäre draußen auf dem Gelände, könnte diese Blüten berühren und an ihnen riechen, anstatt sie nur aus der Ferne zu bewundern. Ich verspüre das nagende Bedürfnis, die Vegetation in diesem Garten zu katalogisieren. Ich erkenne die Pflanzen, die sie als Begrenzung gepflanzt haben, aber die meisten anderen Gewächse habe ich noch nie in meinem Leben gesehen.

Ich stehe auf und packe meine Bücher fort. Gestern Abend habe ich allein den Weg ins Erdgeschoss gefunden und wurde von dort zum Speisesaal eskortiert. Ich vermute, dass ich den Weg wieder finden würde. Ich weiß, wo mein Zimmer und der Flügel mit den Kinderzimmern ist, und ich weiß auch, wie ich zum Speisesaal und wieder zurückkomme. Das ist alles. Aber jetzt habe ich jede Menge Anziehsachen, also kann ich auch nach draußen gehen. Und ich liebe es, das Anwesen und das Gelände zu erforschen. Ich will eigentlich nicht nur hier auf meinem Zimmer bleiben und alle Mahlzeiten allein einnehmen. Ich würde gerne weitere Angestellte des Haushalts kennenlernen. Vielleicht mit ihnen zusammen in einer der Küchen frühstücken? Oder weitere Mahlzeiten im Speisesaal einnehmen, zusammen mit …

Und ja, es wäre toll, Thayne wieder über den Weg zu laufen. Meine Brust zieht sich ein wenig zusammen, als ich daran denke, dass er seine Partnerin und seinen dreijährigen Sohn in einem furchtbaren Feuer verloren hat. Mein Blick wandert zu der Verbindungstür und ich schüttle den Kopf. Ich werde nicht schlau aus ihm, aber vielleicht erklärt diese herzzerreißende Erfahrung sein Verhalten? Ich bin sein Pflegekind, aber als wir uns das erste Mal getroffen haben, hat er meine Hand gehalten, als ob er mein Freund wäre. Dann haben wir zusammen das Anwesen betreten und er wurde kalt und distanziert. Bei unserem gemeinsamen Abendessen war er wie verwandelt. Aufmerksam, gesprächig, wollte mich direkt neben sich sitzen haben und hat mir Fragen zu meinem Leben gestellt. Und wir haben verabredet, heute Abend wieder auszugehen. Aber in dem Augenblick, als das Abendessen vorbei war, wurde er wieder kühl und reserviert. Er wechselt von heiß zu kalt. Buchstäblich. Liegt das daran, dass er Witwer ist und trauert, noch nicht bereit dazu ist, vollkommen nach vorn zu schauen und eine neue Beziehung einzugehen? Ich weiß es nicht.

Oder liegt es daran, dass er nicht wirklich auf mich steht?

Ich habe keine Ahnung, wohin er nach unserem Abendessen verschwunden ist, aber ich weiß, dass er nicht sofort auf sein Zimmer gegangen ist. Ich bin zur Küche gegangen, dann nach oben in meine Suite. Er ist in die entgegengesetzte Richtung davongegangen, irgendwo im Erdgeschoss. Glaube ich? Soweit ich weiß, kann er das Haus genauso gut verlassen haben, um jemanden zu besuchen. Tatsächlich muss er erst so spät zurückgekommen sein, dass ich schon geschlafen und ihn nicht gehört habe. Und jetzt ist er so früh wieder losgezogen, dass ich nicht weiß, wann er aufgewacht und gegangen ist. Vielleicht ist er überhaupt nicht in sein Zimmer gekommen und hat gestern Nacht irgendwo anders geschlafen?

Ein Schmerz schießt durch meine Brust. Was wenn er zum Haus seiner Freundin gegangen ist und mit ihr die Nacht verbracht hat? Ist er deshalb nicht zurückgekommen? Vielleicht ist Thayne heute Morgen nackt im Bett einer anderen aufgewacht?

Uff. Ich stehe auf und stürme auf die Tür zu.

Ich brauche wirklich, wirklich einen Tapetenwechsel und muss einen Spaziergang machen. Diese albernen Träume, in denen ich Thaynes Freundin bin oder ... oder was, seine Frau? Das ist doch albern. Es wird nicht passieren. Sich etwas zu wünschen, was nie passieren wird, führt nur zu Herzschmerz. Eines Tages wird er endlich bereit sein, sich wieder mit einer adligen Hyrrokinin zu verheiraten, und sie werden seltsam niedliche, Feuer spuckende Hyrrokinenbabys adliger Abstammung bekommen.

Ich bin nur hier, um alles über die Spezies der Hyrrokinen und die Ashmoors zulernen, und um dann in einem Jahr, wenn ich auf Tarvos als rechtmäßige Erwachsene gelte, mein Erbe anzutreten. Ich werde fortziehen. Das hier ist nicht mein permanentes Zuhause und das hier ist nicht *mein* Zimmer. Ich bin nur ein Gast – eine Besucherin. Als ob ich für ein Semester im Ausland wäre. Das ist alles.

Und auch wenn ich recht haben sollte und Thayne sich *tatsächlich* so zu mir hingezogen fühlt wie ich zu ihm, kann er trotzdem nicht darauf eingehen, denn ich bin sein Pflegekind und von einer anderen Spezies. Er ist ein Mann der Ehre, der niemals das Gesetz brechen würde, indem er sich auf eine Minderjährige einlässt. Und das bewundere ich an ihm. Also habe ich kein Recht, wütend oder eifersüchtig zu sein, weil er sein Leben weiterlebt und vermutlich eine Freundin hat. Zwischen uns wird nichts sein außer einer engen Freundschaft, ganz egal, wie sehr ich mir mehr wünsche. Und unterdessen darf ich auf einem luxuriösen, historischen Anwesen leben und aus erster Hand alles über die Traditionen der Ashmoors lernen. Das ist keinenfalls ein schweres Los.

Es ist nicht Thaynes Schuld, dass ich nicht genug von seinen sehnigen Unterarmen und seiner perfekten Brust bekomme. Je mehr Zeit ich mit ihm verbringe, umso weniger sieht er für mich aus wie ein Dämon, sondern eher wie ein attraktiver Feuerlord. Die schwarzen Hörner, die aus seiner Stirn brechen, kommen mir mittlerweile würdevoll vor. Seine gekrümmte Nase patrizisch. Und wenn er mich anlächelt und seine scharfen Eckzähne entblößt, dann ist er atemberaubend. Ich ignoriere die gespaltene Zunge und sehe nur noch einen Mann mit weichen, schwarzen Lippen, die ich an meinen spüren will.

Gestern Nacht lag ich im Bett und mein Höschen war so feucht, dass ich aufstehen und es wechseln musste. Dann bin ich wieder ins Bett gestiegen und habe zu der Fantasie masturbiert, wie seine Zunge meinen Kitzler berührt und sein roter Schwanz mich ganz ausfüllt. Thayne, der über mir aufragt, seine schwarzen Hörner über meinem Kopf, wie ich die Spitze seines schwarzen Schweifes in meine Finger kralle, während er in mich eindringt. Er wäre so groß und schwer und ich glaube, sein Schwanz wäre größer als alles, was ich je gesehen oder gespürt habe.

Danach musste ich natürlich wieder aufstehen und

meinen Slip wechseln. Es fällt mir so schwer, nicht an ihn zu denken, wenn ich so unfassbar angezogen von ihm bin.

Genug.

Ich verlasse meine Suite, entschlossen, nicht wegen meines Vormunds den Verstand zu verlieren. Nach einem langen Spaziergang durch zwei unterschiedliche Korridore halte ich vor der Tür zu dem Zimmer inne, das Thayne so bestürzt hat.

Fünf Minuten sind vergangen und schon denke ich wieder an ihn.

Das hier ist das Zimmer seines Sohns. Nachdem Milli heute Morgen gegangen war, habe ich mehr über die Ashmoor-Familie gelernt und herausgefunden, dass Wylik Ashmoor tatsächlich nur drei Jahre alt gewesen war, als er gestorben ist. Ich trete einen Schritt vor und lege mit schwerem Herzen meine Hand auf die Tür. Jetzt weiß ich, warum Thayne so mitgenommen ausgesehen hatte, als wir in dem angrenzenden Kinderzimmer waren. Dieses Zimmer ist direkt neben Wyliks Kinderzimmer. Vielleicht vermeidet Thayne in der Regel das Zimmer, diesen ganzen Korridor, weil die Erinnerungen noch zu schmerzhaft sind?

Ich frage mich, wie Thaynes Sohn ausgesehen hat. Er musste herzallerliebst gewesen sein. Es bricht mir das Herz, dass Thayne seinen kleinen Jungen verloren hat. Er ist ein Witwer, der nicht nur seine Frau und seinen Sohn verloren hat, sondern nur ein Jahr später auch die eigene Mutter. Wir leben beide ohne eigene Familie.

Ich habe gelesen, dass er auch einen Bruder hat, Bane Ashmoor, der ein Feuer-Biologe ist. Aber dieser Bruder ist unverpartnert und lebt nicht hier in der Gegend, außerdem hat er dort draußen in der Wildnis extrem viel zu tun. Milli hat Sir Bane nicht einmal erwähnt, also nehme ich an, dass er so gut wie nie zum Anwesen kommt und woanders wohnt. Hoffentlich kommt er für die Feiertage zu Besuch? Ich würde diesen Mann gerne kennenlernen, der in seinem Forschungsbereich so versiert ist.

Aber das bedeutet nur, dass Thayne keine Familie in der Nähe hat. Er ist der Kopf einer großen, erweiterten Familie, aber er scheint einsam zu sein. Er hat nicht erwähnt, dass irgendjemand sonst zu Besuch auf das Anwesen kommt oder es jemanden gibt, dem er mich gerne vorstellen will. Vielleicht lebt er so abgeschieden, weil er noch trauert?

Ich verlasse den Korridor mit den Kinderzimmern und gehen über die große Treppe hinunter ins Erdgeschoss. Meine Schuhe klackern auf den weißen Marmorstufen und meine Hand gleitet über das glatte Geländer, das geformt ist wie sich windende Drachenschuppen. Wenn ich nach links und rechts blicke, kann ich zwei lange, gewölbte Korridore entdecken, die unendlich zu sein scheinen und in die beiden Flügel des Hauses führen. Ich betrete das von meinen Schritten widerhallende Foyer und mein Blick heftet sich auf die Eingangstür, durch die ich das Haus zum ersten Mal betreten habe. Ich möchte wirklich unbedingt nach draußen gehen und diese bezaubernde Aussicht näher betrachten, die ich von meinen Fenstern aus sehe.

Okay, vielleicht hätte ich Milli oder Grimwall Bescheid geben sollen, dass ich das vorhabe, aber mir gefällt die Vorstellung, das Gelände allein zu erforschen, wenn mir danach ist. Ich plane, das öfter zu machen – alle Winkel und Ecken des Hauses kennenzulernen. Aber zuerst will ich mir das Gelände anschauen. Als ich hier angekommen bin, habe ich eine Art manikürten Dschungel entdeckt, und war sofort fasziniert davon.

Ein imposanter Portier in formeller Ashmoor-Uniform steht an der Eingangstür und seine schwarzen Hörner spiegeln das Licht, das aus den Oberlichtern hereinfällt. Alle

Fenster an der Hausfront stehen offen und lassen eine duftende Brise hereinwehen. „Guten Morgen." Ich lächle ihn an, hebe das Kinn und marschiere weiter über den Steinboden auf die Tür zu, lasse ihn unmissverständlich wissen, dass ich nach draußen gehe.

Ein Anflug der Sorge schleicht sich in meine Gedanken – was, wenn er mir den Austritt verwehrt und ich herausfinde, dass ich mich in einem Goldkäfig befinde?

Aber er zieht die Tür auf und winkt mich anstandslos hinaus und innerhalb von Sekunden stehe ich plötzlich auf der breiten Eingangstreppe mit einer herrlichen Aussicht auf die geometrischen Gärten. Hinter mir schließt sich die Haustür und der Druck auf meiner Brust löst sich und ein Lächeln breitet sich auf meinem Gesicht aus. Es ist schön zu wissen, dass sie mir genug vertrauen, um mir die Freiheit zu lassen, die ich brauche.

Für einen Augenblick steh ich nur da, blicke verzaubert auf die Gärten, wünsche mir plötzlich, ich hätte mein Tablett mitgenommen, damit ich Fotos von dem blauen Himmel machen kann, der den Horizont küsst.

Die Stufen, die ich an meinem ersten Tag hier hinaufgestiegen bin, liegen direkt vor mir, aber diesmal bin ich ganz allein hier und gehe sie ohne Eile hinab, erinnere mich daran, was passiert ist, als ich hier angekommen bin und wie viele Wesen an jenem Tag hier gestanden hatten. Ich mustere die Steine der Stufen, während ich sie hinabsteige.

Am Fuße der Treppe angekommen bin ich überrascht über das Ausmaß des Hauses. Ich betrachte die majestätische Fassade. Die Fenster meiner Suite im obersten Stock des linken Flügels stehen offen. Moment, nein, ich glaube, es ist die erste Etage. Vielleicht wohnen die Angestellten in der obersten Etage? Wie viele der Bediensteten leben hier auf dem Anwesen und wie viele von ihnen gehen abends nach Hause? Interessant. Das muss ich Milli später fragen.

Ich drehe mich wieder um und überquere die mit Kopfsteinpflaster bedeckte Auffahrt, dann gehe ich den Fußweg zu den Gärten entlang. Der Weg ist mit Bänken gesäumt. Eine Gruppe von Hyrrokinen arbeitet an einem großen Spiegelbecken, sie legen dunkle Steine am Rand des Beckens und füllen die Mitte mit Wasser aus einem Schlauch auf, der an ein Wasserrohr angeschlossen ist, das aus dem Boden kommt. Ich halte an und begrüße sie, unterhalte mich mit ihnen über ihre Arbeit.

Und dann kommt ein bekannt aussehendes Hyrrokinenweibchen auf mich zu. Sie trägt dunkle Arbeitshosen und ein dunkelgrünes Schlauchtop. Das Wetter hier ist immer perfekt, also wüsste ich nicht, warum jemand hier lange Ärmel oder Schuhe tragen sollte. Und ich nehme an, falls ihnen kalt werden sollte, können sie einfach ihr eigenes Feuer entfachen.

„Guten Morgen, Trylia", sage ich und bin stolz, mich an ihren Namen zu erinnern. „Schön, Sie wiederzusehen." Ich vermute, ich erinnere mich an ihren Namen, weil sie mir bei unserem Vorstellen ihren Job auf dem Anwesen verraten hatte und ich in dem Moment mit schwindelnder Freude sofort gewusst hatte, dass ich sie wiedersehen wollte.

Trylia begrüßt mich herzlich und wir fangen sofort an, uns über die heutigen Arbeiten der Landschaftsgärtner zu unterhalten.

„Ich bin sehr an Xenobotanik interessiert", platze ich heraus. „Ich mag die Pflanzen auf meinem Heimatplaneten, aber ich habe größeres Interesse daran, was auf den anderen Planeten passiert. Der Unterschied zwischen unseren Pflanzen und Ihren und wie sie hier aufgrund der zwei Sonnen wachsen, während wir nur eine Sonne haben, und die Unterschiede in Erde und Wetter ... Ich langweile Sie, oder?"

„Lady Ashmoor, ich bin die Chefgärtnerin. Warum sollte ich gelangweilt sein, wenn Sie von Pflanzen sprechen? Das ist meine tägliche Arbeit."

Mein Gesicht wird heiß. „Na ja, es ist nur so, dass die meisten Leute das langweilig finden. Ich habe in einem Ballungsgebiet gewohnt, wo ich nur ein paar Topfpflanzen auf meiner Terrasse hatte. Ich habe versucht, Platz für ein kleines Gewächshaus zu schaffen, und wollte Samen aus Salo bestellen, um sie in meiner Wohnung zu züchten. Das schien mir der beste Weg zu sein, denn manche Regionen auf Salo haben ähnliches Klima und Boden wie Neue Erde."

Sie nickt. „Ja, das kann gut sein. Darf ich Ihnen etwas zeigen?"

„Ja, natürlich."

„Folgen Sie mir."

Ich folge ihr ein Labyrinth von Fußwegen entlang und während wir gehen, beantwortet sie alle meine Fragen über die Vorbereitungen, die sie für die Regensaison treffen. Am Rande der gepflegten Gärten biegen wir nach rechts in den dichten Dschungel ab. Und ich erblicke ein riesiges, verstecktes Gewächshaus und eine Ansammlung von Arbeitsgebäuden.

„Das hier ist das Ashmoor-Gartenzentrum", erklärt sie mir und öffnet die Tür zum Gewächshaus, winkt mich hinein. „Würden Sie hier gerne einen Bereich haben, um ihren eigenen Garten anzulegen?"

Ich schnappe nach Luft. „Sie würden mir Platz zum Pflanzen geben?"

Sie lacht. „Natürlich würde ich das. Jedes Wesen, das an unseren Pflanzen interessiert ist, ist in unserem Gewächshaus jederzeit willkommen." Sie führt mich in den hinteren Bereich. „Sie können diesen Bereich hier drüben haben. Es ist ein bisschen verstaubt und alt, aber Sie könnten …"

Ich klatsche vor Freude in die Hände. „Oh, ich würde ihn liebend gern in Schuss bringen!" Und ich meine es ernst.

„Sie können damit beginnen, die Samen einzupflanzen, die wir hier haben, damit Sie mehr über unsere Vegetation lernen. Aber ich bin Ihnen auch gern dabei behilflich, Samen von anderen Planeten zu bestellen. Normalerweise halte ich mich an Setzlinge der Pflanzen, die hier auf dem Anwesen und in diesem Klima Tradition haben, aber ich habe schon oft gedacht, wie viel Spaß es machen würde, auszuprobieren, welche Pflanzen von anderen Planeten hier gedeihen können."

„Ja, vergleichen und gegenüberstellen."

„Ganz genau."

Und dann setzen wir uns hin und planen meinen Garten und ich weiß, dass ich einen meiner Lieblingsplätze auf dem ganzen Anwesen gefunden habe.

STUNDEN SPÄTER KEHRE ich auf mein Zimmer in der Villa zurück, dreckig, verschwitzt und glücklich. Ich ziehe mich aus, wasche mir Gesicht und Hände und schlüpfe in einen Bademantel und Pantoffeln. Und das ist der Moment, in dem ich mein Tablet pingen höre. Eilig nehme ich es in die Hand. Zum ersten Mal überhaupt schickt mir Thayne eine Nachricht.

Triff mich bei Sonnenuntergang bei der Auktion, schreibt er. *Sei pünktlich.*

Ja, Sir, Eure Lordschaft, schreibe ich zurück und muss laut lachen.

Thayne antwortet mit nur einer Ermahnung. *Weib.*

Wieder lache ich, denn ich kann seine tiefe Stimme fast hören, als ich es lese. Außerdem gefällt es mir, dass er meine Bemerkung so gelassen wegsteckt. Ich warte einen Augenblick ab, denke, er schreibt vielleicht mehr, aber nichts da, das war alles – ich soll bei Sonnenuntergang erscheinen und mich nicht verspäten.

Ich will das Tablet weglegen, aber dann sehe ich, dass ich gerade auch eine Nachricht von meiner Stylistin bekommen habe. Lorki lässt mich wissen, dass sie ein Team von Hyrrokinen zu meiner Suite schickt, die mich für heute Abend herrichten werden.

Ist das wirklich nötig?, schreibe ich zurück. *Ich denke, ich bekomme das auch allein hin.*

Nein, werden Sie nicht. Diese Auktion ist eine Roter-Teppich-Veranstaltung.

Tatsächlich? Wow. Okay, ich schätze, ich brauche Ihre Hilfe.

Ja, tun Sie. Sie werden von oben bis unten abgeschrubbt und wir lackieren ihre winzigen Nägel. Ich habe sogar jemanden aufgetrieben, der schon mit menschlichen Haaren gearbeitet hat, also werden wir dafür sorgen, dass auch das Zeug auf Ihrem Kopf gut aussehen wird.

Minuten später bringt mir Milli ein Tablett mit einem späten Mittagessen und ich esse es bis auf den letzten Bissen auf. Dann mache ich ein Nickerchen, weil das Bett nach mir ruft. Später werde ich von einem Klopfen an der Tür geweckt und reibe mir die Augen, stürze eine Tasse Traq hinunter, bevor ich Lorki und ihrem Team die Tür öffne und sie mich in die Reinigungseinheit schieben.

Ursprünglich war ich davon ausgegangen, dass ich zeitgleich mit Thayne fertig gemacht werden würde und wir zusammen zu der Auktion gehen würden, aber dann habe ich erfahren, dass er bereits in der Stadt ist. Er hatte den ganzen Tag Geschäftstermine und arbeitet in seinem Büro in der Ashmoor-Zentrale. Na klar, deswegen hat er mir doch auch gesagt, dass wir uns bei der Auktion treffen.

„Welches gefällt Ihnen besser?", fragt Lorki mich.

Viel zu lange schaue ich zwischen dem goldenen und dem roten Kleid hin und her. Welches? Das goldene ist sexyer, aber das rote ist super elegant. Ich liebe sie beide. Schließlich entscheide ich mich für das sexy goldene Kleid, weil ich Lust habe, ein bisschen Haut zu zeigen. Das Wetter hier auf dem Planeten ist so perfekt und normalerweise habe ich nie die Gelegenheit, solche Kleider zu tragen.

Eine Visagistin legt mir gekonnt Make-up auf und ich kann gar nicht glauben, wie meine Augen funkeln und wie voll meine roten Lippen aussehen. Meine Haare sind glatt und glänzend und aus meinem Gesicht gekämmt, was einen tollen Blick auf meine großen, goldenen Ohrringe ermöglicht. Sie haben meine Fingernägel und Zehennägel glänzend weiß lackiert und ich trage goldene, hochhackige Sandalen. Ich kann nicht glauben, wie glamourös ich aussehe.

„Ich liebe es", verkündet Lorki. „Sie sind fertig."

„Wunderschön", stößt Milli atemlos hervor.

„Danke." Ich werde rot.

11

THAYNE

Beide Sonnen gehen unter und eine große, schillernde Menge von VIP-Hyrrokinen hat sich vor dem Eingang zur Wohltätigkeitsauktion versammelt.

„Lord Ashmoor! Lord Ashmoor, hier drüben! Bleiben Sie so stehen", rufen die Paparazzi.

Ich stoße eine kleine Rauchwolke aus und drehe mich zu ihnen um, die Hände in den Hosentaschen. Ich habe gelernt, dass es am besten ist, ihnen sofort die Gelegenheit auf ein paar Bilder zu geben, damit sie danach das Interesse verlieren und sich dem nächsten Gast zuwenden. Ich posiere für ihre Kameras und endlich verklingt das Knipsen. Die Königin ist eingetroffen und die wild gewordene Horde rauscht in ihre Richtung ab, um ihre glanzvolle Ankunft zu dokumentieren. Ich trete einen Schritt zurück und halte mich im Hintergrund, in einer relativ ruhigen Ecke, versuche, in keine Unterhaltungen verwickelt zu werden. Ich stehe hier am Bordsteinrand und warte konzentriert auf die Ankunft meines herrlichen, gesprächigen Menschen.

Oft kann ich meinen Bruder davon überzeugen, mich

zu diesen Veranstaltungen zu begleiten, aber wie so oft befindet er sich am anderen Ende des Planeten, steckt bis zu den Knien in einem entlegenen Dschungel und sammelt Daten über die Migration der Feuerbiester. Bane ist Feuerbiologe mit null Interesse am Ashmoor-Unternehmen. Er arbeitet hart in seinem gewählten Forschungsbereich und hat den Ruf der Ashmoors in der Welt der Wissenschaftler und Akademiker gesteigert. Mein Bruder für seine eigenen Errungenschaften bekannt – und ich bin stolz auf ihn. Aber er ist auch nicht verpartnert, also habe ich ihm noch nicht von Charlotte erzählt, denn ich will sie für mich behalten. Im Augenblick weiß ich nicht, was ich mit diesem Weib anstellen soll, und sobald sie volljährig ist, wird es mir noch schwerer fallen, Entscheidungen zu treffen. Aber ich will sie. Ich kann sie nicht haben, weil es nicht meine Bestimmung ist, weitere Nachkommen oder ein Weibchen zu haben, das legal mir gehört. Aber ich will sie dennoch …

Endlich hält ein Luxusfahrzeug aus dem Ashmoor-Fuhrpark am Bürgersteig und mein Puls beschleunigt sich. Mein Weibchen ist eingetroffen.

Ein Fahrer in Livree steigt aus und öffnet Charlotte die Tür. Ein zierlicher Menschenfuß erscheint auf dem roten Teppich, bedeckt von raffinierten Lederriemen, einem spitzen Absatz an der Ferse und dann erscheint ihr ganzes, perfekt geformtes Bein. Alle Anwesenden halten inne und starren auf diese ungewöhnliche Art der Perfektion. Ihre Beine sind nicht tiefrot wie bei den Hyrrokinen, aber ich bewundere ihre Form und das Leuchten ihrer goldenen Haut. Sie ist genau an den richtigen Stellen dick. Ich trete vor, bevor jemand anderes es tun kann, denn sie ist mein. Der Fahrer bietet ihr seine Hand an, aber ich schiebe ihn brüsk zur Seite. Ich will nicht, dass irgendjemand anderes außer mir Charlotte berührt. Stattdessen nimmt sie meine Hand und im nächsten Augenblick steht sie vor mir.

Mein Mensch strahlt mich leuchtend an und meine Brust zieht sich zusammen. Angenehme Empfindungen rauschen durch mich hindurch. Die Gefühle, die ich für sie empfinde, sind gefährlich.

Ich kann nicht glauben, wie entzückend sie heute Abend aussieht. Ihre Schönheit ist atemberaubend. Sie trägt ein goldenes Kleid, das ihre Brüste auf eine vollkommene Art und Weise umfängt und hervorhebt, am Ausschnitt zwei reizende Rundungen präsentiert. Das lange, gerade geschnittene Kleid streift über den Boden, aber es hat einen Schlitz, der die ganze Länge ihrer wohlgeformten Beine zur Schau stellt, wenn sie sich bewegt. Ihre Arme und Schultern sind nackt, aber sie trägt eine schwere, mit Edelsteinen bedeckte Halskette, die mir bekannt vorkommt.

„Ich glaube, die Kette und die Ohrringe gehörten deiner Mutter", sagt sie. „Ich hoffe, das ist in Ordnung. Die Stylistin hat gesagt, du hättest dein Einverständnis gegeben, dass ich sie anziehe. Ich hoffe, das stimmt … Sie sind so wunderschön und es wäre ein Jammer, wenn sie nicht gesehen werden würden …"

Ich strecke die Finger aus und berühre die glänzende Kette, fahre mit meiner Klaue im Zuge dessen über ihre warme Haut. Die Rundungen ihrer Schultern und ihres Halses sind köstlich. Ich will mit meiner gespaltenen Zunge über ihre zarte Menschenhaut fahren. Sie schnappt nach Luft, als meine Kralle ihre Haut berührt, und ich spüre, wie mein Schwanz in meiner Hose anschwillt.

„Ich habe angeordnet, dass der Tresor geöffnet wird", sage ich heiser und zwinge mich, meine Hand sinken zu lassen. „Und dass eine Auswahl an Schmuck zusammengestellt wird, für den Fall, dass du eins der Familienstücke des Ashmoor-Schmucks tragen willst. Sie stehen dir perfekt."

Meine Ex-Partnerin wollte nur neuen Schmuck haben, hergestellt von den angesagtesten neuen Designern, und die „hässlichen" Familienstücke weiterhin wegschließen. Es freut mich sehr, eine Kette, die eins der Lieblingsstücke meiner Mutter war und seit Generationen im Besitz der Familie ist, heute an Charlotte zu sehen.

Sie strahlt mich an. „Du siehst sehr adrett aus."

„Du bist wunderschön."

Ihre Wangen werden rot. „Danke, dass du das sagst. Das hat mir vor heute noch nie jemand gesagt."

Was stimmt denn nicht mit den Männern auf ihrem Planeten?

Ich nehme ihren Arm und führe sie auf den roten Teppich. Wir halten kurz inne, um den Paparazzi eine Chance zu ermöglichen, ein paar Fotos von uns zu schießen.

„Lady Ashmoor! Lady Ashmoor! Wie ist es, ein Mensch zu sein? Stimmt es, dass Sie kein Feuer spucken können?"

„Wie lange werden sie auf Gut Ashmoor bleiben?"

„Wie konnte ein Mensch eine Ashmoor werden?"

Keiner von uns antwortet auf ihre Fragen. Mein Pflegekind lächelt und winkt, was die perfekte Reaktion ist. Heute früh habe ich unsere PR-Abteilung angewiesen, eine Bekanntmachung an alle Nachrichtenkanäle rauszuschicken und sie darüber zu informieren, dass Charlotte mein menschliches Pflegekind ist. Es mag ihr nicht bewusst sein, aber heute Abend führe ich sie in die Gesellschaft ein, stelle sie gleichzeitig meinem gesamten Planeten vor. Die Königin und der Präsident haben ihr bereits Willkommensgrüße geschickt, ebenso wie die meisten Ashmoors. Mit einigen auffälligen Ausnahmen.

Wir gehen an dem Schwarm der Blitzlichter vorbei und mischen uns unter die Menge, die das Gebäude betritt. Ich halte inne, um mich mit den anderen Ashmoors zu unterhalten, ebenso wie mit meinen Geschäftsfreunden, und ich stelle mein Pflegekind jedem vor. Stolz wärmt meine Brust, als Charlotte diese Hyrrokinen souverän begrüßt, die allesamt Fremde für sie sind. Viele von ihnen, das weiß ich, sind insgeheim allein durch die Anwesenheit eines Weibchens von einem anderen Planeten beleidigt, angewidert von der Vorstellung, dass ein *Mensch* mein Pflegekind und eine Feuerbaroness ist. Ich beobachte sie aufmerksam, bereit, sofort zu Charlottes Hilfe zu eilen, sollte sie mich brauchen. Diese Hyrrokinen können in der Privatsphäre ihres Zuhause jammern und stöhnen, aber ich werde nicht zulassen, dass sie sich regelrecht respektlos aufführen.

Und dann presst sich eine Hand auf meine Brust. Wer berührt mich? Ich runzle die Stirn, denn diese kalte Berührung kommt nicht von meiner Charlotte. Ich blicke hinunter in das lächelnde, verführerische Gesicht eines hyrrokinischen Weibchens, das viel zu dicht vor mir steht.

Sie legt den Kopf zur Seite, stellt das Glänzen ihrer Hörner zur Schau und stellt sich auf die Zehenspitzen. „Lord Ashmoor", zischt sie verführerisch in mein Ohr. „Wie schön, dass wir uns hier wiedertreffen. Es ist viel zu lange her. Ich wohne heute Nacht im Four Fires Hotel."

Schuldgefühle rauschen durch mich hindurch, denn ich vermute aufgrund ihrer extremen Intimität, dass wir uns vor vielen Jahren lustverpaart haben, aber ich kann mich nicht an ihren Namen erinnern und weiß, dass ich das tun sollte. Sie drückt mir eine klauenschriftliche Nachricht in die Hand, die ich nicht lese. Ich zerknülle den Zettel und stopfe ihn mir in die Tasche, vergesse ihn augenblicklich.

Dann gehe ich von diesem ungeladenen Weibchen aus meiner Vergangenheit fort und lege meine Hand auf Charlottes unteren Rücken. Ich bin heute Abend mit meinem Menschenweibchen hier und ich habe nur für sie Augen. Zusammen mit meinem Pflegekind gehe ich nach drinnen, schnappe mir vom Tablett eines Butlers zwei Flöten mit Feuerschampus. Charlotte kreischt niedlich auf, als sie die Flammen in ihrem Glas züngeln sieht. Ich puste die kleinen Feuer aus und ermuntere sie, an dem warmen Getränk zu nippen.

„Oh, das schmeckt herrlich." Sie lächelt. „Danke."

Meine Augen liegen viel zu lange auf ihren üppigen Lippen und ich wünsche mir, sie würden sich um meinen Schwanz schließen.

„Thayne … Thayne?"

Ich will sie und nur sie. Keine andere Berührung genügt. Ich greife wieder nach ihrer Hand, zwinge meine leidenschaftliche Lust, sich zu beruhigen. „Komm mit." Ich gehe mit ihr zu unserem Tisch.

Überrascht blickt sie sich um. „Wir sitzen am Tisch ganz vorn?"

„Ja. Ich werde bei allen Veranstaltungen hierhin gesetzt."

„Ah."

Meine Verwandtschaft kommt an unseren Tisch und wir stehen herum und unterhalten uns. Ich freue mich, meine Lieblingstante zu sehen, ihren Partner und einige meiner entfernten Cousins. Es ist viel zu lange her, seit wir uns gesehen oder gesprochen haben. Ich stelle ihnen Charlotte vor und sie akzeptieren sie augenblicklich voller Wärme und Freundlichkeit. Sie fragen mein Pflegekind nach Targeks Tod und ich finde heraus, dass der Partner meiner Tante Targek kannte, weil sie vor langer Zeit zusammen im Militär gedient haben. Und dann wechselt das Thema zu Charlottes menschlichem Alten im Vergleich zu ihrem legalen Alter auf Tarvos, was der Grund all meiner Probleme ist.

„In ein paar Tagen werde ich zwanzig", lässt sie die Tischgesellschaft wissen.

„Ihr Geburtstag ist dieses Wochenende", stelle ich klar, weil ich bereits eine Party für sie geplant habe. Na gut, meine Bediensteten haben eine Überraschungsparty für sie geplant und ich bin eingeladen.

„Oh wirklich? Meine Tochter ist nur ein paar Jahre älter als du", sagt meine Tante. „Sie bekommt jeden Tag ihr Baby, mein erstes Enkelkind."

„Orcil ist schwanger?", rufe ich aus. Ich kann nicht glauben, wie die Zeit verfliegt. Orcils Partnerzeremonie wurde nur wenige Monate vor dem plötzlichen Tod meiner Mutter abgehalten.

Meine Tante lacht und legte mir sanft die Hand auf den Unterarm. „Ja, Thayne. Deine Cousine wird bald Mutter werden. Deshalb ist sie heute Abend nicht hier. Tatsächlich ist sie sogar mit Zwillingen schwanger!"

Jemand tippt mir auf die Schulter. „Lord Ashmoor, kann ich Sie kurz unter vier Augen sprechen, es geht um dringende geschäftliche Angelegenheiten?" Ich drehe mich herum und erblicke das ernste Gesicht meines persönlichen Anwalts, Kyrus. Ich gebe mir alle Mühe, nicht das Gesicht zu verziehen. Es erstaunt mich immer wieder, wie es dieser Mann schafft, sich überall einzuladen und sich nichts dabei zu denken, mich auf diesen Veranstaltungen aufzusuchen und über das Geschäft zu sprechen.

„Jetzt?" Ich deute auf mein Weibchen, die über etwas lacht, was die Lieblingsschwester meiner Mutter gesagt hat. Es ist offensichtlich, dass sie sofort beste Freundinnen geworden sind.

„Ja. Es ist *dringend*."

Ich runzle die Stirn, denn auch wenn dieser Mann ein hervorragender und engagierter Anwalt ist, habe ich schon vor langer Zeit gelernt, dass seine Version von „dringend" meiner nicht unbedingt ähnelt.

Und ich will mein Weibchen nicht alleine lassen.

Das Publikum besteht aus jeder Menge Hyrrokinen, die nur freundlich zu Charlotte sind, weil ich direkt neben ihr stehe und ihnen vermittle, dass ich absolut keine Respektlosigkeit diesem Menschen gegenüber akzeptieren werde. Wenn einer von ihnen ihr auch nur eine Sekunde der Unbehaglichkeit verursachen sollte, werde ich sie mit meinen Flammen versengen. In Zukunft, wenn sie an Charlotte gewöhnt sind und sie unter ihnen Freunde gefunden hat und sie meine Erwartungen voll und ganz verstehen, dann wird sie keine Probleme mehr haben, das weiß ich. Aber im Augenblick kennt sie keinen von ihnen und hat nur mich als Beistand und Beschützer.

Ich lasse meinen Blick durch den Raum schweifen. Außerdem beäugt jeder unverpartnerte Mann im Raum mein Weibchen lustvoll, ihre Augen verweilen auf ihren Kurven und sie warten nur auf eine Gelegenheit, herüber-zurauschen und mit meinem Weibchen zu sprechen. Ich weiß, dass sie sie nur als vorübergehende Lustpartnerin haben wollen, nicht als Partnerin. Diese Gedanken an die Männer, die versuchen wollen, Charlotte den Kopf zu verdrehen und Anspruch auf sie zu erheben, aber ihr nicht das zu geben, von dem ich weiß, dass sie es letztendlich haben will − Liebe und eine eigene Familie −, lassen Hitze durch meine Brust rollen.

Aber dennoch, ist das nicht auch das, was ich von ihr will? Bin ich auch nur einen Deut besser als diese anderen Männer? Ich beiße die Zähne zusammen und ringe mit diesem ethischen Dilemma. Sie wollen Charlotte nicht offi-ziell als ihre Partnerin, denn die Adligen wollen nur reine

Hyrrokinen-Nachkommen aus den besten Familien. Sowas ist mir vollkommen egal. Ich kann Charlotte niemals zur Partnerin nehmen, weil …

Plötzlich steht Charlotte neben mir. „Geh und sprich mit ihm, Thayne. Es klingt wichtig." Sie wedelt mit der Hand durch die Luft, dann setzt sie sich auf ihren zugeordneten Platz am Tisch. „Keine Sorge. Ich warte hier, bis du wieder zurückkommst."

Ein Knurren rumpelt in meiner Brust. Ich suche den Blick meiner Tante und sie nickt verständnisvoll. Gurcil setzt sich neben Charlotte. „Und ich bleibe so lange bei deinem Pflegekind", lässt sie mich wissen. „Ich möchte sie liebend gern besser kennenlernen."

Charlotte lächelt und beugt sich vor, scheint mich bereits vergessen zu haben, führt ihre Unterhaltung mit der älteren Hyrrokinin fort.

Für einen Augenblick starre ich die beiden nur an.

Das ist annehmbar. Ich nicke Kyrus zu und folge ihm in ein Nebenzimmer.

CHARLOTTE

Thaynes Tante ist wundervoll.

Sie ist eine Meistergärtnerin unter den Hyrrokinen und zeigt mir auf ihrem Tablet Bilder ihrer kürzlichen Arbeiten. Ich bewundere ihre wahnsinnigen Gärtnerfähigkeiten und bin erfreut, dass sie sich mit mir unterhält.

Gurcil ist gerade mitten in einer weiteren urkomischen Geschichte über ihre preisgekrönten Feuerblüten, als ihr Tablet zu blinken beginnt. „Oh, tut mir leid. Das muss ich mir ansehen, denn …" Und dann schnappt sie nach Luft und erwidert meinen beunruhigten Blick. „Meine Tochter hat gerade vorzeitige Wehen bekommen. Sie ist auf dem Weg ins Krankenhaus."

„Oh nein."

„Sie … Sie wollte nächste Woche die Wehen einleiten lassen. Ich … Ich muss los …" Sie erhebt sich mit zitternden Beinen.

Ich stehe ebenfalls auf und helfe ihr, ihren Stuhl zurückzuschieben, achte darauf, dass sie in ihrer Eile nichts vergisst.

Gurcil blickt sich suchend um und beißt sich mit zwei

großen Zähnen auf die Unterlippe. „Ich sehe ein paar Hyrrokinen, die mir nicht gefallen. Aber ich muss los. Verlasse diesen Tisch nicht, bis Thayne zurückkommt, okay? Bleib einfach hier sitzen und du kommst schon klar. Er wird in ein paar Minuten zurückkommen und wenn du etwas brauchen solltest, schicke ihm einfach eine Nachricht. Gib mir deinen Code ..."

Ich reiche ihr mein Tablet und erhalte im Gegenzug ihres und wir geben gegenseitig unsere Codes ein.

„Ich melde mich später bei dir, versprochen. Entschuldige mich bei Thayne."

Zur Verabschiedung umarme ich sie. „Mach dir keine Sorgen um mich. Geh und kümmere dich um deine Tochter." Und damit verschwindet sie in der Menge, sucht ihren Mann, um mit ihm ins Krankenhaus zu fahren.

Ich setze mich wieder hin, fühle mich verlassen. Ich weiß, ich kenn Gurcil nicht gut und ihre Tochter habe ich nie kennengelernt, aber ich mache mir trotzdem Sorgen um sie und hoffe, dass alles gut gehen wird.

Ich muss zugeben, es ist seltsam, allein auf der Auktion zu sein. Der große, elegante Raum ist nun vollgepackt mit Publikum, massige, mächtige, rothäutige Wesen, die alle aussehen wie Satan, sich lauthals unterhalten und hin und wieder Flammen spucken. Aber das hier ist eine Wohltätigkeitsauktion mit einem edlen Dinner. Nichts, wovor man sich fürchten braucht, oder? Thayne wird jeden Moment zurückkehren. Es *ist* seltsam, der einzige Mensch in einem Raum voller Hyrrokinen zu sein. Es gibt nicht ein einziges Wesen, abgesehen von mir, das kein Hyrrokine ist. Haben sich Gurcil und Thayne Sorgen gemacht, dass ich einen Nervenzusammenbruch haben würde, weil ich der einzige Mensch hier bin?

Ich hebe das Kinn. Es wird alles gut gehen. Ich bin mittlerweile seit ein paar Tagen auf Tarvos und ich habe viele Hyrrokinen kennengelernt, und auch wenn diese Spezies aussieht wie der schlimmste Albtraum eines Menschen, habe ich alles über ihre guten Eigenschaften gelernt und weiß, wie großmütig sie sind. Die Menschen auf Neue Erde sollten sich glücklich schätzen, die Hyrrokinen als Verbündete zu haben.

Ist das der Grund, weshalb Targek einen Menschen geheiratet hat? Hat auch er erkannt, dass wir uns ähnlich sind, und hat die guten Eigenschaften der Menschen gesehen? Targek hat meine Großmutter so sehr geliebt, dass er für sie auf Neue Erde gezogen ist, was aufgrund der Herrschaft der Hurlianer zu der Zeit riskant war, und er hat mitten im Nirgendwo gelebt, um die anderen Menschen nicht zu verschrecken. Ich kann nicht glauben, wie viel er aufgegeben hat. Ich weiß nicht einmal, wie sie sich kennengelernt haben, denn sie hat auf einem abgeschotteten Planeten gelebt und die Hurlianer haben zu der Zeit noch immer Menschen entführt, um an ihnen ihre verdorbenen Experimente durchzuführen. Aber sie haben sich kennengelernt und Targek ist bei ihr geblieben – vielleicht, um sie und meine Mutter vor den Hurlianern zu beschützen? Meine Großmutter hat diesen Hyrrokinen von ganzem Herzen geliebt und Targek hat sie ebenfalls geliebt.

Natürlich bringen mich diese Gedanken dazu, sehnsüchtig an meinen eigenen Hyrrokinen zu denken, den Mann, von dem ich mir wünsche, er wäre mein, aber ich kann ihn nicht haben. Mein Vormund, Thayne Ashmoor.

Ein paar der anderen Hyrrokinen kommen und setzten sich auf ihre zugewiesenen Plätze auf der anderen Seite unseres Tisches, aber bevor ich mich vorbeugen und mich vorstellen kann, setzt sich jemand auf den leeren Platz direkt neben mir. Erschrocken drehe ich mich um, denn das ist Thaynes Platz. Und dann runzle ich die Stirn, denn ich erkenne schnell, dass es dieses nervige Weibchen ist, die ich früher schon gesehen habe, die viel zu laut gekichert und Thayne die Hand auf die Brust gelegt und in sein Ohr geflüstert hat. Sie hatte mich buchstäblich zur Seite geschoben, um an ihn ranzukommen. Und natürlich hat das gebrannt wie ein Messer in meinem Herzen. Aber ich hatte es geschafft, weiterzulächeln und so zu tun, als ob es nicht passiert wäre. Ich habe nichts dazu zu sagen, mit wem Thayne ausgeht, das geht mich nichts an. Er ist Single und ich bin Single. Ich bin nur sein Pflegekind und das darf ich nicht vergessen.

Das Weibchen sitzt da, als würde ihr der Laden gehören. „Ich habe gesehen, dass Sie allein sind, und wollte mich vorstellen. Ich heiße Vitalia Softstone."

„Freut mich, Sie kennenzulernen", lüge ich. „Ich bin Charlotte Cruz Ashmoor." Plötzlich bin ich sehr dahinter her, meinen neuen Nachnamen zu nennen.

Sie runzelt die Stirn. „Ich habe gehört, wie Sie Lady Ashmoor genannt wurden."

„Ja, ich schätze, das ist mein neuer Titel. Ich habe mich noch nicht richtig daran gewöhnt."

„Oh, Sie sind ja reizend", zischt sie feindselig. „Dass Sie nicht einmal das Gewicht ihres neuen Titels begreifen. Was für ein schönes, unschuldiges Kind."

Meine Fingernägel schneiden in meine Handflächen. „Ich bin kein Kind."

„Oh, wie alt sind Sie?"

„Neunzehn", presse ich zwischen zusammengepressten Zähnen hervor.

„Ist das nicht ... ein Kind? Ich bin verwirrt."

„Auf Neue Erde gilt man mit achtzehn als Erwachsener. Theoretisch bin ich auf Tarvos noch nicht volljährig, weil ich erst neunzehn bin, aber ich werde in fünf Tagen zwanzig."

„Oh, aber selbst mit zwanzig ist es Ihnen von Rechts

wegen ein weiteres Jahr lang noch nicht gestattet, das Erbe anzutreten, deshalb sind Sie Thaynes Pflegekind, richtig? Und Thayne ist so ehrenhaft, ich bin mir sicher, er wird Sie nicht anfassen."

Ich schnappe nach Luft. „Natürlich wird er mich nicht anfassen. Warum sollte er? Keiner von uns wird den anderen anfassen. Niemand wird angefasst werden." Na gut, bis auf Händchenhalten. Und das gelegentliche Berühren von Haut. Verdammt. Jetzt komme ich mir vor wie eine Lügnerin.

Sie schaut mich an, als ob ich schwer von Begriff wäre, dann beugt sie sich zu mir hin und mustert mich streng. „Ich weiß, dass Sie ihn wollen. Es ist für alle offensichtlich, dass Sie ihn begehren. Ich konnte Ihre Erregung für ihn durch den ganzen Raum riechen, aber er gehört mir. Sie können ihn nicht haben."

Hitze steigt mir in die Wangen. Heiliger Bimmbamm, die Hyrrokinen können Erregung riechen? Heißt das, dass Thayne es auch riechen kann? Er weiß schon die ganze Zeit, dass ich ihn will? „Nein ... nein", versuche ich es zu leugnen. „Sie irren sich. Ich –"

Ihre Augen werden schmal. „Thayne Ashmoor war letzte Nacht in *meinem* Bett."

„W ... was?", frage ich völlig überrumpelt. Will sie damit sagen –

„Ja, Sie haben richtig gehört. Ich sage Ihnen gerade, dass ich Thayne Ashmoor letzte Nacht gefickt habe. Dieser Mann ist mein erklärter Lustpartner. Ich weiß, Sie sind neu hier, also wollte ich Sie wissen lassen, dass Sie sich die Mühe sparen können, ihm hinterherzujagen. Sie müssen sich anderweitig umschauen."

Ich atme heftig und mein Brustkorb hebt und senkt sich. Ich muss fort von dieser Schlampe.

Ich erhebe mich von meinem Platz und sprinte förmlich davon, ohne mich noch einmal umzuschauen, renne blindlings vorwärts. Ich durchquere den Saal, remple in meiner Hast die großen Hyrrokinen an.

Wow. Es ist genau so, als ob ich wieder auf Neue Erde wäre. Ist dieses Weibchen irgendwie mit Maya Johnson befreundet, ohne dass ich davon weiß? Puh. Das ist zu viel für mich.

Und dann halte ich abrupt inne, denn ich höre, wie eine Gruppe von Frauen Pläne schmiedet, mit Thayne ins Bett zu gehen. Was. Zur. Hölle. Ich stehe direkt hinter ihnen und kann jedes ihrer Worte hören.

„… ich habe gehört, der Feuerlord lädt niemanden mehr in seine Villa ein", jammert eine von ihnen. „Das ist nicht fair. Seine Partnerin ist gestorben, also dachte ich, ich hätte wieder eine Chance bei ihm, aber er kommt nicht mehr in die Clubs oder auf Partys. Und seit seine Mutter gestorben ist, ist er ein regelrechter Einsiedler geworden. Heute haben wir nichts mehr von ihm, außer sein seltenes Erscheinen auf Wohltätigkeitsveranstaltungen und dem verfluchten Feuer-Ball, zu dem so gut wie niemand mehr eingeladen wird. Heute Abend ist unsere einzige Chance."

„Ich habe mich extra in Schale geschmissen und bin nur deshalb heute hier hergekommen, weil ich gehört habe, dass der Feuerlord allein hier erscheinen würde. Könnt ihr es glauben, dass er einen Menschen mitgebracht hat?"

Sie fauchen und stöhnen, sind eindeutig sauer über mein plötzliches Erscheinen auf dieser Veranstaltung.

Ich sollte gehen. Ich weiß, das sollte ich tun. Ich muss nicht länger hier herumstehen und mir das anhören, aber stattdessen beuge ich mich weiter vor.

„Und sie ist theoretisch sein Pflegekind. Was soll das überhaupt bedeuten? Was ist sie für ihn? Wird er sich mit ihr verpartnern?"

Sie schnauben verächtlich auf. „Ich bin mir sicher, sie haben sich bereits lustgepaart."

„Nein! Sie ist noch minderjährig."

„Na und? Jusical stand so nah bei ihnen, sie hat gesagt, sie konnte die Erregung des Menschenweibchens für Lord Ashmoor *riechen*."

Mein Magen zieht sich zusammen, als die Gruppe überrascht nach Luft schnappt.

„Und ich habe gehört, dass sie ab diesem Wochenende volljährig ist. Vielleicht wollten sie so lange nicht mehr warten."

„Aber sie lebt erst seit wenigen Tagen bei ihm ..."

„Das ist doch egal. Ein Tag in diesem Anwesen und ich habe seinen feuerroten Schwanz auch in meinem Mund."

Sie kichern über diese Bemerkung und nicken zustimmend.

Ich muss zugeben, ich kann verstehen, warum sie ihn so sehr wollen. Ich erkenne den Unterschied zwischen Thayne und den anderen Männern hier im Raum. Alle Männer sind mit freiem Oberkörper und barfuß hier und alle tragen sie maßgeschneiderte schwarze Hosen. Aber da ist etwas Besonderes an der schweren, verzierten Silberschnalle an Thaynes Gürtel. Und er trägt die schwarze Seidenschärpe mit dem Familienwappen der Ashmoors, die er immer quer über der Brust trägt, wenn er das Haus verlässt. Heute Abend sieht sie sogar noch hübscher aus als sonst, mit dem Familienmotto und den Juwelen, die in das Wappen eingelassen sind.

Seine Brust ist so hart und definiert und seine Taille absolute Perfektion. Ich starre oft auf die Bewegungen seines Arsches in der Hose. Auf diese herrlichen Schenkel. Und seine Unterarme ... Über seine Unterarme gerate ich regelrecht in Verzückung. Aber ich glaube, es liegt nicht einfach nur daran, dass er der Inbegriff männlicher, hyrro-

kinischer Schönheit ist – er hat auch diese Aura aristokrati-
scher Anmaßung an sich, die nicht aufgesetzt ist. Er ist das
volle Programm. Seine Anmaßung ist begründet.

Ich habe nicht gehört, wie einer der anderen Männer
als Feuerlord bezeichnet wurde. Ich glaube … Ich glaube,
er ist womöglich der einzige Feuerlord von Tarvos? Was
sehr besonders ist. Das muss der Grund sein, weshalb die
Paparazzi so viele Fotos von ihm geschossen haben, als wir
angekommen sind. Und es muss umso herzzerreißender
für die ganzen Traditionalisten auf diesem Planeten sein,
wenn dieser Feuerlord, der ihre Kultur repräsentiert, einen
Menschen heiratet.

„Ich weiß nicht einmal, ob ich seine Partnerin sein
wollte", sagt eine der Weibchen verschnupft. „Dieses uralte
Anwesen und dann die Zwangsjacke der Ashmoor-Tradi-
tionen, das ist viel. Zu viele *Regeln*."

„Teufel, nein", ruft eine andere aus. „Aber ich würde
nicht eine Sekunde etwas dagegen haben, seine erklärte
Lustpartnerin zu sein. Auf diese Weise bekommt man jede
Menge teure Geschenke und heißen Sex, aber null
Verpflichtungen."

„Ja, oder? Perfekt."

Sie lachen. Und plötzlich tut mir Thayne leid.

„Aber zuerst müssen wir einen Weg finden, diesen
Menschen loszuwerden. Sie ist eine Dreifachbedrohung –
sexy, niedlich und unverpartnert. Dass sie hier ist, bedeutet,
dass keine von uns allein mit ihm sein kann. Was sollen wir
also tun?"

„Vielleicht können wir ihr etwas in den Drink tun?",
schlägt eine von ihnen vor. „Oder sie von der Bühne
stoßen."

„Oh, ich habe eine bessere Idee. Wie wäre es, wenn wir
…"

Ich gehe davon, denn nun planen sie meinen Niedergang. Sie haben es auf mich abgesehen, weil sie mich für eine Bedrohung halten? Das ist doch verrückt.

Ich stolpere zu den Toiletten, versuche, die Tränen zurückzuhalten. Heilige Scheiße, warum hat mir niemand gesagt, als was für ein guter Fang Thayne bei den Weibchen auf Tarvos gilt? Mein erster Fehler war es, Thayne zu sagen, dass er mich ruhig allein am Tisch lassen kann. Aber woher hätte ich wissen können, dass Gurcil fort musste, weil es einen Notfall gab? Und woher hatte Gurcil wissen können, dass diese Schlampe sich auf Thaynes Platz setzen würde?

Ich schaffe es auf die Toiletten, versuche, allein zu sein, damit ich in Ruhe weinen kann. Ich will nicht mehr da rausgehen. Ich rausche an den Spiegeln und Kabinen vorbei, wo jede Menge anderer Hyrrokinenweibchen stehen und sich unterhalten. Ich weiß, ich sollte nicht zulassen, dass mir diese Miststücke da draußen etwas anhaben können, aber das tun sie. Genau wie mit den Johnsons, die meine Schwachstellen kannten und sie ausgenutzt haben – es stimmt, ich bin ein Mensch und theoretisch minderjährig. Und ich lebe mit einem Mann zusammen, den alle Frauen haben wollen und den ich nicht haben kann. Und vielleicht bin ich seiner auch nicht würdig?

Und … und Thayne hat tatsächlich eine Freundin, mit der er sich gestern Abend lustverpaart hat. Es ist furchtbar, meinen vagen Verdacht bestätigt zu wissen. Ich dachte, ich würde mir über Worst-Case-Szenarien Gedanken machen, nicht über etwas, was tatsächlich der Fall ist.

Stattdessen, nein, war es absolut echt.

Puh. Ich drücke eine weitere Tür auf und finde mich in einem stillen, schummrigen Salon im hinteren Teil des Gebäudes wieder, der leer zu sein scheint. Den Göttern sei

Dank. Ich sinke auf die nächstbeste, plüschige Chaise-longue und werfe den Kopf in die Hände.

Er ist mein Vormund und ich bin nichts weiter als sein Pflegekind. Ich weiß, ich habe kein Recht, verletzt zu sein, als ob ich betrogen worden wäre oder so – aber es lässt sich einfach nicht abstreiten, dass ich bei der Vorstellung daran, wie er mit einer anderen zusammen ist, am liebsten laut schreien würde. Und diese Worte der Weibchen im Publikum helfen auch nicht.

Was habe ich getan, um so viel Negativität auf mich zu ziehen? Ich versuche immer, Freundlichkeit in das Universum hinauszuschicken. Warum kommt die gleiche Energie nicht auch zu mir zurück? Immer und immer wieder scheine ich gemeine Leute geradezu anzuziehen. Warum?

Tränen laufen über meine Wangen.

„Mensch, was ist los?", fragt plötzlich eine freundliche Stimme.

Abrupt setze ich mich auf. Was zur Hölle? Eine weitere Hyrrokinin, die super elegant gekleidet ist, sitzt auf einer Couch in einer abgedunkelten Ecke. „Oh, tut mir leid", sage ich. „Ich dachte, ich wäre allein hier. Ich gehe am besten ..." Ich will aufstehen.

„Nein, bleiben Sie." Sie kommt herüber, setzt sich neben mich und ich lasse mich zurück auf die Chaise-longue sinken. Ihr voluminöser, gelber Rock streift meine Beine. „Ich heiße Rebyka. Erzähl mir, was los ist, damit ich helfen kann."

Sie scheint etwa in meinem Alter zu sein, aber am Tonfall ihrer Stimme kann ich erkennen, dass sie ein aufrichtiges Wesen ist, genauso wie Gurcil und viele von Thaynes Verwandten, die ich heute Abend kennengelernt habe. Und wie all die Hyrrokininnen, die ich auf Gut Ashmoor getroffen habe.

Ich blicke in ihre funkelnden schwarzen Augen. „Ich heiße Charlotte." Dieses Weibchen scheint sich ernsthaft um mich zu sorgen. Außerdem hatte sie sich ebenfalls hier versteckt, ... also entscheide ich, mich ihr zu öffnen. Ich wedle mit der Hand in Richtung der Party, die wir beide verlassen haben. „Als ich da drin war, ist etwas vorgefallen, was mich daran erinnert hat, wie gemein Frauen manchmal zueinander sein können. Es ... Es hat mich wirklich verletzt und ich musste kurz von dort verschwinden."

Sie lacht schnaubend auf. „Wenn das mal nicht die Wahrheit ist. Frauen können ganz schöne Schlampen sein. Das ist das Schlimmste. Das ist mehr oder weniger der Grund, weshalb auch ich hier bin. Manchmal scheint ihnen nicht klar zu sein, dass wir hören können, was hinter unserem Rücken über uns getuschelt wird. Weshalb ich immer das hier dabei habe, nur für alle Fälle." Und damit zückt sie einen glänzenden Flachmann, dreht den Verschluss auf und trinkt einen Schluck von etwas, was vermutlich Alkohol ist. Sie bietet mir die Flasche an. „Willst du auch?"

Normalerweise trinke ich keinen harten Alkohol, aber in diesem Augenblick mache ich eine Ausnahme. Ich lächle sie an. „Klar. Warum nicht?" Ich nehme ihr den Flachmann ab und kippe vermutlich zu viel hinunter. Sie klopft mir auf den Rücken, als ich husten muss, weil die chemische Hitze meinen Hals verbrennt. Wow, jetzt weiß ich wieder, warum ich keine Kurzen trinke. Ich gebe ihr den Flachmann zurück. „Und weißt du was?", sage ich krächzend, „ich habe das Gefühl, als ob mir solche Gemeinheiten ständig passieren."

Sie zieht eine Schnute. „Ah ja? Erzähl mir davon."

„Na ja ... Auf Neue Erde haben meine beste Freundin" – ich male zwei Anführungszeichen in die Luft – „und

ihre Mutter mich dem Bruder meiner Freundin aufge-
drückt und wollten, dass ich mit ihm ausgehe und ihn
dann heirate. Ich dachte, das würden sie tun, weil sie mich
so sehr mochten und wollten, dass ich Teil ihrer Familie
werde, aber in letzter Sekunde habe ich herausgefunden,
dass sie nur an mein Erbe herankommen wollten."

Rebyka nimmt meine Hand in ihre weiche Klaue.
„Oh, das tut mir so leid. Das ist furchtbar."

Ich schniefe. „Danke, aber am Ende ist es gut ausgegangen, weil ich es herausgefunden habe, bevor ich den
Bruder meiner besten Freundin geheiratet habe. Und ich
bin weit fort von ihnen, hier auf Tarvos. Aber jetzt muss
ich weinen, weil gerade irgendwelche Hyrrokininnen, die
ich überhaupt nicht kenne, sich gegen mich verschworen
haben. Ich habe Neue Erde verlassen und bin auf einen
anderen Planeten gereist, um mit einer vollkommen
anderen Spezies zusammenzuleben, und es passiert wieder.
Irgendwelche Weibchen wollen wieder etwas haben, von
dem sie glauben, ich hätte es."

„Und was ist das?"

Ich lache verbittert auf. „Thayne Ashmoor. Ich bin sein
Pflegekind und einige der unverpartnerten Weibchen hier
sehen mich als eine Hürde, weil sie ihn selbst haben
wollen. Eine von ihnen hat mir erzählt, dass sie ihn letzte
Nacht gefickt hat und er ihr Lustpartner wäre und dass ich
die Finger von ihm lassen soll."

Rebykas Augen werden schmal und Rauch quillt aus
ihren Nasenlöchern. „Wer hat dir das erzählt?"

Ich spitze die Lippen. „Ich will nicht noch mehr Ärger
machen. Ich meine, wenn sie mit ihm Sex hatte, dann hat
sie mir nur die Wahrheit erzählt und vielleicht musste ich
die hören. Ich gebe zu, dass ich ihn wirklich, wirklich sehr
mag, und das ist dumm, denn ich bin noch minderjährig
und ein Mensch, also können wir niemals zusammen sein."

Sie zuckt mit den Schultern und nimmt einen weiteren Schluck aus ihrem Flachmann. Dann reicht sie ihn mir wieder an und ich trinke ebenfalls einen weiteren Schluck und gebe ihn ihr zurück. Für einen Moment sind wir beide still, dann sagt sie, „Ich kenne Thayne. Wir sind zusammen aufgewachsen. Ich verspreche dir, ich habe kein Interesse daran, ihn zu meinem Partner oder auch nur zu meinem Lustpartner zu machen. Für mich ist er mein nerviger, entfernter Cousin, der jedes Mal bei den Feuervogel-Wettkämpfen gewonnen hat. Und glaub mir, er war nicht gerade bescheiden."

Ein Kichern entkommt meinen Lippen. „Wirklich? Tja, das ist eine Erleichterung. Wenigstens gibt es hier eine unverpartnerte Hyrrokinin, die ihn nicht will."

Wir müssen beide lachen, weil die ganze Situation so albern ist.

Sie beugt sich zu mir. „Da du mir so private Gefühle gestanden hast, will ich dir auch mein Geheimnis verraten. Ich bin in das Weibchen verliebt, das die Militärchefin ist. Aber sie ist angeblich nicht adlig genug, dass ich sie als Partnerin erklären könnte. Und es ist meine Pflicht, Erben mit guten Genen hervorzubringen, um den Familienstammbaum weiterzuführen. Ich bin für jemand anderen vorgesehen, einen Mann von meinem Stand und Vermögen. Aber natürlich will ich nicht seine Partnerin werden."

„Oh Mist." Ich drücke ihre Hand. „Das tut mir so leid."

„Mir auch", wispert sie.

Wir sitzen noch eine Weile schweigend da, während wir ihren Flachmann leeren. „Tja, ich schätze, ich muss wieder da rein", sagt Rebyka schließlich.

Ich nicke zustimmend und lege meinen Kopf, der mir sehr, sehr schwer vorkommt, auf ihre weiche Schulter. „Danke fürs Zuhören."

Sie lehnt ihren Kopf an meinen. „Nein, danke dir fürs Zuhören, Mensch. Du hast keine Ahnung, wie erfrischend du bist."

Ich kräusle ein wenig die Nase, bin nicht sicher, wie ich darauf antworten soll.

„Ich gehe zuerst", erklärt sie. „Ich sorge dafür, dass für dich reine Luft ist. Warte hier ein paar Minuten, dann kommst du nach und gehst direkt auf deinen Platz. Ich bin mir sicher, Thayne wird wieder zurück sein, bis du rauskommst."

„Okay." Ich hebe den Kopf und grinse sie dämlich an. „Das kannst du tun?"

„Ja." Sie grinst mich an. „Kann ich. Und gibt mir dein Tablet, damit wir Codes austauschen können."

Ich reiche es ihr an. Als wir uns gegenseitig unsere Codes gegeben haben, lächeln wir uns an und machen uns zum Aufbruch bereit. Ich liebe das weiße Schimmern ihrer scharfen Zähne auf dem Schwarz ihrer weichen Lippen. Ihre Kette glitzert mit so vielen Edelsteinen, sie sieht aus wie ein Feuerwerk. Sie ist wirklich ein schöner Teufel.

„Bereit?", fragt sie.

„Bereit", antworte ich.

Und dann gehen wir unseren Plan ausführen.

13

CHARLOTTE

Wenige Minuten später kehre ich an den Tisch zurück.

Rebyka hat ihr Wort gehalten – als ich nach ihr das Hinterzimmer verlassen habe, war die Luft rein. Und ich konnte mit erhobenem Kopf und in einer einigermaßen geraden Linie zu meinem Platz zurückkehren und so tun, als ob ich nicht gerade zu viel Hyrrokinen-Alkohol direkt aus einem Flachmann getrunken hätte.

Sekunden später taucht Thayne auf und ich kann nichts vor ihm verbergen. „Wer hat dich verärgert?", knurrt er.

Plötzlich bin ich genervt von ihm, denn er hat im Prinzip diese ganze Sache gestartet, weil er so sexy und begehrt ist. Und dann hatte er letzte Nacht Sex mit jemandem, der *nicht ich* war, nachdem wir ein intimes Abendessen im formellen Speisesaal eingenommen hatten. Ich habe den ganzen Abend damit verbracht, meine Seele zu entblößen, weil er mit mir geflirtet hat und mir die ganze Zeit Fragen nach meinem Leben gestellt hat, und anschließend ist er direkt zu dieser Vitalia gegangen und hat sie gefickt und in ihrem Bett geschlafen? Wahrscheinlich hat er sie die ganze Nacht lang in den Armen gehalten und sich nicht einmal mehr an meinen Namen erinnert. Und währenddessen habe ich den Großteil der Nacht schlaflos und allein verbracht, auf seine Schritte gelauscht und schließlich masturbiert, damit ich einschlafen konnte.

Wie kann er es wagen?

Im Ernst. *Wie kann er es wagen?*

Ich stehe direkt wieder auf und konfrontiere ihn. „Deine Freundin hat mich verärgert", platze ich heraus. „Ich sollte zurück in die Villa. Es ist albern, dass ich hier mit dir herumsitze anstatt sie. Warum hast du nicht sie zu dieser Auktion mitgenommen? Warum seid ihr beiden getrennt hier eingetroffen? Sollte sie nicht wenigstens mit uns an einem Tisch sitzen?"

Er weicht förmlich vor mir zurück. „Welche Freundin?"

Ich zeige auf die Menschenmenge. „Vitalia Softstone, die Freundin, die mit dir gesprochen hat, als wir angekommen sind. Die ihre Hand auf deine Brust gelegt hat und dir ins Ohr geflüstert und dir einen Zettel zugesteckt hat. Erinnerst du dich? Ich bin mir sicher, sie ist noch irgendwo. Sie hat sich zu mir gesetzt, während du weg warst, und hat mich wissen lassen, dass sie dir gehört und dass ich dich in Ruhe lassen soll."

„Das ist doch lächerl–" Er beugt sich vor, schnüffelt an meinem Hals. „Charlotte, ... bist du betrunken? Was ist passiert, während ich weg war? Wo ist Gurcil? Warum hat sie dich allein gelassen?" Er greift nach meiner Hand.

Ich weiche vor seiner Berührung zurück und blicke ihm direkt in die Augen, gebe nicht klein bei. „F... fass mich nicht an", lalle ich. „Vitalia hat gesagt, sie hat dich gestern Nacht gefickt und dass du in ihrem Bett geschlafen hast und sie deine erwählte Lustpartnerin ist."

Ein Knurren rumpelt in seiner Brust. Er beugt sich vor

und spricht leise, aber eindeutig wütend. „Es ist mir egal, was dieses Weibchen gesagt hat. Hör mir zu, Charlotte. Ich habe keine Lustpartnerin oder ‚Freundin'. Ich habe mich in den letzten sieben Jahren mit niemandem lustgepaart, außer meiner ehemaligen Partnerin. Und ich bin mit dir hier, weil du das Weibchen bist, mit dem ich hier sein will. Nur mit dir."

Ich will ihm unbedingt glauben, aber ich bin mir nicht sicher … In meinem Kopf dreht sich alles. Ich blicke mich um und bemerke, dass wir eine Szene machen. Alle an unserem Tisch starren uns an, ebenso wie einige andere der Hyrrokinen. Sie zeigen auf uns und tuscheln. Oh verdammt. Ich lecke mir über die Lippen und trete unbehaglich von einem Fuß auf den anderen.

Thayne legt mir einen Arm um die Taille. „Wir gehen. Du hast genug für heute." Dann führt er mich vom Tisch fort.

„Wir gehen? Nein, nein. Die Auktion hat noch nicht einmal angefangen. Schau, sie servieren gerade erst das Essen. Es geht doch darum, an den Tarvos-Feuertier-Fonds zu spenden. Ich will nicht der Grund dafür sein, dass den Tieren nicht geholfen wird."

Seine Mundwinkel zucken. „Es ging heute Abend darum, mein Pflegekind in die hyrrokinische Gesellschaft einzuführen. Aber ich bleibe nicht hier, wenn du dich unwohl fühlst. Ich will, dass du sicher und ungestört bist. Ich schicke dem Fonds später einen großzügigen Scheck. Das ist alles, was sie interessiert."

„Oh, okay", stoße ich atemlos hervor, bin froh zu hören, dass kein Tier aufgrund unseres plötzlichen Aufbruchs von der Auktion Schaden erleiden müssen. Ehrlich gesagt bin ich ziemlich froh, dass wir gehen.

Thayne führt mich durch die Menge, die sich für uns

teilt. Wir gehen nach draußen zu dem Luxusfahrzeug der Ashmoors, das bereits am Bürgersteig wartet.

„Wie ist der Fahrer so schnell hierhergekommen?"

„Mein Fahrer hat uns von seiner Position an der Tür beobachtet. Ich habe ihm ein Zeichen gegeben, dass wir gehen. Ich verlasse solche Veranstaltungen oft frühzeitig, sie sind das also gewohnt."

Die Türen öffnen sich und wir steigen in das Fahrzeug und sitzen nebeneinander. Wir fahren los und Thayne nimmt meine Hand, genauso, wie er es getan hat, als wir auf Neue Erde die Kirche verlassen haben und nach Tarvos gereist sind.

Ich lehne mich zurück, weil mein Kopf sich noch immer dreht und mein Magen sich überschlägt. „Ich kann nicht glauben, dass du gestern Nacht mit einer anderen zusammen warst", schimpfe ich weiter, weil ich mich scheinbar nicht davor zurückhalten kann, jede einzelne Emotion auszuspucken, die mir durch den Kopf geht. Und ich komme nicht darüber hinweg. „Ich weiß, es sollte mir egal sein. Ich habe mir gesagt, es darf mir nichts ausmachen, weil ich nur dein minderjähriges Pflegekind bin. Es ist ja nicht so, als ob wir zusammen wären und du mich betrogen hättest oder so. Aber ...", wimmere ich, „es tut mir weh, dass wir gestern Abend zusammen gegessen haben und du dann sofort in das Bett einer anderen gesprungen bist ..."

Er legt eine Hand auf meinen Oberschenkel und streckt den Arm aus, um mich an sich zu ziehen. Mein Kopf ruht auf Thaynes beeindruckender Schulter. Warum riecht er immer so gut? Ist das eine Falle?

„Weibchen ..." Behutsam fährt er mit seiner Klaue über meine Wange. „Weibchen, gestern Abend habe ich den Speisesaal verlassen und bin in mein Büro gegangen, wo ich bis spät in die Nacht gearbeitet habe. Das tue ich jetzt mehr denn je, damit ich nicht in Versuchung gerate, an deine Tür zu klopfen und die Hände nach dir auszustrecken. Ich bin mitten in der Nacht in mein Zimmer gegangen und habe die Verbindungstür geöffnet, um nach dir zu schauen. Ich stand neben deinem Bett und habe für ein paar Minuten deinen wunderschönen Körper beim Schlafen beobachtet, mich vergewissert, dass du in Sicherheit bist, dann bin ich wieder in mein Zimmer gegangen und habe die Verbindungstür hinter mir geschlossen. Ich habe unruhig geschlafen, weil wir so nah und doch nicht zusammen waren. Heute Morgen bin ich sehr früh aufgewacht und bin gegangen, bevor du aufgewacht bist, weil ich nicht in deiner Nähe sein kann, *ohne* dich zu berühren. Ich habe den Arbeitstag ohne dich nur durchgestanden, weil ich wusste, dass wir uns heute Abend sehen."

Tränen brennen in meinen Augen. „Wirklich?"

„Wirklich. Vertraust du meinem Wort?"

„Ja." Ich vergrabe meinen Kopf in seiner harte, roten Brust und kralle meine Finger in seine Schärpe. „Thayne, ich will dich, aber ich kann dich nicht haben und das quält mich Tag und Nacht. Ich wünschte, ich wäre älter."

Der Feuerlord von Ashmoor küsst meine Stirn und fährt mit seinen Klauen durch meine Haare. „Genau das Gleiche empfinde ich auch, Weibchen. Genau das Gleiche."

Ich presse mich an seine Brust und für einen Moment sagen wir beide nichts. Dann platzt es aus mir heraus. „Ich habe heute Morgen erfahren, dass du verheiratet warst und einen Sohn hattest und sie beide gestorben sind …"

Seine Muskeln spannen sich an und seine Finger in meinen Haaren erstarren. Er zieht sich etwas von mir zurück.

Ich richte mich auf und lege meine Hand auf seine Klaue. Ich bin ganz weinerlich über diese ganze Sache, aber ich kann nichts dagegen tun, ich muss darüber sprechen. Ich kann nicht so tun, als ob ich nichts davon wüsste. „Das tut mir so leid, Thayne. So, so leid. Auf meinem Weg nach unten bin ich heute Morgen an dem Kinderzimmer vorbeigegangen und habe angehalten und die Hand auf die Tür gelegt, die du so angestarrt hast an dem Tag, als ich angekommen bin, weil ich nun weiß, warum sie dir so viel bedeutet. Es war das Zimmer von Wylik."

Er schüttelt den Kopf und wendet den Blick ab. Dann atmet er tief durch. „Ja, das war das Zimmer meines Sohns. Ich war seit beinah drei Jahren nicht mehr in diesem Korridor."

Ich schmiege mich wieder an seine Seite und er lässt es zu.

„Meine ehemalige Partnerin und mein Sohn sind in derselben Nacht umgekommen. Und seit dem hat es keine andere gegeben. Vor ihrem Tod waren wir vier Jahre zusammen. Weibchen machen mir immer wieder Angebote, aber ich lehne sie alle ab."

„Warum?"

„Fragst du, warum diese Weibchen mir Angebote machen?"

„Nein, Dummkopf, das ist mir klar. Ich frage, warum du sie alle ablehnst."

Er beißt die Zähne zusammen. „Ich habe Probleme, zu vertrauen."

„Ah."

„Nein, du verstehst nicht. Ich habe meine ehemalige Partnerin als meine verkündet und wir sind ins Standesamt gegangen und haben es offiziell gemacht, weil das von mir erwartet wurde. Die königliche Familie ebenso wie die Adligen von Tarvos folgen bei Partnerschaften strikten Traditionen, damit unser Stammbaum rein bleibt. Letecia Limestone wurde von meinen Eltern für mich ausgewählt.

Die Limestones sind nicht eine so alte Familie wie die Ashmoors, aber sie hat weitere Ländereien und Vermögen mitgebracht. Das war eine gute Verbindung. Ihre Linie war klein und kurz davor, auszusterben."

„Hast du sie geliebt?"

„Nein. Habe ich nicht. Ich habe es versucht. Ich habe ihr mein Herz geöffnet und war bereit, alles für unsere Beziehung zu tun. Sie wurde sofort schwanger und ich war überglücklich, ein Kind zu haben. Aber sie hat sich verändert, nicht lange nach der Geburt unseres Sohnes …"

Ich warte ab, ob er noch mehr erzählt, aber stattdessen wechselt er das Thema.

„Ich habe dir widersprüchliche Signale gesandt. Die anderen Hyrrokinen verstehen das. Sie glauben, dass du mehr bist als nur einfach mein Pflegekind. Sie glauben, du bist meine erwählte Lustpartnerin und dass ich dich schließlich zu meiner Partnerin machen werde. Aber du musst wissen, dass ich nie wieder eine Partnerin nehmen werde, noch weitere Nachkommen haben werde. Das habe ich probiert und es hat nicht funktioniert. Ich habe meine Pflicht getan und war bereit, mein Leben mit einer Partnerin zu leben, die ich nicht geliebt habe. Ich würde niemals Liebe erfahren, und das hatte ich akzeptiert. Wenigstens hatte ich meinen Sohn. Aber ich konnte ihn nicht beschützen und hatte nicht die richtige Partnerin gewählt, die eine Mutter sein konnte. Ich habe keine zweite Chance verdient."

Meine Gedanken fokussieren sich augenblicklich auf den auffälligsten Punkt. „Moment, du wirst nie wieder heiraten?"

„Nein. Wir könnten nie etwas anderes sein als Lustpartner, und das ist nicht fair dir gegenüber. Ich werde keine weiteren Nachkommen habe. Ich plane, die Position des Feuerlords den Nachkommen meines Bruders oder eines Cousins zu vererben. Ich kann mein Verlangen nach dir nicht in eine echte Beziehung verwandeln. Ich bin nicht bereit für eine neue Partnerin und weitere Nachkommen. Das musst du wissen."

Das Fahrzeug hält am Landeplatz an und Thayne besteht darauf, mich in seinen Armen zu tragen, was völlig okay für mich ist, weil sich mein Kopf noch immer dreht. Augenblicke später sitzen wir auf der Rückbank eines Hovercrafts, so wie wir auch an meinem ersten Tag hier gereist sind. Das Hovercraft hebt ab und plötzlich steigt auch alles Verlangen auf, buchstäblich. Ich schnappe nach Luft, als ich die Beule sehe, die sich im Schritt von Thaynes Hose abzeichnet.

Ich lecke mir über die Lippen. „Ist das für mich?" Heilige Scheiße, sein Penis ist enorm und ich will ihn in meiner Pussy spüren. Ich bin betrunken und will Sex, jetzt sofort.

Er spreizt die Beine und lehnt sich in seinen Sitz zurück. „Ja. Das machst du mit mir", sagt er heiser. „Mein Schwanz ist hart, verliert Samen, bereit, sich zu paaren. Dein Geruch dringt in beengten Räumen in meine Lunge. Und du starrst wieder auf meine Unterarme und auf meine Bauchmuskeln und dann auf das Zelt in meinem Schritt."

„Was können wir da bloß tun?", frage ich, weil ich noch immer betrunken bin und meine Nippel zwei harte Perlen des Verlangens sind.

„Nichts."

„Nichts?" Ich ziehe eine Schnute.

„Du bist minderjährig."

Ich lehne mich in meinen Sitz zurück und spreize die Beine, wünsche mir, er würde mir mit meinem pochenden Kitzler helfen. „Ich habe Sonntag Geburtstag", erinnere ich ihn.

„Charlotte …", warnt er mich. „Ich habe dir gerade erzählt, dass wir nie etwas anderes als Lustpartner sein können und du hast mir gestern Abend erzählt, dass es dein Traum ist, einen Partner und Nachkommen zu haben und deine eigene Familie zu gründen. Das wirst du mit mir niemals haben."

„Vielleicht will ich mich nur lustpaaren?" Ich spreize meine Beine ein wenig weiter und lege meine Hand auf meinen inneren Oberschenkel, lasse meine Finger fast bis zu meinem Slip hochgleiten. Jetzt bin ich mir sicher, dass er den feuchten Fleck auf meiner Unterwäsche sehen kann – ich bin so feucht für ihn, es läuft fast meine Beine hinunter. „Ich will deinen Schwanz", erkläre ich verwegen.

Ein ersticktes Geräusch dringt aus seinem Hals. „Ich kann dich nicht auf meinen Schwanz ziehen, Charlotte. Du bist minderjährig. Das wäre illegal. Und außerdem bist du betrunken und nicht in der richtigen Verfassung, um deine Zustimmung zu geben. Ich habe dir gerade gesagt, dass ich niemals dein Partner sein kann, und du versuchst, dich mit mir zu paaren. Das ist nicht richtig. Ich werde dich nicht ausnutzen. Ich werde dich beschützen, sogar vor mir."

Ich schnaube enttäuscht auf. „In fünf Tagen kannst du mich auf deinen Schwanz ziehen, wenn ich zwanzig bin."

„Nein, kann ich nicht. Du bist dann immer noch mein Pflegekind."

„Und weil ich ein Mensch bin?"

Er schüttelt den Kopf. „Es kümmert mich nicht, dass du ein Mensch bist."

„Die Adligen von Tarvos kümmert es aber. Sie wären angeekelt, wenn du plötzlich halb menschliche, halb hyrrokinische Erben bekommen solltest. Ich will deine Partnerin sein und deine Babys bekommen, aber das geht nicht."

„Du hast recht, was die Adligen angeht, und es missfällt

mir, dass andere in meiner Familie so denken. Aber es kümmert mich nicht im Geringsten, dass du ein Mensch bist. Ich würde mich glücklich schätzen, eine Frau wie dich als meine Partnerin zu haben, aber wie ich dir gesagt habe, ich werde niemals wieder eine Partnerin nehmen, weil ich geschworen habe, keine weiteren Nachkommen zu bekommen. Ich kann nicht …"

Und dann landet das Hovercraft und der aufgeladene Moment zwischen uns verfliegt.

Thayne hebt mich in die Arme und trägt mich durch die dunkle Nacht. Der Stoff meines Kleids flattert um meine Fußgelenke. Wir gehen die Terrasse vor dem Ostflügel entlang, die Stufen hinauf und betreten das Haus. Ich sage die ganze Zeit über kein Wort, lege nur meinen Kopf auf seine Schulter und versuche, nicht das Bewusstsein zu verlieren. Er hebt mich etwas höher, damit ich enger an seiner Brust liege, dann geht er die hell erleuchtete Treppe hinauf, durch die Flure, dann nach rechts und bis zu meiner Zimmertür – die sich neben seiner befindet.

Er stellt mich auf die Füße, steht dicht vor mir.

Die Hitze seines großen Körpers ist berauschend. Ich strecke die Arme aus und nehme sein furchterregendes Gesicht in beide Hände, starre hungrig auf seine Lippen. Er stöhnt auf und beugt sich hinunter, um meinen Mund mit seinem zu erobern. Es ist kein zärtlicher Kuss, oh nein. Seine gespaltene Zunge drängt zwischen meine Lippen und mein Körper schmilzt vor Verlangen. Seine Reißzähne krachen auf meine stumpfen Menschenzähne.

Er zieht mich an sich und mein Körper presst sich an seinen. Ich stehe auf den Zehenspitzen und schlinge meine Arme um seinen Hals. Meine harten Nippel reiben an seiner Brust. Er fährt mit einer Klaue durch meine Haare und beugt mich mit der Macht seiner Eroberung nach hinten. Ich fühle mich vernichtet. Erobert.

Das ist ohne Weiteres der beste Kuss meines Lebens.

Dann bricht er unseren wilden Kuss und ich schwanke in seinen Armen, keuchend und verwirrt, meine Lippen geschwollen und empfindlich.

Plötzlich erscheint Milli und Thayne übergibt mich an mein stirnrunzelndes Dienstmädchen.

Dann fällt seine Tür ins Schloss und er ist verschwunden.

14

CHARLOTTE

Am nächsten Morgen wache ich auf und fühle mich, als ob ich zehn Meilen über holprige Straßen geruckelt wäre. Dann entdecke ich eine Nachricht auf meinem Tablet, von meiner neuen Spießgesellin Rebyka.

Ich bin verkatert, schreibt sie mir.

Ich stöhne und setze mich auf, dann schicke ich ihr drei hyrrokinische Kotz-Emojis. *Ich auch, Mädel, ich auch. Ich fühle mich wie ausgekotzt und aufgewärmt.*

Aber das war es wert?, fragt sie.

Ja ... Ich habe dich kennengelernt! Das ist den Kater allemal wert!

Aber dann rauschen die Erinnerung an alles andere, was gestern Abend passiert ist, mit beschämender Klarheit zurück in meine Gedanken. Uff ... Ich lasse mich zurück auf das Bett fallen und schlage mir beide Hände vor das Gesicht und mir kommen vor Scham die Tränen.

Ich habe mich in einem Damensalon auf einer noblen Wohltätigkeitsauktion betrunken.

Ich habe auf dem Rücksitz eines Hovercrafts für Thayne Ashmoor die Beine breitgemacht.

175

Ich habe um seinen Schwanz gefleht.

Ich habe ihm gesagt, ich würde seine Babys haben wollen.

Er hat gesagt, er will mich auch, aber dass er nie, nie wieder jemand anderen heiraten würde. Und ganz sicher wollte er keine weiteren Kinder haben.

Dann hat er mich mit einem Kuss fast zum Erliegen gebracht und mich an meiner Schlafzimmertür stehen lassen.

Du lieber Himmel.

Und ... war das ein Abschiedskuss von Thayne oder ein „Das ist der Beginn von etwas Neuem"-Kuss? Ich weiß es nicht! Wie kann ich heute nur mit ihm reden, als ob nichts davon passiert wäre?

Tja, die gute Nachricht ist, dass Thayne *keine* Freundin hat, ganz egal, was diese Schlampe auf der Auktion gesagt hat.

Im Prinzip habe ich mich ihm an den Hals geschmissen und er war anständig genug gewesen, die Finger von mir zu lassen – na gut, zumindest bis zu diesem Kuss. Aber es war bei diesem einen Kuss geblieben und dann war er verschwunden. Ich hatte es ehrlich gesagt irgendwie zu schätzen gewusst, wie er mich beschützt hatte vor sich selbst.

Auf Tarvos wurde ich noch als minderjährig betrachtet, bis in vier Tagen, wenn ich zwanzig werden würde. Er hatte gesagt, er wollte mich als mehr als eine Lustpartnerin, aber dass er das Gefühl hat, er dürfte mich nicht haben. Nicht, weil ich zu jung bin – das wird sich am Wochenende ändern. Er will nie wieder heiraten, nachdem er seine Frau und seinen Sohn in diesem Feuer verloren hat. Ehrlich gesagt verstehe ich das nicht. Vielleicht ist meine fehlende Erfahrung das Problem. Ich bin viel jünger als er und ich hatte noch nie einen richtigen Freund, nur zwei sehr unterschiedliche längere Episoden, in denen ich mit zwei Kerlen ausgegangen bin und der Sex eher so mittelmäßig war. Ich weiß nicht, wie es ist, zur gleichen Zeit den Ehepartner und das eigene Kind zu verlieren. Aber ich kann es mir vorstellen … und trotzdem ergibt das für mich noch immer nicht, es nie wieder zu versuchen. Aber so empfindet er es.

Ich schiefe und wische mir die Tränen ab, als ich daran denke, wie Thayne und ich niemals zusammen sein können. Und dann muss ich an meine neue Freundin denken, die im gleichen Dilemma steckt und die Frau, die sie liebt, nicht haben kann.

Milli klopft an und betritt das Zimmer.

Ich drehe mich im Bett um und stöhne. „Ich fühle mich schrecklich." Mein Kopf dröhnt und mein Mund ist staubtrocken.

Sie kommt herübermarschiert und schüttelt mein Kissen auf. „Das kommt davon, wenn man als Mensch zu viel des Feuerfusels trinkt. Aufsetzen", befiehlt sie, dann hält sie mir ein Glas mit Wasser hin, das ich gierig austrinke.

Ich winsle, suhle mich weiterhin im Selbstmitleid und greife erneut nach dem Tablet, muss mit dem einzigen Wesen sprechen, das mich verstehen wird. *Ich fühle mich schrecklich,* schreibe ich Rebyka.

Jupp. Der nächste Morgen ist immer das Schlimmste, schreibt sie zurück. *Du kannst Folgendes dagegen tun …*

Und dann schickt sie mir die genauen Instruktionen, welche Arzneien ich nehmen und was ich essen und trinken soll, um den höllischen Hyrrokiner-Feuerfusel-Kater loszuwerden, der, wie mir nun klar wird, der schlimmste aller Kater ist. Ich zeige Milli die Nachricht von Rebyka und sie verspricht, alles für mich zusammenzusuchen und das Rezept haargenau zu befolgen.

Mitten in all dem schickt mir Gurcil noch Fotos auf das Tablet, auf denen sie zwei niedliche Zwillingsbabys in den Armen hält. Sie haben winzige schwarze Hörner, die kaum mehr als zwei Beulen auf ihrer Stirn sind, und ihre rote Haut sieht samtweich aus.

Zuckersüß.

Ich liebe Babys und ich bin so froh, als ich erfahre, dass die Babys und ihre Mutter alle gesund und munter sind. Ich schicke meine Glückwünsche und plane insgeheim, Gurcils Tochter und die Zwillinge zu besuchen, wenn sie bereit für Gäste sind, und dass ich ihnen Geschenke mitbringen werde. Ich bin mir nicht sicher, wie ich zum Zimmer dieses Weibchens im Krankenhaus kommen soll oder später zu ihrem Haus, aber ich bin mir neunund-neunzig Prozent sicher, dass ich das Treffen in die Wege leiten kann, wenn ich Gurcil oder Grimwall nach Rat frage.

Vielen, vielen Dank, schreibe ich Rebyka nach einer Stunde. *Es hilft. Ich fühle mich schon viel besser. Wie geht es dir?*

Gern geschehen, Mensch. Ich fühle mich auch schon viel besser. Hoffe, du hast einen tollen Tag, meine neue Freundin.

Du auch!

Und dann bekomme ich eine Nachricht von Thayne. Er schickt mir eine Nachricht?

Ich kralle mich an das Tablet, als ob es eine Rettungs-leine wäre. Ich beiße mir auf die Unterlippe und mein Puls beginnt zu rasen, weil ich diesen Kerl einfach so sehr liebe. Oh verdammt. Liebe? Ich habe mich in einen teuflisch aussehenden Feuerlord verliebt, der geschworen hat, nie wieder zu heiraten? Er trauert noch immer über den Verlust seiner Frau und seines Sohnes. Und selbst wenn er bereit wäre, wieder zu heiraten, ich bin ein Mensch und kann ihm nicht dabei helfen, seinen Familienstammbaum weiterzuführen. Genau, ich sehe nichts als ein gebrochenes

Herz in meiner Zukunft, und dennoch taumle ich wieder auf Thayne zu wie eine Motte in die Flamme.

Wie geht es dir heute Morgen?, fragt der Mann, der mich gestern Abend geküsst hat.

Mir geht es gut, antworte ich einfach, als ob nichts Unge-höriges vorgefallen wäre, auch wenn ich mich lebhaft an die Beule in seinem Schritt erinnere und wie ich die Beine für ihn gespreizt habe. Himmel. Und wie sich seine Lippen an meinen angefühlt haben. Und sich seine Erektion an meinen Bauch gepresst hat, als wir uns geküsst haben.

Wie ist das möglich?, fragt er. *Du musst einen Kater haben. Brauchst du einen Arzt?*

Nein, mir geht es gut. Ich habe gestern Abend eine neue Freundin gefunden und wir haben uns heute Morgen geschrieben und sie hat mir genau gesagt, was ich nehmen muss, damit es besser wird, und Milli hat alles besorgt. Ich fühle mich schon viel besser.

Ist diese Freundin meine Tante Gurcil?

Nein, jemand anderes. Sie heißt Rebyka. Sie ist sehr nett. Wir haben uns kennengelernt, als ich weinend im Hinterzimmer saß. Sie war auch traurig wegen etwas, also hat uns das zusammengeschweißt.

Hm.

Ich warte auf mehr, aber er schweigt. Dann endlich schreibt er: *Tja, ich bin froh, dass es dir besser geht und du neue Freunde findest. Ich bin heute den ganzen Tag in der Stadt und arbeite, aber wir sehen uns heute Abend zum Essen in der Villa.*

Ich lächle. Ich liebe es, dass er sich trotz des vollen Tags und den ganzen stressigen Geschäftsangelegenheiten nach mir erkundigt und mit mir zu Abend essen will. Er lässt mich sogar wissen, wo er ist und was er macht. Das gibt mir Hoffnung, dass wir vielleicht, vielleicht, trotz all der Hindernisse, noch eine Chance haben?

Dann fällt mir etwas Wichtiges ein, das ich ihm sagen muss. *Thayne? Thayne? Hast du gehört, dass deine Cousine, Gurcils Tochter, gestern Abend ihre Kinder bekommen hat?*

Nein ...

Ja, genau. Deshalb musste Gurcil auch fort. Tut mir leid, ich habe ganz vergessen, dir das zu sagen. Ich habe heute Morgen eine Nachricht von Gurcil bekommen, und sie hat gesagt, dass ihre Tochter gestern Nacht zwei wunderschöne Jungs auf die Welt gebracht hat. Du hast zwei neue Großcousins!

Ich leite ihm die Bilder weiter.

Vielen Dank, antwortet er.

Gern geschehen. Bis heute Abend.

ENDLICH GEHT MILLI, um ihre weiteren Arbeiten für den Tag zu erledigen, und ich entscheide, dass es mir gut genug geht, denn ich frühstücke wie ein normaler Hyrrokine. Nachdem ich etwas Fleisch gegessen und meine Lieblingssorte Traq getrunken habe, entschließe ich mich, auch meinen Tag in Angriff zu nehmen.

Ich stehe auf, springe in die Reinigungseinheit, verbringe extra viel Zeit mit der Mund- und Zahnreinigung und ziehe ich meine Arbeitssachen an. Dann gehe ich zum Gewächshaus, um nach meinen Pflanzen zu schauen.

Die frische Luft, der Sonnenschein auf meinem Gesicht, die regelrechte Explosion von Schönheit um uns herum wirkt Wunder für mein Gemüt. Ich winke allen Gärtnern einen Morgengruß zu, die allesamt an der Arbeit sind und das Anwesen auf die anstehende Regensaison vorbereiten. Sie wissen genau, an welchem Tag sie anfangen wird – am Tag nach meinem Geburtstag. Empfindliche Blumen werden abgedeckt. Gartenmöbel und Sonnenschirme werden nach drinnen geräumt. Alles, was wegfliegen kann, wird festgebunden.

Ich betrete das Gewächshaus und finde es leer vor – die Hyrrokinen müssen alle woanders beschäftigt sein. Glücklich verbringe ich die nächsten zwei Stunden hier, ganz allein, kümmere mich in Ruhe um meine kleine Ecke, arbeite an meinen Pflanzen und bestelle weitere Samen. Es ist herrlich.

Irgendwann meldet sich mein Magen knurrend zu Wort und lässt mich wissen, dass es Zeit ist, zu gehen. Vielleicht kann ich direkt in die Küche gehen und dort zu Mittag essen statt auf meinem Zimmer? Gesellschaft klingt gerade sehr gut.

Ich gehe von den Gärten zurück zur Villa und als ich näher komme, entdecke ich ein einsames Fahrzeug, das in der Auffahrt hinauffährt und vor den Eingangsstufen anhält. Hm, interessant. An schwarze, elegante Fahrzeuge, die vor dem Haus parken, bin ich gewöhnt, das ist nichts Neues. Normalerweise kommt ein Fahrer herausgesprungen und öffnet irgendeinem wichtig aussehenden Hyrrokinen die Tür, der dann für ein Geschäftstreffen mit Thayne die prächtigen Stufen hinaufschreitet.

Aber dieses Mal ist es ein Geländefahrzeug, mit getrockneten Schlammspritzern an der Seite, und es parkt auf den Pflastersteinen vor dem Eingang, dann steigt eine einzelne Menschenfrau aus der Fahrerseite aus.

Ich schnappe überrascht nach Luft und gehe schneller, um sie einzuholen. Das muss die Nachbarin sein, die Thayne gestern erwähnt hat.

Hurra.

Die junge Frau schaut zu den Gärten, erblickt mich und winkt mir mit einem breiten Lächeln zu, was mir verrät, dass sie *meinetwegen* hier ist. Ich winke zurück und lächle sie ebenfalls an. Ehrlich gesagt habe ich das Gefühl, als ob wir aus derselben Familie kommen könnten. Ihre Haare sind viel länger als meine, ihre Augen dunkler, aber sie ist ebenfalls dick und kurvig und wir haben einen ähnlichen Hautton.

„Hi", sagt sie, als ich näher komme. „Ich bin deine Nachbarin, Ariana Gonzalez-Strikestone."

Sie streckt ihre Hand aus, um meine zu schütteln, aber ich überspringe diese Begrüßung und umarme sie einfach direkt fest. Sie lacht und schlingt die Arme ebenfalls um mich.

„Oh mein Gott, es ist so schön, einen anderen Menschen zu sehen. Ich kann gar nicht glauben, dass du nebenan wohnst. Danke, dass du mich besuchen kommst."

„Na ja", sagt sie, zuckt mit den Schultern und deutet in die Ferne. „Es ist seltsam zu sagen, dass wir Nachbarinnen sind, wenn man bedenkt, dass unsere beiden Anwesen so riesig sind, dass ich hierherfahren musste, um dich zu sehen, aber ja, theoretisch sind wir ,Nachbarn'."

Ich lache über ihre Beschreibung, dann endlich wird mir die Ungeheuerlichkeit ihres Namens klar. „Moment, hast du gesagt, dein Nachname ist Gonzalez?"

„Ja, auf Neue Erde bin ich als Ariana Gonzalez die Fünfte bekannt."

„Ariana Gonzalez die *Fünfte*?" Oh, wow. Ich habe einen totalen Groupie-Nervenzusammenbruch.

„Ich weiß, ich weiß." Sie wedelt mit der Hand durch die Luft. „Aber ich bin nur Ariana, glaub mir, ich bin nichts Besonderes."

Das kann ich ihr nicht so recht glauben, aber ich halte den Mund, um ihr kein Unbehagen zu bereiten.

Stirnrunzelnd blickt sie auf den großen Präsentkorb, den sie mitgebracht hat, der noch auf dem Beifahrersitz steht. „Verflixt, mir wurde gesagt, du wärst ein kleines Mädchen, also habe ich nur Geschenke für ein Kind dabei."

„Ich weiß, ich weiß, das haben sie alle gedacht." Ich lache. „Du hättest den Ausdruck auf Thaynes Gesicht sehen sollen, als er auf Neue Erde angekommen ist, um mich abzuholen, und entdeckt hat, dass ich erwachsen bin. Keine Sorge, mir wird alles gefallen, was du dabei hast."

„Selbst wenn es nur Anziehsachen für ein Baby sind?"

Ich hebe den Korb vom Beifahrersitz und beuge mich zu ihr, wispere verschwörerisch: „Thayne hat eine Cousine, die gerade Zwillinge bekommen hat. Ich werde einfach ihr die Sachen schenken und du ersparst es mir, nach einem Geschenk zu suchen."

„Oh, perfekt."

Zusammen gehen wir die Eingangsstufen hinauf, unterhalten uns währenddessen. Ich erzähle ihr alles darüber, dass ich ein Jahr lang hier bleiben werde und Thaynes Pflegekind bin. „Da fällt mir ein, du musst dir meine Garderobe anschauen. Du wirst lieben, was sie damit gemacht haben." An der Eingangstür halte ich an, überrascht zu sehen, dass sie nicht für mich aufgemacht wird. Vielleicht wurde der Portier fortgerufen? Tja, ich schätze, ich bin verwöhnt. Kein Problem. Ich drücke die Tür einfach selbst auf und bitte Ariana hinein.

„Nein ... nein, warte." Ariana schüttelt den Kopf. „Wir müssen hier draußen bleiben und uns unterhalten. Ich darf nicht ins Haus, weil ich eine Strikestone bin. Skoll und Lord Ashmoor sind Todfeinde."

Ich bleibe abrupt stehen. „Was? Nie im Leben." Die Tür steht noch immer offen und endlich taucht ein Portier auf, der mir den Präsentkorb aus der Hand reißt und dann wieder verschwindet. Ich erhasche einen Blick auf Grimwall, die im Foyer auf und ab geht. Was ist denn los mit ihnen?

Ariana verweilt auf der Schwelle. „Ja, die Ashmoors und die Strikestones hassen sich mit Inbrunst, schon seit Hunderten von Jahren. Es ist eine uralte Feindschaft, über die jeder in diesem Landkreis genaustens Bescheid weiß. Beide Familien führen schreckliche Vergeltungsschläge

gegeneinander aus, also ist kein Ende der Fehde abzuse-
hen. Ich glaube allerdings, diese Generation ist ein bisschen besser. Ich meine, Skoll und Lord Ashmoor sprechen
zumindest miteinander. Allein dass ich hier auf dem
Anwesen stehe und mich mit dir unterhalte, ist schon ein
riesiger Schritt nach vorn."

Es fällt mir noch immer schwer, diese Fehde zu begreifen, denn das hier ist Ariana Gonzalez die Fünfte. *Die
Fünfte.* „Du bist meine nächste Nachbarin und du warst
noch nie in dem Haus?"

Ich werfe Grimwall einen Blick zu, die näher kommt
und knapp nickt. Und dann bemerke ich, dass sie sich sehr
steif verhält, überhaupt nicht wie sonst. Sie alle misstrauen
Ariana, weil sie eine Strikestone ist. Das ist doch albern.

Die Haushälterin tritt vor. „Der Koch hat für Sie und
Ihren Gast einen feinen Lunch auf der Terrasse angerich-
tet, wenn Sie möchten", schlägt sie vor.

„Nein", erwidere ich. „Möchte ich nicht."

„Lord Ashmoor hat ausdrücklich untersagt …",
versucht sie mir zuzuwispern. „Es … Es gibt eine Regel in
der Familientradition, die es allen Strikestones verwehrt,
das Haus zu betreten."

Ich spitze die Lippen und schüttle den Kopf. „Ich
bringe das in Ordnung", lasse ich Ariana wissen.

„Oh, ich will wirklich keinen Ärger machen. Wirklich,
das ist kein Problem. Ich verspreche dir, es macht mir
nichts aus. Ich wusste schon, als ich herkam, dass ich das
Haus nicht betreten darf. Ich wollte nur einen anderen
Menschen sehen."

„Du machst keinen Ärger. Ich freue mich sehr, dass du
hier bist."

Sie tritt einen Schritt zurück. „Ich fahre nach Hause
und wir können uns später schreiben oder du kannst mich
im Landhaus der Strikestones besuchen kommen."

Ich ziehe mein Tablet hervor und Verärgerung über Thayne rauscht durch meine Adern. „Nein, das wird nicht nötig sein. Bitte bleibe und iss mit mir zusammen Mittag. Warte kurz, ich kümmere mich sofort darum." Irgendeine uralte Fehde wird nicht der Grund dafür sein, dass Ariana Gonzalez der Fünften der Eintritt ins Haus verwehrt wird.

Ariana Strikestone ist hier, um mich zu besuchen, schreibe ich Lord Ashmoor.

Er schreibt sofort zurück. *Skolls menschliche Partnerin ist auf dem Anwesen?*

Ja, und sie hat uns ein Geschenk mitgebracht und ich will mit ihr zu Mittag essen, aber die Bediensteten sagen, sie dürfen sie nicht ins Haus lassen, weil irgendeine uralte Regel nicht erlaubt, dass die Strikestones das Haus der Ashmoors betreten?

Stimmt, das ist die Regel.

Bring das in Ordnung! Ich will, dass diese Regel gestrichen wird, damit ich mich mit meiner Freundin treffen kann.

Und im nächsten Augenblick schaut Grimwall auf ihr Tablet und liest lächelnd die Nachricht, die sie gerade erhalten hat. Sie hebt den Kopf und nickt Ariana liebenswürdig zu. „Ich entschuldige mich für die Verzögerung", sagt sie zu meiner neuen Freundin. „Würden Sie mir die Ehre erweisen, das Haus zu betreten, damit wir Ihnen und Lady Ashmoor Lunch im Speisesaal anbieten können? Anschließend möchten wir Ihnen beiden einen Rundgang durch das Anwesen geben."

Ariana grinst erfreut und betritt mit mir zusammen das Haus. Hinter uns schließt der Portier die Tür. „Vielen Dank für das Angebot", sagt Ariana. „Ich würde liebend gern mit Lady Ashmoor Zeit auf dem Anwesen verbringen."

Ich werfe einen Blick auf mein eigenes Tablet, denn ich habe eine neue Nachricht von Thayne bekommen. *Ist erledigt. Hab einen schönen Tag, Mensch.*

Vielen Dank. Das weiß ich zu schätzen.
Gern geschehen, Weibchen.

ICH VERBRINGE die nächsten vier Tage damit, die restlichen Lehrvideos über die hyrrokinische Geschichte zu schauen und mich um meinen kleinen Garten in der Ecke des Gewächshauses zu kümmern.

Mein kleiner Garten sieht hübsch aus. Er fing als nasskalte, verstaubte Ecke an, aber nach einer Menge harter Arbeit sprießen nun feine Reihen von Setzlingen. Und ich habe viel Zeit damit verbracht, die verschiedenen Pflanzen zu katalogisieren, die auf dem Anwesen wachsen. Außerdem hat mir die Chefgärtnerin die Erlaubnis gegeben, Blüten von den Pflanzen im Hauptgarten abzuschneiden, um sie anderen zu schenken oder Bouquets zu binden.

Ich habe mittlerweile eine tägliche Routine. Ich stehe früh auf, ziehe mich an und gehe hinunter in die Küche, um mich dort mit dem Küchenchef zu treffen und ihm und seinen Souschefs dabei zu helfen, frisches Brot zu backen. Ich esse zwei Feuer-Scones frisch aus dem Ofen und trinke eine Menge Traq. Dann nehme ich mein Tablet und gehe in die Bibliothek, die sich im selben Flügel befindet wie Thaynes Büro, und richte mich dort den ganzen Morgen über ein, um Video-Lektionen über die Hyrrokinen zu schauen.

Eine wahre Schatztruhe voller gedruckter Bücher säumt die Wände der Bibliothek vom Boden bis unter die Decke und die Fenster bieten eine atemberaubende Sicht auf die Gärten hinter dem Haus, die wild gelassen wurden und voller Rankengewächsen und violetter Blumen sind. Der Geruch des Papiers und der Tinte steigt mir in den Kopf und die Bücher selbst sind unermessliche Quellen der Informationen. Mit meinem Tablet auf dem Schoß sitze ich in einem bequemen Sessel vor einem weiteren Kamin, in dem ein prasselndes Feuer brennt, und beantworte oder initiiere Nachrichten an Thayne, Rebyka oder Ariana. Aber ich schaffe es tatsächlich auch, in dieser Zeit viel zu lernen.

Ich esse mit den Bediensteten zusammen in der Küche zu Mittag, weil ich es liebe, ihren Geschichten über Thaynes Jugend und ihren kostbaren Erinnerungen an die Altgräfin zu lauschen. Als ich Lord Wylik das erste Mal erwähnt hatte, waren alle urplötzlich verstummt, denn ich schätze, es fällt auch ihnen schwer, über seinen tragischen Tod zu sprechen. Aber bald schon erwärmten sie sich dafür, mir Geschichten über den kleinen Buben zu erzählen, den sie alle geliebt hatten.

Nach dem Mittagessen gehe ich immer hinaus in die Gärten, denn der Sonnenschein und der frische Geruch von Blumen und Erde bringt alles in Ordnung. Ich kann gar nicht glauben, wie viel Glück ich habe, hier zu sein. Gestern habe ich die Universität auf Neue Erde kontaktiert und mich für die nächsten zwei Semester beurlauben lassen. Außerdem habe ich meine Wohnung gekündigt. Thayne hat eine interplanetare Umzugsfirma angeheuert, die meine Sachen für mich zusammenpackt (was nicht viel war, abgesehen von meinem Gepäck, das schon an meiner Wohnungstür stand) und sie mir hierher schickt. Meine Topfpflanzen habe ich meinen Laborpartnern vermacht. Ich wusste, dass sie die Pflanzen unter sich aufteilen und sich darum kümmern würden – sie haben meinen Balkongarten immer bewundert.

Mein Leben befindet sich also gerade mitten in der Veränderung und ich weiß nicht genau, wohin es mich führen wird. Ich lebe einen Tag nach dem anderen. Ich weiß nur, dass ich hier bleiben werde, bis ich einundzwanzig bin, dann bin ich nicht mehr länger Thaynes rechtmäßiges Pflegekind und kann hingehen, wohin ich will. Aber wer weiß, wo das sein wird?

Während ich zum Gewächshaus gehe, sehe ich, dass die Gärtner mehr Blumen und Pflanzen zurückschneiden als üblich und die Blüten sich zu wunderschönen, zarten Bergen auftürmen. Wie kann ich diese Pracht nur umkommen lassen? Ich hole einen Korb und sammle die feinsten der Blüten ein, halte inne und rieche an jeder Blume, um ihren Duft zu bestimmen. Den vollen Korb nehme ich mit ins Gewächshaus und binde eine Handvoll winziger Bouquets aus den Blüten.

Ich entscheide, eins davon auf Barnabas' Schreibtisch zu hinterlegen. Er macht so viel auf dem Anwesen und das sollte anerkannt werden. Also wähle ich eine herrliche rote Blume, dazu eine weiße Blüte und einige feine, blaue Zweige und binde sie mit einer Hängeranke zusammen. Im Haus schleiche ich mich in sein Büro und lege das Bouquet auf seinen Schreibtisch, zusammen mit einer handgeschriebenen Nachricht auf einem altmodischen Pergamentpapier in der hyrrokinischen Sprache.

Vielen Dank für alles, was Sie tun.

Dann eile ich davon, erfreut über meinen anonymen, willkürlichen freundlichen Geste.

Und plötzlich kommt mir der Gedanke, noch weitere dieser Sträußchen zu verteilen. Milli hat auch eins verdient, oder etwa nicht? Ebenso wie Grimwall, die Haushälterin, sie muss auf jeden Fall eins bekommen. Am Ende bin ich völlig vertieft darin, meine Danke-Bouquets zu binden. Was soll ich der Gärtnerin schenken, die selbst genug Blumen hat? Ich binde ihr einen großen Strauß, den sie ihrer gebrechlichen Mutter mit nach Hause bringen kann. Dann lasse ich einen weiteren kleinen Strauß für den Koch und einen für den Portier an der Eingangstür da.

Oooh, und der Fahrer und der Pilot und … Okay, das ist alles, was ich diese Woche schaffen werde, bevor die Regensaison startet. Aber ich werde sicherstellen, dass ich schließlich jedem einzelnen Bediensteten einen Strauß bastle – das wird womöglich eine Weile dauern, aber ich werde dafür sorgen, dass es passiert.

Als ich ein Sträußchen auf Thaynes Schreibtisch lege, muss ich kichern.

Er arbeitet heute in der Villa und ich habe ihn mindestens die letzten dreißig Minuten über aus der Ferne ausspioniert. Endlich verlässt er für ein Treffen sein Büro und geht in den Empfangsraum. Das ist meine Chance! Ich renne in sein Büro und lege das Bouquet und meine handschriftliche Nachricht auf den riesigen, antiken Ebenholzschreibtisch, dann sprinte ich wieder aus dem Büro.

Ich verstecke mich hinter der nächsten Ecke, als er zurückkommt, weiß, dass er es jetzt entdecken wird. Er nimmt das Bouquet hoch und hält sich die Blumen unter die Nase und ich schaue zu, wie er die Nachricht liest. Dann schaut er hoch und blickt in meine ungefähre Richtung und ich weiche hinter die Ecke zurück und renne den Flur hinunter. Oh Mist, er hätte mich beinah erwischt. Der ganze Spaß besteht ja darin, dass es ein heimliches Geschenk ist. Sie dürfen nicht herausfinden, wer ihnen die Blumen dalässt! Na gut, sie können sich vermutlich denken, dass ich es war, aber sie wissen es nicht mit Sicherheit.

Als wir am Abend zusammen essen, erwähnt Thayne, dass kleine Bouquets von einem anonymen Schenker verteilt werden, und ich tue so, als ob ich raten würde, wer das sein könnte. Es macht so viel Spaß.

Anschließend gehen wir zusammen zu seinem Büro, wo er sich wieder an den Schreibtisch setzt. Und ich habe mein Tablet dabei und sitze in einem weiteren bequemen

Sessel gegenüber einem Kamin und konzentriere mich auf meine Studien, während er arbeitet, aber meistens schicke ich heimlich alberne Nachrichten an Rebyka oder Ariana. Das ist unterhaltsam.

Ariana und ich schicken uns gerne Bilder von unseren „Männern", auf denen sie besonders gut aussehen und nicht mitbekommen, dass sie fotografiert werden. Es mag seltsam erscheinen, dass ich dabei mitmache, wenn man bedenkt, dass Thayne nicht „mein Mann" ist, aber ich kann einfach nicht anders. Er sieht einfach zu gut aus.

Gestern Abend habe ich Ariana ein heimliches Bild von Thaynes sehnigen Unterarmen geschickt, die er auf seinem Schreibtisch abgelegt hatte. Ariana hat ein völlig verzücktes Emoji zurückgeschickt. Im Gegenzug hat sie mir ein Bild eines attraktiven Skoll Strikestones geschickt, wie er schlafend auf der Couch liegt und zwei große Katzen an seine Brust drückt.

Okay, du gewinnst, habe ich zurückgeschrieben.

Ariana hatte nicht aufgehört, mich mit diesen Kätzchenbildern zu übertrumpfen, also musste ich ihr irgendwann sagen, dass keine Katzen mehr erlaubt sind. Am nächsten Tag schickte sie also ein Foto von Skoll, wie er für sie kochte, was auch kaum zu übertreffen ist.

Aber dann habe ich ihr ein Bild von Thayne geschickt, wie er mit einem grüblerischen Blick aus seinem Bürofenster schaut, eine Klaue über seinem Kopf an den Fensterrahmen gelegt, und wir sind uns einig, dass das der Sieger des Tages ist.

Heute habe ich Rebyka dazu bekommen, mitzuspielen. Ich schicke erneut ein Foto von Thayne, wie er ganz vertieft aussieht. Ariana schickt eins von Skoll, der ein Schwert poliert. Aber Rebyka übertrumpft uns alle, als sie ein Foto von einem Weibchen in einem Blumenfeld schickt, die gerade eine Blume gepflückt hat und sie Rebyka anreicht. Die Augen des Weibchens laufen über vor Liebe für Rebyka, dass mir beinah die Tränen kommen.

Verdammt, heute gewinnst du, antworten Ariana und ich beinah zeitgleich. *Das ist wahre Liebe.*

AM SAMSTAGMORGEN WACHE ich ganz aufgeregt auf. Ich wohne jetzt seit einer Woche auf dem Anwesen und heute ist mein Geburtstag.

Aber scheinbar hat sich niemand daran erinnert.

Ich versuche, deswegen nicht weinerlich zu werden, aber ... ich bin traurig. Es ist nicht gerade so, als ob ich ein Geheimnis daraus gemacht hätte. Ich habe es jedem erzählt, der mir zugehört hat, immer wieder, dass heute mein Geburtstag ist. Ich bin niemand, der eine aufwendige Feier erwartet, aber weil ich ihnen immer wieder Hinweise gegeben habe, sollte man meinen, dass zumindest Milli daran denken würde, heute Morgen ein schnelles „Herzlichen Glückwunsch" zu sagen. Aber nichts da, sie ist vollkommen schweigsam.

Thayne hat mir nicht einmal eine Nachricht geschrieben. Sogar Ariana und Rebyka sind heute verstummt. Und niemand im Gewächshaus tut so, als ob heute irgendetwas anders wäre als sonst.

Gestern habe ich dem Portier einen selbst gebundenen Geburtstags-Blumenstrauß auf dem Schreibtisch im Pausenraum der Angestellten hingelegt, und wir hatten eine lange Unterhaltung darüber, dass direkt am nächsten Tag mein Geburtstag ist – und als ich heute an ihm vorbeigegangen bin und er mir die Tür aufgehalten hat, ... hat er nicht ein Wort darüber verloren.

Autsch.

Ich versuche, mich vom allgemeinen Schweigen, das mir entgegenschlägt, nicht allzu sehr verletzten zu lassen.

Vielleicht hat Ariana heute viel zu tun und ... vielleicht sind Geburtstage bei den Hyrrokinen nicht so wichtig wie bei den Menschen?

Mittlerweile ist es Nachmittag und ich gehe in den Korridor der Angestellten, weil Barnabas mir eine Nachricht geschickt hat, ich solle vorbeikommen und mit ihm über meine Hyrrokinisch-Lektionen sprechen. Ich schätze, er will meinen Fortschritt kontrollieren. Ich lächle, denn ich komme mir vor, als ob ich zu einem meiner Professoren auf Neue Erde gehen würde.

Das Büro des Butlers befindet sich hinter der Küche. Ich kann Stimmen hören und öffne die Tür, und das ist der Moment, in dem ich erkenne, dass es nicht etwa nur ein kleines Büro für den Butler ist, sondern eine ganze Serie von Büros, die alle voll besetzt sind. Wow. Kein Wunder, dass Barnabas so viel für Thayne erledigen kann.

Ich schaue mich um. „Ich habe mich immer gefragt, wie Sie es schaffen, so viel zu arbeiten. Jetzt verstehe ich."

Er nickt zustimmend. „Meine Familie dient den Ashmoors seit Jahrhunderten. Kommen Sie mit, Lady Ashmoor, es gibt etwas, was ich Ihnen zeigen möchte."

Ich blinzle überrascht. „Oh, okay."

Damit führt er mich aus den Büros und einen Gang hinunter, dann durch die Hintertür in die Küche. „Was ..."

Und dann knipst er das Licht an und ein riesiger Chor von tiefen hyrrokinischen Stimmen ruft, „Überraschung!"

„Aaaah!", schreie ich überrascht und hocherfreut.

Oh, wow, eine Überraschungsparty, für mich?

Wann hat das irgendwann jemals irgendwer für mich getan? Niemals.

Und alle sind sie hier, sogar Ariana. Wie durchtrieben! Im Prinzip ist es ein Anwesenheitsappell all derjenigen, die an meinem ersten Tag hier auf der Eingangstreppe Spalier gestanden haben, und dazu meine Menschenfreundin.

Ariana stürmt auf mich zu und zieht mich in eine stürmi-sche Umarmung, dann drückt sie mir einen weiteren Geschenkkorb in die Hand, der so schwer ist, dass ich ihn sofort auf dem Tisch abstellen muss.

Mein Tablet leuchtet auf und ich lese die bunten, blin-kenden Geburtstagsgrüße von Rebyka.

Milli drückt mich fest. „Gefällt dir die Party?", fragt sie eifrig. „Oh mein Gott, es war so schwer, dir heute Morgen nichts zu verraten. Aber ich wollte die Überraschung nicht verderben. Ich habe für die Deko gesorgt und Grimwall hat die Blumen ausgesucht. Der Koch hat sogar extra Menschen-Leckerbissen vorbereitet."

„Ja, ja, natürlich gefällt mir die Party! Vielen Dank."

Ich schaue über Millis Schulter, während wir uns unterhalten, und erhasche den dunklen Blick des Feuer-lords. Er lehnt mit verschränkten Armen an der Wand, hat ein Knie angewinkelt und den nackten Fuß auf der Wand abgestellt. Thayne ist auch hier? Ich kann es nicht glauben, dass sie das alles vor mir verheimlicht haben.

Wie sich herausstellt, waren sie so süß und haben sich über Geburtstagsfeiern bei Menschen schlau gemacht, also gibt es kein Feuer spucken, was mich sehr froh macht. Die Flammen der Kerzen auf meinem Geburtstagskuchen würden schon ausreichen, ein Haus in Schutt und Asche zu legen, und nie im Leben kann ich die allein ausblasen. Und genau in diesem Augenblick tritt Thayne zu mir, um sie für mich auszupusten.

„Ich bin der Einzige hier, der ihre Flammen ausbläst", verkündet er den Angestellten mit seiner unmöglich tiefen Stimme. „Nur ich und niemand sonst."

Sie alle nicke zustimmend. Ich bin mir nicht sicher, was das dieser ganze Austausch zu bedeuten hat, aber für alle anderen scheint es wichtig zu sein.

„Ich bin jetzt zwanzig", erinnere ich Thayne, als wir

zusammen dastehen und Blutkuchen essen. „Ich bin volljährig." Ich wünschte, er wäre mein Bräutigam gewesen,
der an dem Altar auf Neue Erde vor mir gestanden hat.
Aber ich weiß, dass er mich von sich ferngehalten hat, weil
ich zu jung für ihn war. Na gut, das war nicht der einzige
Grund, aber ein Hindernis zu der Zeit.

Seine Stimme wird tiefer. „Ich weiß, Weibchen. Aber es
ist noch immer Tatsache, dass ich niemals eine neue Partnerin nehmen werde." Und damit stellt er seinen Teller ab
und geht davon, genau wie in der Nacht, als er mich
geküsst hat.

Ich stoße einen Seufzer aus.

Er hat mich gewarnt, dass er Probleme hat, zu
vertrauen, aufgrund des Verlusts seiner Partnerin und
seines Sohnes. Ich muss ihm Raum geben, aber das fällt
mir so schwer, weil wir zusammen leben und sich sein
Zimmer direkt neben meinem befindet.

So. Verdammt. Schwer.

THAYNE

Die Sonnen sind untergegangen und ich sitze in meinem Büro, habe die Tür abgeschlossen, trinke genug Feuer-Alkohol für fünf Erwachsene Hyrrokinen.

Draußen strömt der Regen und rauscht wie eine Herde von Feuerbiestern. Die Regensaison mit ihrer bekannten Feindseligkeit hat begonnen. Blitze krachen aus den Wolken und hinterlassen Kuhlen und Brandflecken im Boden, gefolgt vom Dröhnen des Donners. Ich ignoriere all das, lehne mich in meinen Sessel zurück und gieße mir einen weiteren Fingerbreit des bernsteinfarbenen Getränks ein.

Ich habe die Verabredung zum Abendessen mit meinem Pflegekind abgesagt. Ich habe sie − und alle anderen − seit ihrer Überraschungsparty gemieden. Meine Stimmung wird immer finsterer, während die Stunden auf den Jahrestag zukriechen − dem Tag und dem Zeitpunkt, an dem mein Sohn von seiner eigenen Mutter umgebracht wurde.

Ich hole den Brief hervor, den Letecia mir als Erklärung für ihre Taten hinterlassen hatte, an dem Tag, als sie entschlossen hatte, sich und unseren Sohn umzubringen, in einem Feuer im Göttertempel auf dem Anwesen. Als ich von der Vorbereitung des Körpers meines Sohnes für die Nachwelt durch die Bestatter zurückgekommen war, hatte ich die Nachricht gefunden, die sie auf ihr privates Briefpapier geschrieben und auf meinen Schreibtisch gelegt hatte. Seitdem hatte ich den Brief immer bei mir, um ihn jederzeit lesen zu können, sobald ich anfing, zu vergessen.

Denn ich darf *niemals* vergessen.

An diesem Tag vor drei Jahren bin ich früh aufgewacht und direkt in Wyliks Zimmer gegangen, um meinen wunderschönen Jungen zu kitzeln und zu küssen. Ich liebte seinen süßen Duft, die winzigen Schwaden von dunklem Ashmoor-Rauch, die aus seinen Nasenlöchern quollen, wenn er lachte. Seine Nanny hatte einen neuen Stundenplan für die Regensaison entworfen, der ein großes Unterricht- und Unterhaltungsprogramm im Haus vorsah.

Ich nahm seine Hand und wir gingen zusammen nach unten, um zu frühstücken, zusammen mit seiner Großmutter. Wylik hatte seine Großmutter angebetet und rannte auf sie zu, um sie mit Küssen zu überhäufen und sich eine Umarmung abzuholen. Meine Mutter setzte Wylik neben sich auf den Stuhl und fütterte ihn mit der Hand. Mein Sohn war für meine Mutter das Zentrum der Welt gewesen und sie hatten sich sehr nahegestanden. Nach dem Frühstück sind sie zusammen mit der Nanny in den Gärten spielen gegangen, um die letzten Sonnenstrahlen auszunutzen, bevor der Regen anfing.

An diesem Nachmittag dachten alle, Wylik würde einen Mittagsschlaf halten. Seine Nanny war unten, machte gerade ihre planmäßige Pause. Meine Mutter war unterwegs, traf sich mit ihren Freundinnen für ein spätes Mittagessen. Ich war in meiner Suite, zog mich um, dann las ich meine Korrespondenz. Ich hatte keine Ahnung, wo meine Partnerin war, aber das hatte ich nie. Sie war in den letzten Monaten immer abwesender und reservierter geworden.

Dann sah ich durch mein Fenster eine einzelne Flamme und eine Rauchsäule über dem Hügel aufsteigen. Der Göttertempel, der im Feuerzeitalter errichtet worden war, das älteste Gebäude auf dem Anwesen, älter noch als die Villa – stand in Flammen. Später hatte ich erfahren, dass Letecia einen Brandbeschleuniger benutzt hatte.

Bis ich mit der Feuerbekämpfungsmannschaft am Tempel angelangt war, konnten wir nur noch wenige Flammen löschen, dann mussten wir auf Wasserschläuche zurückgreifen. Das Feuer war vollkommen außer Kontrolle und wir hielten Abstand, weil es ein leeres Gebäude war. Dann war die Nanny aufgetaucht, weinend und schreiend, und hatte auf das brennende Gebäude gezeigt. „Lord Ashmoor! Lord Ashmoor … Ihre Partnerin, Lady Ashmoor h… hat Lord Wylik … Sie hat ihn zum *Tempel* gebracht!"

Ich brüllte vor Zorn auf und raste in das Gebäude, durch das wütenden Feuer und die herabstürzenden Balken, suchte wie wahnsinnig nach Wylik. Brennende Dachbalken krachten in meinen Rücken, versengten meinen Nacken, aber ich ignorierte die Schmerzen und suchte immer weiter nach meinem Sohn, hoffte, ihn noch lebend zu finden. Endlich beugte ich mich hinunter und erblickte die verkohlten Überreste meines kleinen Sohnes unter den vorderen Sitzreihen im Tempel.

Ich war zu spät. Er war tot.

Mein Sohn hatte sich unter den Bänken versteckt, hatte versucht, sich zu retten. Vorsichtig hob ich seinen verbrannten und verschandelten Körper in die Arme und trug ihn aus dem brennenden Tempel, den ganzen Weg zurück bis zum Haus, während die Tränen über mein

Gesicht strömten. Ich erinnere mich daran, wie meine Mutter zurückkam und um Wylik weinte, aber ich ging immer weiter.

Ich setzte mich auf die Eingangsstufen, meinen toten Sohn im Arm, und weinte bitterlich. Stunden später konnten sie mich endlich dazu bringen, ihn einem Arzt zu übergeben, damit er den offiziellen Todeszeitpunkt verkünden konnte.

Nach Letecias Leiche habe ich nie persönlich geschaut. Später habe ich erfahren, dass auch sie tot war und den Brand eigenhändig gelegt hatte. Sie hatte Gift geschluckt und auch unseren Sohn gezwungen, es zu schlucken, und sie sind beide augenblicklich gestorben, als die Flammen sie überwältigt haben. Anschließend, nachdem ich den Körper meines Sohnes losgelassen hatte, bin ich ins Büro gegangen, voller Ruß, habe die Schmerzen meiner Verbrennungen ignoriert und dann habe ich ihre Nachricht gefunden.

Stoisch habe ich die Worte gelesen, die sie mir hinterlassen hat und mit denen sie die Gründe für das, was sie getan hat, erklärt hat. Und danach bin ich einfach in meinem Büro geblieben, in meinem Zimmer oder in Wyliks Zimmer, meistens allein, und den ganzen nächsten Mondzyklus lang. Ich habe die Geschäfte der Ashmoor-Organisation vollkommen ignoriert und alle, die mich trösten wollten, abgewiesen. Weder meine Mutter konnte mich aus meiner Depression holen noch mein Bruder. Es gab oftmals Momente, in denen ich darüber nachgedacht hatte, mein eigenes Leben zu nehmen, aber meine Pflichten als Feuerlord nagten an meinem Gewissen.

Eines Tages war meine Mutter in mein Zimmer gekommen, weinend, und hatte sich standhaft geweigert, wieder zu gehen. Sie hatte mich angefleht, ins Land der Lebenden zurückzukommen. Sie hatte ihren Mann und ihren Enkel verloren und brauchte ihren ältesten Sohn. Ihre Worte drangen schließlich zu mir durch und irgendwann bin ich in die Reinigungseinheit gestiegen, habe etwas gegessen und angefangen, wieder meine Nachrichten zu lesen. Langsam betrat ich wieder die Welt. Aber ich war nie wieder der Alte.

Und nun ist auch meine Mutter gestorben. Nur Bane und ich sind noch von unserer ehemaligen Familie übrig. Wenn ich die Dinge anders gemacht hätte, wäre Wylik noch bei uns.

Ich hebe das Briefpapier und lese erneut Letecias finsteren Worte, brenne sie mir ins Gedächtnis ein. Wylik ist seit drei Jahren tot – wenn er überlebt hätte, wäre er jetzt sechs. Jedes Jahr lese ich Letecias Worte aufs Neue, erlebe noch einmal die quälenden Erinnerungen und ermahne mich, warum ich keine neue Partnerin haben kann. Warum mir kein weiteres Kind anvertraut werden darf. Ich war nicht in der Lage, Wylik zu retten. Ich habe kein anderes Kind verdient.

Ich trinke noch ein Glas und starre nachdenklich ins Feuer. Dann knurre ich zornig auf und schleudere die Flasche in den Kamin, kümmere mich nicht um das laute Scheppern oder die herumfliegenden Scherben, die die Bediensteten aufwecken. Mir ist alles egal.

Wie kann Charlotte mich nur wollen?

Ich bin nicht gut für ein Weibchen.

IN DIESER NACHT liege ich im Bett und habe einen Traum, der echter ist als alle Träume, die ich jemals hatte.

Ein Blitz zerreißt den Himmel und das Geräusch von strömendem Regen schleicht sich in mein Bewusstsein. Donner grollt und lässt die Fensterscheiben klirren.

Dann höre ich einen gedämpften Schrei und plötzlich

stürzt Charlotte durch die Verbindungstür. Sie springt auf mein Bett und vergräbt sich unter meiner Decke. „Oh mein Gott, du bist ja nackt", ruft sie aus.

In meinem Traum lächle ich, denn sie hat kaum etwas an. Ihre Beine streifen meinen harten Schwanz und ich verliere den Verstand. Ich weiß nur noch, dass Charlotte hier ist, bei mir, und dass ich sie ganz verzweifelt haben will. In meinem Traum geht alles ganz schnell und ich nehme sie in meine Arme. Im nächsten Moment liegt sie unter mir und meine Hüften liegen zwischen ihren gespreizten Beinen und meine Zunge steckt in ihrem Mund. Noch nie in meinem ganzen Leben war ich so entflammt.

Sie löst sich von meinen Lippen und nimmt mein Gesicht in ihre winzigen Hände. „Thayne ... Bist du sicher? Ist es das, was du willst?"

Ich knurre zustimmend, denn natürlich ist das, was ich will. Im echten Leben kann ich sie nicht haben, aber in meinen Träumen halte ich meinen Menschen in meinem Arm, berühre und lecke jeden Zentimeter ihres köstlichen Körpers und versinke in ihr, ohne mich um die Konsequenzen zu sorgen.

Ich hämmerte meinen ganzen Frust und meine Emotionen in sie hinein, gebe ihr alles von mir. Ich ficke sie die ganze Nacht lang mit der Leidenschaft, die ich seit dem Augenblick, in dem wir uns begegnet sind, in mir verspürt habe.

Es ist der beste Traum meines Lebens.

AM NÄCHSTEN MORGEN wache ich zum prasselnden Regen auf, der an die Fensterscheiben schlägt. Ich habe furchtbare Kopfschmerzen, mein Mund ist staubtrocken und ... meine Arme schlingen sich um eine nackte Frau.

Was? Wir sind beide nackt und die Laken stinken nach Sex.

Jeder Menge Sex.

Menschliche Augen blinzeln und blicken zu mir auf. Dieses Weibchen hat keinen Schweif, keine Hörner oder Klauen. Ihre Haut ist farblos. Es ist ... „Charlotte?", keuche ich.

Mein Pflegekind räkelt sich träge und lächelt mich sexy und befriedigt an. „Guten Morgen, mein Liebster."

Ich springe aus dem Bett.

Erschrocken setzt sich Charlotte auf. „Was machst du denn? Was ist los?" Ihre Brüste sind nackt und ihre großen Nippel sehen wund und rot aus und betteln förmlich darum, wieder gelutscht zu werden. Mein Ständer ist hart und tropft schon, bereit, sofort wieder in sein neues Zuhause zwischen ihren Schenkeln einzudringen. Ihre Augen fallen auf meinen roten Schwanz und sie leckt sich über die Lippen.

Ich habe dieses Weibchen ausgenutzt und sie benutzt, um meine Lust zu befriedigen? Ich werfe den Kopf in den Nacken und brülle vor Zorn auf.

Ich marschiere zur Kommode und greife nach einer schwarzen Pyjamahose, ziehe sie an. Dann drehe ich mich zu Charlotte herum und erblicke den besorgten Blick auf ihrem zarten Gesicht. Sie hat das Laken bis zu ihrer Brust hochgezogen, aber eins ihrer wohlgeformten Beine steckt noch immer nackt darunter hervor. Sie sieht aus wie ein Weibchen, das gestern Nacht ordentlich gevögelt wurde. Von mir.

Ich hatte gedacht, ich würde träumen. Ich hatte nicht gewusst, dass es echt war. Aber ich hätte es wissen müssen. Wut über mich selbst und die ganze verdammte Situation rauscht durch meine Adern. „Was machst du hier?", knurre ich.

Sie schnappt nach Luft. Dann steht sie auf, rafft das Laken um ihren Körper zusammen, als sie vom Bett steigt. „Ich habe mich vor dem Sturm gestern Nacht gefürchtet und bin in dein Zimmer gerannt."

„Du bist ohne Erlaubnis in mein Zimmer gekommen?"

Sie wimmert. „Ich … Ich hatte Angst. Und du bist derjenige, der uns Wand an Wand einquartiert hat, mit einer Verbindungstür, die du nicht abgeschlossen hast!"

Ich lasse den Kopf hängen und Scham löst meine anfängliche Rage ab. Sie hat recht. Ich habe so einen Fehler quasi hereingebeten. „Es tut mir leid, dass ich dich ausgenutzt habe. Das war ein Fehler und ist allein meine Schuld."

„Ein Fehler?", würgt sie hervor.

Augenblicklich will ich diese Formulierung zurücknehmen, aber es ist bereits gesagt.

„Ein Fehler?", wiederholt sie. „Du glaubst, was wir gestern Nacht getan haben, war ein Fehler?"

„Ich kann mich kaum daran erinnern", gestehe ich. „Was haben wir getan? Ich nehme an, wir haben uns lustverpaart."

Tränen treten in ihre Augen. „Das war die beste Nacht meines Lebens und du kannst dich kaum daran erinnern?"

Ich trete auf sie zu, will sie in eine Umarmung ziehen, aber sie weicht vor mir zurück. „Fass mich nicht an!", faucht sie. „Ich bin ohne Erlaubnis in dein Zimmer gekommen, also war das alles eigentlich meine Schuld. Ich bin es, der es leidtun muss. Ich gehe besser."

„Nein, das ist nicht deine Schuld. Ich habe dich ausgenutzt."

„Thayne, du hast mich nicht ausgenutzt. Ich bin erwachsen. Ich bin in dein Zimmer gekommen, weil ich Angst vor dem Sturm hatte, und dann habe ich dich nackt im Bett vorgefunden und du hast mich in deine Arme gezogen und mich geküsst und, tja, dann sind die Dinge einfach eskaliert. Aber ich habe aufgehört und dich gefragt, ob es das ist, was du willst, und du hast Ja gesagt. Ich dachte, wir hätten beide eingewilligt, aber ich schätze, ich habe mich geirrt."

„Ich habe getrunken und war nicht ich selbst", erkläre ich heiser durch meine wütenden Kopfschmerzen hindurch. „Ich habe viele Flaschen Feuer-Alkohol getrunken. Als ich dich in meinem Bett gesehen habe, dachte ich, ich würde träumen."

„Du warst betrunken? Oh nein", stöhnt sie. „Ich habe den Alkohol an dir geschmeckt, aber ich dachte, das wäre nur der Drink, den du jeden Abend nach dem Essen zu dir nimmst. Das wusste ich nicht. Es tut mir so, so leid."

„Nein, mir tut es leid. Ich habe dir gesagt, dass wir uns nicht paaren können, und dann habe ich dich einfach genommen. Es ist meine Schuld."

„Ich habe sichergestellt, dich erst zu fragen, ob du dir sicher bist, dass du ungeschützten Sex haben willst, weil du so darauf gepocht hattest, dass das nicht passieren wird … Aber ich wusste nicht, dass du so betrunken warst, dass du nicht klar entscheiden konntest." Sie steht in das Laken eingewickelt da und Tränen rollen aus diesen ausdrucksvollen Augen. „Was sollen wir nun tun?"

Ich kann nicht glauben, dass ich dieses Weibchen mit meinem Sperma gefüllt habe. Ich kann keine weiteren Nachkommen bekommen. Ich kann einfach nicht. Aber jetzt ist die Zeit für diese Entscheidung womöglich verstrichen. Ich habe mich an eine Handlung gekettet, die ich nicht durchführen wollte. „Ich habe mich gestern Nacht lustverpaart und keine Verhütung benutzt", stöhne ich. „Wir werden abwarten, ob du schwanger bist. In der Zwischenzeit werden wir wieder unsere normalen Rollen als Vormund und Pflegekind einnehmen."

Ihre Augen funkeln zornig. „Du sagst, dass du es bereust, Sex mit mir gehabt zu haben und nicht mit mir zusammen sein willst oder mich jemals wieder berühren willst, aber du willst auch abwarten, ob ich schwanger bin, damit du entscheiden kannst, ob ich mein Baby behalten soll oder nicht?"

„Wir werden das Baby behalten!", donnere ich.

„Okay, na schön, dann sind wir uns wenigstens in einer Sache einig."

Und damit stürmt sie durch die Verbindungstür in ihr eigenes Zimmer und knallt die Tür hinter sich zu, schließt sie zu Sicherheit noch ab.

ALS ICH AM nächsten Tag aus meinem Büro komme, stoße ich fast mit meinem schwangeren Weibchen zusammen.

Charlotte weiß noch nicht, dass sie meinen Nachkommen in sich trägt, aber ich weiß es, denn heute Morgen haben ihre Pheromone die Geruchsspur gewechselt, sind jetzt zwei eindeutige und unterschiedliche Spuren.

Und jetzt bin ich verwirrter denn je.

Sie versucht, sich an mir vorbeizudrücken und aus der Eingangstür zu gehen, aber ich greife nach ihrer zarten Hand und ziehe sie an mich. Sie hat ihre Regensachen an, aber ich kann die Kurven ihrer Brust, die Rundung ihrer Hüfte und diesen Arsch noch immer deutlich erkennen. Ich will nichts mehr, als sie in mein Büro zu zerren, sie über meinen Schreibtisch zu legen, ihr die Regenhose herunterzuzerren und sie von hinten zu ficken.

Erinnerungen an unsere Nacht voller heißem, erotischem Lustpaaren beginnen, mit erschreckender Klarheit zurückzukehren.

„Wo willst du hin?", knurre ich.

„Oh, ich will eine Runde durch die Ländereien des Anwesens machen. Mir wurde gesagt, dass es so viel mehr zu sehen gibt als das Haus und die formellen Gärten, also wollte ich −"

„Wer begleitet dich auf dieser Tour?" Zorn wallt bei dem Gedanken in mir auf, wie jemand anderes außer mir sie begleitet und ihr die Geschichte dieses Lands erklärt.

Sie weicht einen Schritt zurück. „D… der Assistent der Chefgärtnerin?"

Mein Kiefer verkrampft sich. „Hortwall? Der Assistent, der derzeit nicht verpartnert ist?"

„Ja", antwortet sie leichthin, macht es sehr, gut, so zu tun, als ob wir wieder unsere normalen Rollen als Vormund und Pflegekind eingenommen hätten. „Er hat angeboten, mich herumzuführen. Ist das nicht nett von ihm?"

„Ich begleite dich auf diese Tour, nicht er."

Sie blickt in Richtung der Eingangstür, die der Portier bereits aufgemacht hat. Ich bin mir sicher, dass sie ungehinderte Sicht auf Hortwall hat, den zweit begehrtesten Junggesellen im ganzen Landkreis, der ähnliche Regensachen trägt und auf der gepflasterten Einfahrt bereits neben seinem Geländefahrzeug Spalier steht. „A… aber er steht schon dort draußen im Regen und wartet auf mich …"

Das ist mir völlig egal. Meinetwegen kann Hortwall auf ein anderes Weibchen warten, aber nicht auf meins. „Ich begleite dich auf die Tour über die Ländereien", wiederhole ich.

„Hast du nicht zu tun?"

„Barnabas!", brülle ich.

„Ja, Sir?"

„Sage meine Termine ab. Ich begleite Lady Ashmoor auf eine Tour durch die Ländereien unseres Anwesens.

Sagen Sie dem Koch, er soll einen Picknickkorb vorbereiten –"

Charlotte legt mir eine Hand auf den Arm. „Oh, Thayne, mach dir deswegen keine Gedanken. Ich glaube Hortwall hat bereits ein Picknick für uns dabei, das wir in der Jagdhütten essen wollten ..."

Rauch quillt aus meinen Nasenlöchern. Grimmig blicke ich zu Barnabas. „Sorgen Sie dafür, dass so etwas nie wieder vorkommt. Verstanden?"

„Ja, Sir. Ich werde das Personal instruieren."

„Dafür sorgen, dass *was* nicht wieder vorkommt?"

Ich reiße Barnabas die Regensachen aus den Händen, die er mir hinhält, dann greife ich nach Charlottes Hand und ziehe sie hinter mir her aus dem Haus und die Stufen zu dem Geländewagen hinunter. Hortwall hat klugerweise entschieden, sich zu verdünnisieren.

Wir fahren durch die kurze Pause zwischen zwei heftigen Regenstürmen. Der Himmel ist noch immer verhangen, aber der Regen nieselt im Augenblick nur und ich habe die Scheinwerfer angestellt, damit wir den Weg gut erkennen können. Charlotte deutet auf die schattigen Umrisse eines alten, grauen Steingebäudes, das am Rand eines Hügels steht. „Können wir anhalten und uns das anschauen? Was ist es?"

„Das ist das Mausoleum der Ashmoor-Familie." Ich halte neben dem Tor an und meine Finger krallen sich um das Lenkrad.

„Oh."

„Targek Ashmoor wurde vor Kurzem hier bestattet. Ich habe dafür gesorgt, dass seine Überreste von Neue Erde nach Tarvos gebracht werden, damit er im Ashmoor-Mausoleum ruhen kann, wo er hingehört."

„Oh tatsächlich? Kann ich mir sein Grab anschauen? Ich würde ihm gerne meinen Respekt zollen."

Das ist eine vernünftige Bitte, also zwinge ich mich, aus dem Fahrzeug zu steigen und auf das Tor zuzugehen. Das Gewölbe ist staubig und ich spucke Flammen, um die Fackeln und Wandleuchter anzuzünden. Ich war nicht mehr im Mausoleum seit dem Tag, an dem meine Mutter bestattet wurde.

Ich erblicke die Namensplaketten für meine Mutter und meinen Sohn und den leeren Platz links und rechts von ihnen. Mein Blick wird hart und mein Kiefer zuckt. Ich hatte mich geweigert, auch meine ehemalige Partnerin hier zu bestatten. Sie liegt im Mausoleum ihrer eigenen Familie, auf der anderen Seite des Planeten.

„Thayne, was ist los?", fragt mein Weibchen unschuldig.

Ich schaffe das nicht. „Ich warte draußen auf dich", erwidere ich heiser und gehe zurück zu unserem Fahrzeug.

CHARLOTTE

Ich fühle mich schrecklich, weil ich Thayne ins Mausoleum mitgezerrt habe.

Ich bin ein Mensch, der glaubt, dieses Gewölbe wäre ein interessantes historisches Gebäude, ohne jegliche persönliche Bedeutung für mich, aber er hat gesagt, dass mein Großvater hier bestattet ist, also wollte ich hineingehen und es mir anschauen. Die Plaketten für die Gräber seiner Mutter und seines Sohns waren das Erste, was Thayne erblickt hatte, und er hatte aufgewühlt ausgesehen.

Wie unsensibel kann ich eigentlich sein? Ich kann ohne Weiteres einfach zu einem späteren Zeitpunkt zurückkommen.

Natürlich liegen auch seine Mutter und sein Sohn hier begraben, genauso wie sein Vater und der Rest seiner Familie, seit tausend Jahren. Mit Tränen in den Augen hatte ich das Mausoleum verlassen und um seine Vergebung gefleht.

Er war unglaublich gnädig über die ganze Sache gewesen, hatte versprochen, dass es kein Problem wäre. „Wir kommen ein anderes mal zusammen zurück", hat er gesagt. Und dann hatte er darauf bestanden, dass wir unsere verregnete Tour zu den anderen Nebengebäuden fortsetzen und zusammen in der Jagdhütte zu Mittag essen.

Irgendwie hatten wir es geschafft, einen schönen Tag zu haben, trotz der Tatsache, dass wir beide so getan hatten, als ob wir keinen Sex gehabt und Thayne es nicht als „Fehler" bezeichnet hätte.

Ich kann nicht glauben, dass ich heißen, intimen Sex mit meinem Vormund Lord Ashmoor hatte, nur damit es mir dann sofort wieder genommen wird. Mir wurde das größte Vergnügen der Welt geschenkt und jetzt ist es verschwunden. Und die ganze Zeit über, während wir in der Jagdhütte saßen, hatte ich mir ganz verzweifelt gewünscht, dass er mich auszieht und mich auf dem Teppich vor dem Kamin nimmt. Denn auch wenn er sich nicht an das erinnert, was passiert ist, ich erinnere mich genau. Und ich will mehr davon.

Nun starre ich aus dem Fenster auf der Suite auf den strömenden Regen und das macht mich ganz traurig, denn ich habe es geliebt, im Sonnenschein durch die Gärten zu schlendern. Jeden Tag wurde mir gesagt, dass es bald einen ganzen Monat lang regnen würde. Und nicht nur ein paar Tropfen, sondern unablässige Wolken-brüche und hin und wieder diese furchteinflößenden Gewitter.

Ich bekomme meine Energie von der Sonne, also fühle ich mich jetzt, da die Sonnen verschwunden sind und Tag und Nacht von nichts als dunkelgrauen Wolken abgelöst wurden, deprimiert. Auch wenn ich mir nicht ganz sicher bin, ob das am Wetter liegt oder daran, dass Thayne mich gestern Morgen förmlich aus dem Bett geworfen hat, nachdem er herausgefunden hatte, dass er versehentlich betrunken Sex mit mir gehabt hatte.

Ich trinke einen Schluck Traq und versuche, nicht

schon wieder in Tränen auszubrechen und mich stattdessen auf das Wetter zu konzentrieren.

Ich schätze, ich hatte nicht geglaubt, dass der Regen
tatsächlich so heftig sein würde, denn wie hätte ich mir das
vorstellen können? Ich wurde auf Neue Erde geboren und
aufgezogen, die ein halbtrockenes Klima hat. Regnet es
auf Tarvos im Sommer tatsächlich am meisten? Auf
meinem Heimatplaneten regnet es, wenn überhaupt, nur
während der sechs Monate, die die kälteste Zeit des Jahres
sind. Für den Rest der Zeit regnet es so gut wie gar nicht,
und im Sommer sowieso nicht. Regen im Sommer ist mir
völlig fremd. Hurrikans und Sturzfluten kommen auf
anderen Planeten vor, nicht auf Neue Erde. Ein ganzer
Mondzyklus voller Regenschauern und Dunkelheit kommt
mir so seltsam vor. Aber die Bewohner hier sind daran
gewöhnt und es gibt am Rand der Ländereien einen
ganzen See, der ausschließlich von Regenwasser befüllt
wird.

Als die Blitze, das Donnern und der heulende Wind
anfingen, war ich nicht darauf vorbereitet. Ich glaube
ernsthaft, das Donnern hier ist lauter als auf Neue Erde.

Vielleicht hätte ich die Vorhänge zuziehen sollen,
damit ich schlafen konnte, aber ich musste sie einfach
aufziehen, um sehen zu können, was passiert. Als der Wind
durch die Bäume riss und ich sehen konnte, dass Objekte
sich losrissen und durch die Luft flogen, obwohl die
Bediensteten alles festgebunden hatte, bin ich ausgeflippt.

Ein Blitz war direkt vor meinem Fenster krachend in
den Boden eingeschlagen und der Donner hatte so laut
gedröhnt, dass er förmlich in meiner Brust widerhallte.
Und das war der Augenblick gewesen, als ich aufgeschrien
und durch die Verbindungstür gerannt war.

Ich war in Thaynes Zimmer und in sein Bett geflogen.
Seine Vorhänge waren ebenfalls aufgezogen und im

Kamin glühten Kohlen, also konnte ich seine Silhouette im Bett sehen, wie er es irgendwie schaffte, trotz des wütenden Sturms zu schlafen, von dem ich dachte, er würde uns alle zerstören.

Tränen waren mir über das Gesicht geströmt.

Das Zimmer wurde von einem weiteren Blitz erhellt und ein noch furchteinflößenderer Donner knallte. „Thayne!" Ich war aufs Bett gesprungen und direkt auf ihn zu gekrabbelt. Ich konnte nicht anders, ich liebe ihn und ich hatte Angst, also wollte ich nur zu Thayne.

Vielleicht war das Problem gewesen, dass ich nur ein kurzes hyrrokinisches Schlauchtop und ein Paar winzige Höschen getragen hatte? Es war ein warmer, schwüler Abend gewesen, also war ich luftig angezogen. Und nachdem ich meine Arme um ihn geschlungen hatte, wurde mir sehr schnell klar, dass er nackt und erregt war.

Oh-oh.

Ich hatte versucht, von ihm fortzurutschen, als mir mein Fehler bewusst geworden war, aber er hatte nur geknurrt und mich in seine Arme gezogen und meine Lippen erobert. Und dann waren die Dinge sehr schnell eskaliert.

Okay, vielleicht hatte ich etwas gebraucht, um mich vom Sturm abzulenken? Und wow, das hat es eindeutig getan. Aber jetzt komme ich mir vor wie eine Schlampe, die ihn für atemberaubenden Sex ausgenutzt hat. Ich wusste, dass ich nicht verhüte. Ich war diejenige, die in sein Bett gekrabbelt und sich an ihn geklammert hat. Ich hatte Angst, aber trotzdem, ich hätte meine Finger bei mir behalten können. Ich bin erwachsen und als er seinen riesigen Schwanz in mich reingesteckt hatte und gekommen war, wusste ich, was das bedeuten konnte, und hatte mich innerlich entschieden, das Risiko einzugehen.

Zu meiner Verteidigung muss ich sagen, dass ich innegehalten hatte, gleich, als er sich auf mich gerollt und seinen Schwanz an meinen nassen Schlitz gedrückt hatte, und ihn gefragt hatte, ob er sich sicher wäre. Er hatte mir immer und immer wieder gesagt, und zwar sehr deutlich, dass er keine neue Partnerin und keine weiteren Nachkommen haben wollte. Und wir wussten beide, dass ich nicht nur seine Lustpartnerin sein will.

Ich war voll und ganz bereit gewesen, meine Beine wieder zu schließen. Ich hätte ihm stattdessen einen blasen können, kein Ding. Aber er hatte gesagt, dass er es wollte, also hieß das für mich „weitermachen".

Gottverdammt. Woher hätte ich wissen solle, dass er nicht in der Lage gewesen war, seine klare Zustimmung zu geben, weil er betrunken gewesen war? Er hatte so selbstsicher und souverän gewirkt, also habe ich ihm seine Worte abgenommen.

Ich wusste, dass er nicht wieder heiraten oder weitere Kinder bekommen wollte. Aber da ich nicht gewusst hatte, dass er betrunken gewesen war, hatte ich geglaubt, er wäre ebenso wie ich ein Risiko eingegangen und dass wir beide wussten, dass die Konsequenzen womöglich aufwühlend sein würden. Vielleicht hatte ich geglaubt, wenn er sich von der ganzen Sache hinreißen ließ, würde er in diesem Bett seine Liebe für mich erkennen? Ich hatte geglaubt, ich würde zu einem Heiratsantrag aufwachen. Ich meine, ich war schon so weit, *ihm* einen Antrag zu machen. Aber stattdessen war ich neben einem Mann aufgewacht, der völlig schockiert darüber gewesen war, dass er betrunkenen und ungeschützten Sex mit mir gehabt hatte.

Mir war nicht klar gewesen, dass er so verzweifelt über seine Vergangenheit war, dass er sich bis in den Stupor soff. Ich hatte keine Ahnung gehabt, dass gestern Abend der Jahrestag vom Tod seines Sohnes war, was ein Tag ist, den er anscheinend immer wieder betrunken und mit furchtbarer Laune in seinem Büro verbringt. Das Wetter half da sicherlich auch nicht. Es musste ihm vorkommen, als ob der ganze Planet am Weinen wäre.

Ich habe ihn den ganzen Tag lang nicht gesehen. Ich dachte, er wäre auf Geschäftsterminen in der Stadt. Ich hatte versucht, ihm eine Nachricht zu schicken, aber er hatte nicht geantwortet, allerdings war das nicht vollkommen ungewöhnlich, also machte ich mir keine Gedanken.

Die Bediensteten vertuschten sein Verhalten vor mir. Vermutlich waren sie daran gewöhnt, ihn auf diese Weise zu beschützen. Indem sie ihm Raum gaben, ihn trauern ließen und ihm dann halfen, wieder nüchtern zu werden und nach vorn zu schauen.

Und Thayne glaubt, er wäre derjenige, der mich ausgenutzt hat? Das ist doch verrückt. Wenn irgendjemand hier einen Fehler gemacht hat, dann ich, weil ich ihn nicht öfter nach seinem Einverständnis gefragt oder einfach Nein gesagt und uns gezwungen habe, bis zum nächsten Morgen zu warten. Ich wurde von meinem Verlangen für diesen sexy Hyrrokinen hingerissen.

Aber ich bin kein Idiot. Ich bin eine Frau, die weiß, was sie will. Ich wollte Thayne und ich hatte geglaubt, er würde mich auch wollen. Mir waren die Risiken bewusst gewesen, weil ich nicht die Pille nehme. Und jetzt bin ich womöglich schwanger.

Ich starre hinunter auf meinen Bauch.

Was, wenn ich schwanger *bin*?

Für mich wäre das vollkommen in Ordnung. Ich liebe die Vorstellung, eine Familie zu gründen. Viele der jungen Frauen auf Neue Erde waren entschlossen, mindestens zehn Jahre zu warten, bevor sie Kinder bekommen, wenn überhaupt. Aber mir hat die Vorstellung immer gefallen, eine große Familie zu haben. Insgeheim war das immer ein Traum von mir.

Ich weigere mich, es als Fehler zu betrachten. Es war die schönste Nacht meines Lebens gewesen. Wenn Thayne schon betrunken so ist, dann kann ich mir gar nicht vorstellen, wie der Sex ist, wenn er vollkommen nüchtern und aufmerksam ist.

Ich stoße einen verklärten Seufzer aus und trinke noch etwas von meinem Traq.

DREI WOCHEN später renne ich ins Badezimmer und übergebe mich.

Oh verdammt. Ich bin schwanger. Das war schnell! Es war schön, darüber nachzudenken, aber jetzt ist es Realität. Himmel, Thayne ist unfassbar viril. Wir hatten nur das eine Mal Sex. Oh, Moment, tatsächlich hatten wir in dieser einen Nacht immer wieder Sex. Also ja, möglicherweise war es eine größere Wahrscheinlichkeit, als ich gedacht hatte. Ich muss es ihm sagen. Und dann wird er mich ins Medizinlabor zerren und es bestätigen. Und …

„Du bist schwanger."

Erschrocken setze ich mich auf. Thayne steht hinter mir im Badezimmer. Er ist bisher nicht einmal in diese Suite gekommen, ganz zu schweigen vom Badezimmer. Und ausgerechnet jetzt ist er hier? Ich strecke den Arm aus und betätige die Spülung. Und dann steigt die Übelkeit augenblicklich wieder in mir auf und ich würge und übergebe mich ein zweites Mal.

Uff.

Er setzt sich neben mich, berührt meine Hüfte und meine Schulter und reicht mir ein Feuchttuch, damit ich mir den Mund abwischen kann. Ich fange an zu weinen, ich kann einfach nichts dagegen tun, und er nimmt mich in den Arm. Ich bin schwanger von einem Hyrrokinen, der mich nicht einmal heiraten oder ein Baby haben will. Ich werde eine alleinerziehende Mutter werden. So hatte ich mir das nicht vorgestellt.

„Du bist jetzt mein."

Ich schiebe ihn fort, starre den Mann, der mich nicht haben will, grimmig an. „Jetzt willst du mich haben? Thayne, du bist mir seit drei Wochen aus dem Weg gegangen. Du hast mich auf den Ausflug zu den Nebengebäuden mitgenommen und das war's. Du isst nicht mehr mit mir zu Abend und du lässt mich abends nicht mehr in dein Büro."

Er zieht mich fest an sich und ich leiste keinen Widerstand, denn er riecht so gut. „Charlotte, ich habe jeden Tag dreimal geschrieben. Wir haben jeden einzelnen Tag gechattet. Ich habe jede deiner Bewegungen überprüft. Woher sollte ich sonst wissen, dass du hier bist?"

„Aber ich habe dich nicht *gesehen*", jammere ich. „Also bin ich nur überrascht, dass du jetzt plötzlich wieder auftauchst."

„Weibchen, ich musste Abstand halten, damit ich nicht wieder versuchen würde, mich mit dir lustzupaaren. Aber da wir jetzt *beide* wissen, dass du mit meinem Nachwuchs schwanger bist, ändert das alles. Wenn du meinen Erben gebärst, wirst du automatisch zu meiner Partnerin werden."

Ich sollte glücklich über seine Erklärung sein, aber sie trifft mich wie eine Klinge ins Herz. „Du willst mich nur, weil ich dein Baby in mir trage. Du willst nicht *mich*."

„Du bist mein."

„Ich muss nicht deine Partnerin sein, damit du Vater sein kannst. Wir können getrennte Leben in getrennten Häusern leben, und du kannst dein Kind trotzdem ständig sehen", sage ich und versuche, ihm einen Ausweg zu zeigen. Ich liebe ihn, aber ich weiß nicht, ob er mich jemals wirklich zurücklieben kann.

Nachtschwarzer Qualm quillt aus seinen Nasenlöchern. „Du bist *mein*", wiederholt er.

IN DIESER NACHT klickt plötzlich das Schloss in der Verbindungstür auf. Ich setze mich im Bett auf und ziehe die Decke bis ans Kinn. Arrogant steht Thayne im Türrahmen, trägt nichts als ein Paar dunkle Pyjamahosen, sieht so grimmig und köstlich aus wie in der Nacht, als ich in sein Bett gesprungen bin und meine Zunge in seinen Mund gesteckt habe.

Er verschränkt seine muskulösen roten Arme vor der Brust und mit einer Stimme, die Steine zermalmen könnte, sagt er: „Du wirst wieder jeden Abend mit mir zu Abend essen, und anschließend wirst du mich in mein Büro begleiten und … du wirst außerdem jede Nacht in meinem Bett schlafen."

Meine Nasenflügel blähen sich. „Jetzt, wo ich schwanger mit deinem Kind bin, bin ich deiner plötzlich wert?"

Er macht sich nicht die Mühe, zu antworten. Er marschiert einfach zum Bett und hebt mich aus dem Bett, dann trägt er mich zurück durch die Verbindungstür und legt mich auf seinem eigenen Bett ab.

Oh!

Das Schlimmste ist, dass ich nicht einmal versuche, aufzustehen. Ich stoße einen empörten Seufzer aus, klopfe ein Kissen auf und rolle mich auf die Seite, drehe ihm den Rücken zu. Aber ich bleibe da, wo er mich abgelegt hat.

Die Matratze sinkt ein und der große, männliche Hyrrokine legt sich neben mich. Augenblicklich habe ich Schmetterlinge im Bauch. Er schlingt einen roten

Unterarm um meine Mitte und zieht mich an seinen großen, warmen Körper. Und ich kann ein winziges Stöhnen der Entzückung nicht unterdrücken. Ich fühle mich in seiner Umarmung ganz klein und zerbrechlich.

Sein harter Schwanz stupst gegen meinen Arsch und mein Kitzler pocht augenblicklich um Aufmerksamkeit. Ich bin feuchter als feucht, denn ich fantasiere darüber, dass ich einfach das Bein anheben könnte und er seinen riesigen, roten Schwanz in mich gleiten lässt, mich so ausfüllt, wie er es in der Nacht während des Sturms gemacht hat. Und dann könnte er meinen Arsch kneten, während er in mich hineinhämmert.

Er hat keine Ahnung, wie sehr ich seinen Schwanz vermisse.

Diesen ersten Moment, wenn er ganz in mir versinkt. Die Bewegungen vor und zurück. Sein Schwanz ist groß und samtig und schmeckt herrlich. Ich habe viel Zeit damit verbracht, ihn zu lecken und an seinen Eiern zu lutschen, während draußen die Blitze zuckten. Ich schätze, sie sind mein liebster Körperteil an ihm.

Thayne steckt sein Gesicht in meine Haare und atmet tief ein. Seine Muskeln entspannen sich und seine Brust hebt und senkt sich mit gleichmäßigen Atemzügen. „Während mein Nachkomme in dir heranwächst", murmelt er, „verändert sich auch der Geruch deiner Pheromone. Ich muss nun beide Geruchsspuren neben mir wissen, um einschlafen zu können."

Ich beiße mir auf die Lippe, antworte aber nicht. Ich bewege meine Beine, versuche Erleichterung für den sich verzehrenden, leeren Ort zwischen meinen Schenkeln zu finden. Ich trage ein kurzes Nachthemd und keine Unterwäsche, weil ich insgeheim immer zurück in sein Bett will. Ich bin noch immer sauer auf ihn, aber trotzdem will ich ihn so dringend haben. Ich bin ein Wrack.

Er legt seine Hand auf meine Hüfte. „Ich werde mich um dich kümmern, Weibchen."

Ich weiß, dass er meine Erregung riechen kann, also leugne ich es nicht oder tue so, als ob ich nicht wüsste, wovon er spricht. „Wirklich? Meinst du das ernst?"

„Ist das der Grund, weshalb du noch immer sauer auf mich bist?"

„Hauptsächlich", gebe ich zu. „Es ist schwer für mich, einen klaren Gedanken zu fassen, wenn so viele Hormone durch mich hindurchrauschen. Wir hatten schon einmal Sex und ich kann mich sehr genau an alles erinnern und ich vermisse es. Ich will mehr. Und jetzt liege ich in deinem Bett und deine Erektion drückt gegen meinen Hintern. Das halte ich nicht aus. Und ich hasse dich dafür, mich in diese Lage zu bringen, ohne mir Erleichterung zu verschaffen."

„Ich verstehe."

Seine Hand legt sich über meinen Arsch und seine Brust rumpelt. „Ich liebe deinen Arsch", sagt er atemlos in mein Ohr. Er nimmt sich Zeit, meinen Hintern zu liebkosen, und dann hebt er mein Bein an. Ich lege es über seinen Unterschenkel, schaffe etwas mehr Platz für ihn, um an die Stelle zwischen meinen Beinen heranzukommen. Seine Krallenfinger dringen von hinten in meinen Schlitz ein. Wir stöhnen beide vor Lust auf.

„Du bist so nass", sagt er heiser.

„Für dich", sage ich ihm. „Ich war nie zuvor so feucht."

„So warst du auch in jener Nacht."

„Du erinnerst dich?"

Seine Zunge gleitet über meine Schulter. „Ich erinnere mich an alles. Die erotischen Follikel an den Lippen deiner Möse, deine dicken Schenkel, dein perfekter Arsch." Und dann dringt er mit seinen Fingern immer wieder in mich ein, passt mit seinen Krallen auf. Ich erschaudere, als ein Finger perfekt über meinen Kitzler reibt.

„Kneif deine Nippel", befiehlt er mir.

Verdammt, ich liebe es, wenn er mir Befehle erteilt. Ich tue wie befohlen und mein Höhepunkt kommt eilig und drängend angerauscht. Ich kralle mich an der Spitze seines schwarzen Schweifes fest, als ich durch die Wucht des Orgasmus aufschreie.

Er lässt mich los und zieht den Saum meines Nachthemds hinunter, dann deckt er uns beide zu.

„Aber ...", setze ich an, taste nach seiner Erektion.

„Nein, wir werden nicht weitermachen. Ich werde mich morgens und abends um deine Bedürfnisse kümmern, hier in unserem Bett. Das ist alles."

Ich bin traurig, weil ich wirklich sehen und spüren wollte, wie er kommt. „Du versagst es dir? Ist das nicht ... unangenehm?"

Er knurrt und zieht mich zurück in seine Arme.

„Ich verstehe dich nicht", wispere ich in der Dunkelheit. „Du kennst nur heiß oder kalt, bist so unbeständig, ich kann da einfach nicht mithalten."

„Das ist in Ordnung. Ich verstehe mich oft selbst nicht", gibt er zu.

Und dann schließe ich die Augen und schlafe ein.

JEDEN MORGEN EILE ich aus Thaynes Bett, um mich zu übergeben. Noch nie in meinem ganzen Leben habe ich mich so viel übergeben.

Mein sexy Feuerlord ist immer viel früher wach als ich und geht hinunter in den Keller, wo er einen gruselig aussehenden Raum voller Fitnessgeräte hat, die speziell für schwitzende, Feuer spuckende Hyrrokinenmänner gebaut wurden. Deshalb steht er immer so früh auf!

Milli kommt zu mir ins Badezimmer, erkundigt sich nach mir und muntert mich auf. Außerdem bring sie mir immer eine Tasse stärkenden Traq, was so lieb von ihr ist. Nachdem sich mein Magen beruhigt hat, wasche ich mich und ziehe mich für den kommenden Tag an.

Ich tapse hinunter in die ruhige Küche. Der Chefkoch ist bereits da, backt das Brot für den Tag, und es riecht immer so gut. „Guten Morgen", sage ich heiter, denn ich bin ein Morgenmensch. Der Koch grinst mich an und deutet auf den Platz neben ihm an der Arbeitsfläche, den er für mich vorbereitet hat.

Ich mag es, früh hier zu erscheinen, damit ich die ersten Feuer-Scones frisch aus dem Ofen abbekomme. Sie beruhigen meinen Magen. Es ist mehr oder weniger das einzige Essen, das ich in letzter Zeit bei mir behalten kann.

Ich habe festgestellt, dass die Küche, die Büros und die benachbarten Arbeitsräume das Zentrum der Ashmoor-Fangemeinde sind und die Angestellten hier Super-Fans sind. Und ich habe mich ohne Zurückhaltung in ihre Fangemeinde eingereiht. Wer hätte gedacht, dass ich es so sehr lieben würde? Ich sicherlich nicht. In dem Augenblick, als ich Neue Erde in Richtung von Tarvos verlassen habe, war ich verzaubert. Na gut, ehrlich gesagt war ich in dem Augenblick verzaubert, als Thayne mich in dieser Kirche auf den Arm genommen und herausgetragen hat.

Ich bin nun eine Bürgerin von Tarvos, werde den Ashmoor-Titel erben und trage nun auch ein Kind in mir, das halb Mensch und halb Hyrrokine ist. Ich habe nie wirklich begriffen, wie Targek Ashmoor meine Großmutter so lieben konnte, dass er ihretwegen seinen Heimatplaneten verlassen hat und für den Rest seines Lebens glücklich und zufrieden auf Neue Erde gelebt hat.

Ich bestäube den Teig mit Mehl. Aber während ich das tue, schleichen sich erneut negative Gedanken ein: Vielleicht will Thayne mich nicht wirklich. Er will sein Baby, was lieb ist. Zuvor hatte er immer wieder gesagt, dass er keine weiteren Kinder bekommen will, aber nun legt er jede Nacht zärtlich seine riesige Klaue auf meinen schwangeren Bauch, während er schläft. Das ist nicht das Verhalten eines Mannes, der kein Kind haben will. Aber will er mich wirklich haben? Es sind nur die Gesetze des Planeten, die ihn zwingen, mich zu behalten. Und seine Abhängigkeit von meinen Schwangerschafts-Pheromonen.

Ich räuspere mich und trinke noch einen Schluck Traq.

Der Koch lässt mich schweigend den Teig kneten, und während der Teig geht, nippen wir an köstlichem, heißem Tee, den er in einer Glaskanne aufgegossen hat, die voller Kräuter und Blüten ist, die er im Garten des Anwesens gepflückt hat. Fasziniert blicke ich auf die gelben und pinken Blüten und die dunkelgrünen Kräuter, die im Wasser treiben. Dieser heiße, durchgezogene Tee ist fast noch besser als Traq, wenn das überhaupt möglich sein sollte. Dabei zuzusehen, wie ein schwarz gehörnter Mann, so wild wie der Chefkoch, grazil an seiner Teetasse nippt, ist eine Studie in Gegensätzen.

Schließlich backen wir die Ladung Scones, die wir vorbereitet haben, während wir Teig für die zweite Ladung vorbereiten. Die Arbeit macht meinen Kopf frei und ermöglicht mir, an Thayne und nicht an mich selbst zu denken.

Thaynes gebrochenes Herz über den Verlust seines Kinds ist noch immer frisch, als ob es erst gestern passiert wäre. Ich will ihm helfen, sich sein zukünftiges Glück zu greifen, aber ich weiß nicht, wie ich das anstellen soll. Und ich bin mir neunundneunzig Prozent sicher, dass er nicht zu einem Trauerbegleiter gehen wird, weil er glaubt, er wäre ein großer, starker Mann, der so eine Hilfe nicht braucht, obwohl er es tut.

Aber als er herausgefunden hat, dass ich schwanger mit seinem Kind bin, hat er verlangt, dass ich jede Nacht in einem Bett mit ihm schlafe. Ich schätze, mich hinter einer Verbindungstür im nächsten Zimmer zu wissen, war nicht gut genug. Aber ich will mehr als seine Finger und seine Zunge. Ich will ihn auch berühren können und ihn in mir spüren. Ich bin schwanger und geil und ich brauche seinen Schwanz.

Ich schlage meine Faust in den Teig, lasse meine Frustration am Gluten aus.

Ich schätze, wir haben Vertrauensprobleme. Ich wurde erst kürzlich von einem falschen Bräutigam, meiner besten Freundin und ihrer beiden Mutter traumatisiert, die mir ihre aufrichtigen Gefühle vorgespielt haben, um an mein Erbe zu kommen. Und Thayne hat es noch viel, viel schlimmer getroffen. Seine Ex-Frau und sein Sohn sind in einem Feuer umgekommen. Bei dem Gedanken an seinen Verlust zieht sich mein Herz vor Schmerz zusammen. Wie kann ein Vater jemals über den gewaltsamen Tod des eigenen Kindes hinwegkommen?

Grimwall kommt in die Küche, um von einem der Scones zu naschen, die gerade aus dem Ofen kommen, und flirtet mit dem Koch, der ebenfalls verwitwet ist. Sie glaubt, ich würde es nicht mitbekommen, aber natürlich tue ich das. Sie sind beide verwitwet und das ist der halbe Spaß, bei meinem morgendlichen Besuch hier diese beiden älteren Hyrrokinen, die beide ihre Partner verloren haben, dabei zu beobachten, wie sie tun, als ob sie sich nicht heimlich lustpaaren würden.

Irgendwann unterhalten wir uns zu dritt.

„Das Haus war immer voller Leben und Lachen, aber jetzt ist es das nicht mehr", sagt Grimwall mit einem sehnsüchtigen Tonfall. „Es gab viele Verluste, viele Familienmitglieder sind tragischerweise umgekommen und der

Feuerlord ist schon seit vielen Jahren in Trauer. Er hat wieder damit angefangen, in jeder Saison die gebotenen Feierlichkeiten abzuhalten, aber niemand bleibt über Nacht. Nur sehr selten sind Gäste hier. Es ist alles sehr ruhig geworden."

„Zu ruhig", stimmt der Koch zu.

„Dieses Haus sollte eigentlich voller Ashmoors sein."

Und dann drehen sie sich beide um und starren mich an, bis ich mich unbehaglich unter ihrem Blick hin und her winde.

Die Angestellten auf dem Anwesen tun mir leid. Thayne ist nicht der Einzige, der trauert. Jeder, der hier gearbeitet hat, hat die Altgräfin und den kleinen Wylik geliebt und vermisst sie sehr. Ich würde darüber am liebsten in Tränen ausbrechen. Und ich entdecke überall in diesem Haus Echos von Thaynes Mutter und seinem Sohn. Ich bekomme langsam das Gefühl, als ob ich sie gekannt hätte. Ich schlafe in der ehemaligen Suite der Altgräfin, ich komme jeden Tag an Wyliks Kinderzimmer vorbei.

„Können Sie mir die ganze Geschichte darüber erzählen, was passiert ist, als Wylik umgekommen ist?", frage ich. „Ich will Lord Ashmoor dabei helfen, seinen Schmerz zu überwinden, aber das kann ich nicht tun, wenn ich nicht die ganze Geschichte kenne. Ich habe in den Büchern eine kurze Zusammenfassung darüber gelesen, was passiert ist, aber da stand nicht viel mehr als die Tatsachen. Und … und Lord Ashmoor spricht nicht darüber."

Grimwall und der Koch tauschen vielsagende Blicke aus und Grimwall nickt. Sie nimmt meine Hand in ihre und dann erzählt sie mir alles, die ganze Geschichte über Letecia Limestones Selbstmord und Wyliks Tod im großen Feuer. Ich erfahre, dass Letecia ihren eigenen Sohn vergiftet hat und ihn in das Feuer geschleift hat, das sie entzündet hatte. Ich muss weinen, als ich mir vorstelle, wie Thayne um seinen Sohn geschluchzt haben musste, ihn auf den Eingangsstufen vor dem Haus in den Armen gehalten hatte.

„Ich glaube, alle waren davon traumatisiert, wie der Junge umgekommen ist. Die Nanny war untröstlich. Lady Ashmoor hatte sich entschlossen, Selbstmord zu begehen, in dem sie den Tempel niedergebrannt hat, in dem sie die Erklärungszeremonie ihrer Partnerschaft abgehalten hatten. Das Feuer hatte sie und Wylik schließlich umgebracht. Die Vorstellung, dass ein kleines Kind auf diese Weise umgekommen ist, zu wissen, dass die Mutter diese Tat begangen und ihn nicht etwa gerettet hat – ich kann es kaum ertragen und er war nicht einmal mein Sohn", schließt Grimwall.

Wow.

Später am Morgen ziehe ich meine Regensachen an und mache einen langen Spaziergang. Die Regensaison ist fast vorbei und heute gibt es einen schwachen Schimmer Sonnenlicht und nur leichten Nieselregen. Mein Kopf ist voller Gedanken darüber, dass ich fast zwei Monate schwanger bin und hier bleiben werde und was das alles für meine Zukunft bedeutet. Und ich denke immerzu an Thayne und den dreijährigen Wylik.

Ich gehe eine Straße entlang, auf der ich noch nie zuvor unterwegs war, jenseits der Gärten. Als ich über eine niedrige Kuppe komme, entdecke ich die verbrannten Überreste des ausgebrannten Göttertempels. Ich schlage mir die Hand vor den Mund, als ich auf die eingestürzten Steinmauern und das verkohlte Fundament starre, und Tränen brennen in meinen Augen. Hier ist es passiert. Hier hat Thayne seinen Wylik verloren.

Ich gehe um die Ruine herum, untersuche die Erde im Boden, schaue mich um. Und ich entscheide, dass ich den Tempel wieder aufbauen lassen werde. Es ist an der Zeit.

Ich will Thaynes Partnerin sein und die Mutter seiner zukünftigen Nachkommen und … und ich will, dass wir eine Familie sind. Ich liebe ihn so sehr.

Und dann, genau in diesem Augenblick, entscheide ich, dass dieser Mann mich braucht. Er braucht es, dass ich die Hand ausstrecke und ihn hochziehe.

Ich will ihn heiraten. Ich will diesen Mann als meinen Partner. Aber das geht nicht, bis er bereit ist, nach vorn zu schauen und von Neuem zu beginnen. Ich weiß nicht, wann das sein wird, aber vor nur einem Monat habe ich fast den falschen Mann geheiratet. Nie im Leben werde ich mich wieder auf die falsche Heirat einlassen.

Ich setze mich unter einen Baum, ziehe mein Tablet hervor und pinge Rebyka an. Sie weiß, was passiert ist. Ich habe ihr und Ariana von der desaströsen Nacht erzählt, in der ich meinen betrunkenen Vormund ausgenutzt habe und ungeschützten Sex mit ihm hatte. Zuerst war ich danach wütend auf ihn, weil er mir weiteren Sex verwehrt und diese Nacht als „Fehler" bezeichnet hat, aber mittlerweile bin ich nur noch sauer auf mich selbst, weil ich Thayne genau in die Situation gebracht hat, von der er mir immer wieder gesagt hat, dass er sie nicht erleben wollte.

Rebyka antwortet sofort. *Hat er dich schon auserwählt?*, fragt sie.

Nein. Noch nicht.

Und da ist es – das könnte der Beweis dafür sein, dass Thayne nicht von Liebe angetrieben wird. Vielleicht ist unsere Beziehung nicht mehr als ein Mann, der versehentlich eine Frau schwängert und dann in ihrer Nähe bleibt, weil er süchtig nach ihren Pheromonen ist. Aber dann muss ich daran denken, wie er mich anschaut. Wie er mich wie eine beste Freundin behandelt. Und in den unwahrscheinlichsten Augenblicken erklärt er immer wieder „Du bist mein", also kann ich nicht anders, als zu glauben, dass wir eine Zukunft zusammen haben.

Rebyka spricht Tacheles. *Du bist mit seinem Nachwuchs schwanger, also bist du seine Partnerin. Das weiß er. Nutze diese Zeit vor der Geburt deines Babys, um ihm dein Herz zu öffnen und zu richten, was euch beide im Augenblick trennt. Auf Tarvos gibt es sowas wie Scheidung nicht.*

Sie hat so recht.

Hyrrokinen binden sich auf Lebenszeit.

Ich muss diese Sache sehr, sehr vorsichtig planen. Es gibt keinen Grund zur Eile.

17

THAYNE

„Barnabas!"

Eilig stürmt mein Butler aus seinem Büro und schaut zusammen mit mir aus dem Fenster.

„Was hat das zu bedeuten?", rufe ich und deute auf die Karawane von Fahrzeugen, die mit Geräten vollgeladen sind und sich auf dem Weg zum nächsten Hügel befinden, in eine Gegend, die ich explizit als tabu für jede Art von Bauarbeiten erklärt habe. Die Regensaison ist längst vorbei und die Straßen sind trocken und befahrbar. Das ist die beste Jahreszeit für alle Vorhaben – ich sollte es wissen, denn schließlich liegen jede Menge Pläne für neue Bauvorhaben auf meinem Schreibtisch.

Er spitzt die Lippen. „Ich weiß es nicht."

Eine Gruppe von Arbeitern marschiert die Straße hinauf, die direkt zum ausgebrannten Tempel führt. Es gibt keinen Grund für diese Aktion. Keinen einzigen. „Sie wissen es nicht?", spucke ich aus. „Wie kann das sein?"

„Es sollte nicht möglich sein. Ich werde Nachforschungen –"

„Nein!", brülle ich. „Ich werde selbst herausfinden, was

da los ist, und es sofort unterbinden." Dann reiße ich die Tür zu meinem Büro auf und stapfe ins Foyer hinaus, knurre einen vorübergehenden Arbeiter an und beschlagnahme sein Geländefahrzeug, dann fahre ich hinter der Truppe her, die gerade über der Kuppe des Hügels verschwunden ist.

Ich hole sie ein, als sie sich gerade alle versammelt haben, und ich bin schockiert, mein schwangeres Weibchen hier anzutreffen, zusammen mit einem anderen Menschen, den ich vage als die Partnerin von Bergelmir Touchstone wiedererkenne. Sie stehen da und beratschlagen sich, direkt neben den verkohlten Überresten des Göttertempels. Ein Mann, der ein Abzeichen des Hyrrokinischen Geschichtsvereins trägt und von dem ich annehme, dass er der Architekt ist, überblickt die gesamte Anlage und weist ein Team von Arbeitern ein.

„Was zur Hölle ist hier los?", belle ich und die Spucke fliegt mir aus dem Mund.

Ich war seit Jahren nicht mehr hier. Nicht seit dem Tag, an dem es passiert ist. Ich bin überrascht zu sehen, dass nichts mehr von dem Tempel übrig ist, außer dem Fundament, ein paar Reihen zersplitterter Bänke, eingestürzte Steinsäulen und ein einziger verkohlter Bogen.

„Oh-oh", höre ich Charlotte murmeln. „Ich kläre das", sagt sie zu den anderen. „Bleibt hier und macht weiter, ich spreche mit ihm." Dann winkt sie den Wesen kurz zu, die mein Grundstück betreten haben, und kommt mit schaukelnden Hüften ruhig auf mich zugelaufen, ein Lächeln auf ihrem Gesicht und eine Hand auf ihrem runden Bauch. „Thayne, ich wusste nicht, dass du uns so schnell bemerken würdest. Ich hatte wirklich gehofft, es dir später zu schenken. Es sollte eine Überraschung werden."

„Eine Überraschung?", spucke ich aus. „Das ist ein Albtraum." Ich ziehe sie in meine Arme, vergrabe meine

Nase in ihrem Nacken und atme tief ein. Das ist das Einzige, was mich jetzt noch beruhigen kann.

Sie schlingt ihre Arme um meine Taille und zieht mich fest in ihre zärtliche Umarmung. „Lass mich das für dich tun. Ich verspreche dir, wir behandeln diesen Ort mit Vorsicht und Respekt … und genau hier", sie dreht sich um und zeigt mit dem Finger, „genau hier ist die Stelle, an der wir eine Plakette an der Wand anbringen werden, die diesen neuen Tempel Lord Wylik Ashmoor, dem geliebten Sohn von Thayne Ashmoor, dem dreizehnten Feuerlord von Ashmoor, weiht. Wir werden uns immer an ihn erinnern und niemals vergessen, was er dir bedeutet hat."

Ich ziehe sie fester an mich, will nicht, dass die anderen die Tränen sehen, die mir in die Augen steigen. „Ja", krächze ich. „Das ist akzeptabel."

EINE STUNDE später sitze ich in meinem Büro, mitten in einem Sicherheitstreffen mit zwei imposanten Soldaten. Skoll Strikestone und Hannibal Hellstone.

Ich habe Geschmolzene Lava engagiert, um das gesamte Sicherheitssystem der Villa zu verbessern. Ich will, dass meine zukünftige Partnerin und mein Nachkomme in Sicherheit sind. Es ist eine Verbesserung, die ich schon seit Jahren in Angriff nehmen wollte, aber jetzt wird es zu einer Notwendigkeit.

Meine Gedanken wandern und ich denke immer wieder an den schockierenden Augenblick vorhin zurück, als ich entdeckt hatte, dass mein Weibchen den Göttertempel wieder aufbauen ließ. Ich bin seltsam ruhig bei der Vorstellung, dass sie so ein Projekt durchführen will, obwohl ich das bisher niemandem gestattet habe.

„Wie sehen Babys aus, die halb Mensch und halb Hyrrokine sind?", frage ich.

Skoll schaut von einem dieser altmodischen Baupläne aus Papier auf, auf dem er sich den Grundriss der Villa angeschaut hat. „Hä?", wirft er nur zurück und ist offensichtlich überrascht über diese zusammenhangslose Frage.

„Das kann ich beantworten", meldet sich Hannibal zu Wort. „Bisher wurden drei solcher Babys auf Tarvos geboren und sie scheinen alle ähnliche Merkmale zu haben. Sie behalten die Schweife, Klauen und Hörner. Und sie können Feuer spucken."

Ich stoße einen Seufzer der Erleichterung aus. Ich werde meinen Nachkommen in jedem Fall lieben, aber es hätte mich traurig gemacht, ein Kind zu haben, was nicht Feuer spucken kann. Ich verabscheue die Vorstellung, dass mein Kind nicht die Fähigkeit besitzen könnte, auf die alle Hyrrokinen am stolzesten sind.

„Ich weiß", stimmt Hannibal mir zu. „Ich war auch erleichtert. Ich war überglücklich, als ich die ersten Flammen in ihrem winzigen Bauch rumoren gehört habe und eine kleine Rauchwolke aus ihren zarten Nasenlöchern habe quellen sehen. Da wusste ich, dass sie in der Lage sein würde, sich zu verteidigen."

„Und welche menschlichen Eigenschaften behalten diese Bi-Spezies bei?"

„Sie sind farblos", antwortet Hannibal. „Keins von ihnen hat die rote hyrrokinische Hautfarbe, stattdessen ist ihre Pigmentierung der ihrer Mutter ähnlich. Außerdem sind ihre Hörner und Schwänze kleiner."

„Und nicht alle von ihnen haben Reißzähne. Mitry, Hannibals Tochter, hat keine Reißzähne, sondern stumpfe Menschenzähne."

„Ja, stimmt, das auch", sagt Hannibal. „Sie hat Stichflammen, aber keine Reißzähne."

„Warum willst du das wissen?", fragt Skoll.

Für einen Augenblick lasse den Blick aus dem Fenster

schweifen, dann entschiede ich mich, ihnen die Wahrheit zu erzählen, obwohl ich sie noch nicht einmal meinem Bruder erzählt habe. Ich drehe mich zu ihnen herum und schaue sie an. „Mein menschliches Pflegekind ist schwanger. Sie trägt ein Baby in sich, das halb Mensch und halb Hyrrokine ist."

Hannibal springt auf und schwarzer Rauch quillt aus seinen Nasenlöchern. „Wer hat dein Pflegekind belästigt? Nenne mir den Namen des Schufts und ich werde seinem Leben auf der Stelle ein Ende setzen."

Oh verdammt.

Skoll starrt mich nur an, dann schüttelt er schließlich den Kopf. „Setz dich wieder hin, Hannibal", knurrt mein Nachbar. „Ich glaube, dieser ‚Schuft' befindet sich hier in diesem Zimmer."

„Was? Wer?"

Ich hebe das Kinn und spreche die Worte aus, die diese Männer allen Respekt vor mir verlieren lassen werden. „Ich bin der Vater ihres Kindes", verkünde ich. „Ich habe mich mit Charlotte lustverpaart und sie trägt meinen Nachkommen, der halb Mensch und halb Hyrrokine ist."

Hannibal fällt auf seinen Stuhl zurück. „Du? Du hast ihr das angetan?"

Ich neige den Blick. „Ja. Ich."

„War sie wenigstens volljährig, als das passiert ist?", tobt Hannibal.

Hitze rauscht in meine Wangen. „Ja. Sie war volljährig."

„Gerade so", tadelt Skoll. „Hat sie angemessen ihre Zustimmung gegeben?"

Ich balle die Fäuste. „Darüber sind wir uns nicht ganz einig. Ich sage, dass ich ihre Zustimmung nicht erhalten habe. Es ist mitten in der Nacht passiert, während dem ersten Sturm der Regensaison, nachdem ich fünf Flaschen

Feuer-Alkohol getrunken hatte. Sie war in mein Zimmer gekommen, weil sie Angst vor dem Sturm hatte. Mit betrunkenem Verstand hatte ich dieses umwerfende, halb nackte Weibchen in meinem Bett entdeckt und sie ausgenutzt. Ich dachte, ich würde träumen. Sie hingegen sagt, sie hätte *mich* ausgenutzt, weil sie zwar nach meiner Zustimmung gefragt hat, die ich ihr auch gegeben hatte, aber nur weil ich betrunken war und glaubte, ich würde träumen. Sie wusste nicht, dass ich betrunken war, als sie nach meiner Zustimmung gefragt hatte, also glaubt sie, sie hätte *mich* ausgenutzt. Keiner von uns beiden hat verhütet. Nach dem Fehler in dieser Nacht habe ich mich von ihr ferngehalten. Aber im Augenblick, als ich herausgefunden hatte, dass sie schwanger war, war diese Entscheidung hinfällig. Sie ist mein."

„Nachdem sie deinen Nachkommen zur Welt bringt, wird sie deine Partnerin sein, die neue Feuermarquise von Ashmoor. Und ihr Kind wird dein Erbe sein. Ist ihr das bewusst?"

„Sie sagt, dass sie mich nicht mit meinem ‚Fehler' binden will und dass ich Vater sein kann, ohne sie offiziell zu meiner Partnerin zu machen. Ich glaube, sie denkt darüber nach, in ihr eigenes Domizil zu ziehen, wenn das Kind auf der Welt ist, aber sie wird mir erlauben, meinen Nachkommen immer zu sehen, wenn ich will."

„Sie denkt wie ein Mensch", prustet Skoll. „Sie versteht nicht, dass sie von Rechts wegen deine Partnerin ist."

„Ja. Wir haben vor Kurzem das Geschlecht des Kindes herausgefunden. Sie ist schwanger mit meinem Sohn. Ursprünglich habe ich sie auf Distanz gehalten, weil sie zu jung war, dann, weil sie mein Pflegekind ist und es für mich als ihr Vormund unangemessen gewesen wäre, sie zu meiner Lustpartnerin zu machen."

„Unangemessen, aber nicht illegal", bemerkt Hannibal.

„Ja, nicht illegal. Aber als der dreizehnte Feuerlord von Ashmoor weigere ich mich, mich unangemessen zu verhalten. Außerdem ... außerdem ist da noch die Sache mit meiner ersten Partnerin und meinem ältesten Sohn. Nach deren Tod im großen Feuer von '05 habe ich geschworen, nie wieder eine andere Partnerin zu erwählen oder weitere Nachkommen zu haben. Ich halte mich nicht für geeignet, ein Partner oder Vater zu sein."

Sie starren mich fragend an.

„Aber in dem Augenblick, in dem sie deinen Sohn gebärt, ist sie deine Partnerin. Also ist das dann nicht hinfällig? Ist dein Schwur damit nicht aufgehoben?", fragt Hannibal mit nüchterner Logik.

Skoll blickt mich an, wartet auf meine Antwort auf diese Frage.

Ich habe keine Antwort.

„Hast du sie schon in einer öffentlichen Zeremonie offiziell gefragt, deine Partnerin zu werden?"

Ich stoße einen Seufzer aus. „Nein. Sie sagt, sie will mich nicht dazu zwingen, ihr Partner zu werden, wenn wir nur eine Nacht zusammen verbracht haben und ich betrunken war."

„Du wartest also nur darauf, dass die Zeit abläuft, sie deinen Sohn auf die Welt bringt und dann automatisch deine Partnerin wird?"

Ich zucke mit den Schultern.

„Das ist ehrlos", bemerkt Skoll.

Feuer brodelt in meiner Brust.

Mein Nachbar beugt sich vor. „Ich mag deine Familie vielleicht nicht, aber ich habe es noch nie erlebt, dass die Männer deiner Familie die Weibchen nicht zur Partnerin erklären, wenn sie mit ihren Nachkommen schwanger sind. Wenn du wartest, bis die Zeit abgelaufen ist, wird sie niemals völlig von diesen hochnäsigen Adligen akzeptiert werden."

Ich ziehe eine Grimasse, denn er hat recht.

„Aufgrund deines fehlenden Respekts für sie werden sie Charlotte als minderwertig ansehen und sie dementsprechend behandeln. Ist es das, was du für die Mutter deines Nachkommens willst?"

„Lass mich dir eine Frage stellen", unterbricht Hannibal. „Glaubst du, es war ein Fehler, dich mit diesem Weibchen lustzupaaren?"

„Ich ... ich ..."

„Hast du ihr jemals gesagt, dass eure eine gemeinsame Nacht ein Fehler war?"

Ich schlucke. „Ja. Das habe ich gesagt. Ich habe gesagt, es war ein Fehler und dass ich es zukünftig unterlassen würde, sie wieder anzufassen. Aber ich wollte wissen, ob ich sie geschwängert hatte."

„Und nachdem du herausgefunden hattest, dass sie dein Kind trägt und deine Partnerin werden würde, hast du angefangen, sie zu umwerben?"

Ich rutsche auf meinem Stuhl hin und her. „Umwerben? Was heißt das?"

Hannibal beugt sich vor. „Umwerben ist ein Begriff der Menschen. Es bedeutet, du verbringst Zeit mit deinem Weibchen. Du sagst ihr, wie sehr du sie liebst, und dann erwählst du sie."

„Liebe?", frage ich. Liebte ich Charlotte Cruz? „S... sie ist mit meinem Kind schwanger. Ich genieße ihre Gesellschaft. Sie behandelt die Angestellten ganz wundervoll ..." Und wenn ich es mir erlauben würde, könnte ich sie ohne Weiteres den ganzen Tag lang ficken, einschließlich der Nächte, Wochenenden und an den meisten Feiertagen. Und das ist genau der Grund, warum ich meinen Schwanz nicht wieder in ihr vergraben habe, weil ich weiß, das wäre das Ende all meines Widerstands. Charlotte ist nicht einfach eine Lustpartnerin, die ich hin und wieder zu unser beider Vergnügen ficken könnte.

Hannibal wirft die Hände in die Luft. „Das glaube ich nicht. Du hast ihr nicht gesagt, was du für sie empfindest, oder? Sie hat keine Ahnung, dass du sie liebst?"

Ich schüttle den Kopf. „N… nein. Ich liebe sie ni–"

„Oh, lass den Quatsch!", lacht Skoll und die Narbe auf seiner Wange scheint dunkler zu werden. „Erinnerst du dich daran, wie angeekelt du warst, als du herausgefunden hattest, dass ich für eine andere vorgesehen war und Ariana noch nicht offiziell erwählt hatte? Tja, genauso empfinde ich in diesem Moment über dich. Du musst endlich den Kopf aus deinem Arsch ziehen. Du liebst diesen Menschen, also musst du sie mit Fürsorge und Respekt behandeln."

Ich starre ihn erstaunt an, denn ich war noch nie verliebt. Woher soll ich wissen, wie sich das anfühlt? „Ich behandle mein Weibchen mit Fürsorge", protestiere ich.

„Aber nicht mit Respekt", knurrt er.

„Du liebst sie", stimmt auch Hannibal zu. „Aber ich kann sehen, dass du ein Mann bist, der nicht den blassesten Schimmer von Liebe zwischen zwei Partnern hat. Lass mich dich Folgendes fragen, Lord Ashmoor, denkst du immerzu an dein Weibchen? Ist sie das erste Wesen, an das du denkst, wenn du morgens aufwachst, und das letzte Wesen, an das du denkst, wenn du abends einschläfst?"

„Ja."

„Ist ihr Geruch so berauschend, dass du nicht einschlafen kannst, es sei denn, sie liegt neben dir?"

„Ja."

„Lässt der Klang ihrer Stimme deinen Schwanz hart werden?"

Meine Stimme wird tiefer. „Ja."

„Es hat ihn schwer erwischt."

„Sie ist deine Partnerin."

Ich lehne mich zurück, sprachlos über diese neuen Enthüllungen. „Ich liebe Charlotte?"

„Ja, das tust du. Und so, wie die Dinge im Augenblick zwischen euch stehen, denkt sie, du machst sie nur zu deiner Partnerin, weil es das Gesetz ist. Du wirst sie nur dazu bringen, in deinem Haus wohnen zu bleiben und von Herzen gerne jeden Abend in deinem Bett zu schlafen, wenn du ihr sagst, was du für sie empfindest. Du musst endlich deinen Hyrrokinen-Arsch hochkriegen und sie in einer offiziellen Zeremonie bitten, deine Partnerin zu werden."

„Bring das in Ordnung", knurrt Skoll. „Und zwar plötzlich."

„Oh mein Gott", ruft Charlotte aus.

„Was ist los?", frage ich.

Wir haben gerade zu Abend gegessen und mein schwangeres Weibchen sitzt nun in ihrem Lieblingssessel vor dem Kamin in meinem Büro und hat ihre Füße hochgelegt. Ihr Tablett liegt auf ihrem Babybauch. Ich arbeite an meinem Schreibtisch, versuche, meine Gefühle für sie zu dokumentieren, in Vorbereitung auf meine öffentliche Erklärung, wenn ich sie fragen werde, meine Partnerin zu werden. Diese Erklärung muss perfekt sein.

Das hier ist mein liebster Moment am ganzen Tag. Später werde ich sie ins Bett tragen und sie zwischen den Beinen lecken, bis sie an meinem Gesicht zum Höhepunkt kommt. Dann werde ich meinen Arm um sie schlingen und meinen pochenden Schwanz ignorieren. Wenigstens halte ich sie in meinen Armen und rieche ihren Duft. Das ist für jetzt genug.

Der Grund, weshalb ich es unterlasse, mich mit meinem Pflegekind lustzupaaren, hat sich verändert. Ich erkenne nun, dass ich es mir verweigert habe, um mich dafür zu bestrafen, sie ausgenutzt zu haben, und später, weil ich nicht wollte, dass meine Verbindung zu ihr enger wird. Aber ich wusste in dem Augenblick, als ich in sie eingedrungen bin, dass ich endlich zu Hause angekommen war. Und jetzt habe ich keine Angst mehr davor. Ich begrüße es. Ich liebe sie. Ich liebe Charlotte und ich werde abwarten und mich richtig mit ihr paaren, am Abend nach der Erklärungszeremonie.

„Erinnerst du dich an den Arsch, den ich beinah auf Neue Erde geheiratet hätte? Der versucht hat, mich zu heiraten, damit er mein Erbe stehlen kann, und vor dem du mich an meinem Hochzeitstag gerettet hast?"

„Ja", knurre ich. „Der Mann, den ich für dich umbringen wollte, aber du hast mich gezwungen, ihn am Leben zu lassen."

„Genau der. Schau dir das an." Sie wedelt mit dem Tablet durch die Luft. „Er versucht, sich wieder gut mit mir zu stellen. Er hat mir geschrieben und ich habe ihm unmissverständlich klargemacht, dass ich weiß, was er getan hat und dass ich nie wieder mit ihm und seiner Familie sprechen will und dass er sich glücklich schätzen kann, dass ich nicht die Friedenswächter alarmieren musste. Er hat mir mein Erbe letztendlich nicht gestohlen, aber ich glaube hauptsächlich nur deshalb, weil sich die Gelegenheit dazu nie ergeben hat. Aber er gibt einfach nicht auf. Er schreibt mir immerzu und weist mich darauf hin, dass ich nicht verheiratet bin, also glaubt er, er hat noch immer eine Chance bei mir. Er glaubt, wir könnten wieder zusammenkommen!"

„Du bist schwanger mit meinem Kind!", knurre ich.

„Genau! Ich habe ihm gesagt, dass ich schwanger bin,

und er hat erwidert, das wäre ihm egal und dass wir trotzdem wieder zusammen sein können und er das Kind aufzieht, ganz egal, von welcher Spezies es ist. Der Kerl ist verrückt."

„Sag ihm, du bist vergeben und hast einen Partner."

Sie starrt mich mit ihren hellen, braunen Augen an. „Aber … Aber ich bin ja nicht wirklich vergeben, oder? Ich werde nicht deine rechtmäßige Partnerin sein, bis ich das Baby bekomme, und sogar dann ist es nur eine Rechtmäßigkeit. Du hast gesagt, du würdest nie wieder eine Partnerin nehmen, erinnerst du dich?"

Rauch quillt aus meinen Nasenlöchern.

Sie spitzt die Lippen und senkt den Blick, starrt auf ihr Tablet und versucht so zu tun, als ob es ihr nichts ausmachen würde. „Kein Problem. Ich blockiere ihn", sagt mein Weibchen. „Ist wirklich keine große Sache …" Sie tippt auf ihr Tablet.

Und ich schaue in meinen Kalender und suche den besten Tag heraus, um Freunde und Familie zusammenzuholen, um meinem Weibchen einen Antrag zu machen.

EINE WOCHE später kommt Barnabas in mein Büro, schließt hinter sich die Tür und macht eine überraschende Erklärung. „Sir, ich muss unter vier Augen mit Ihnen sprechen."

Ich ziehe eine Augenbraue hoch, denn so ein Verhalten von meinem Butler ist ausgesprochen ungewöhnlich.

„Diese Frage kommt nicht nur von mir, sondern von der gesamten Belegschaft."

Der gesamten Belegschaft? Das ist mehr als ungewöhnlich. Und er sieht so aus, als ob er über etwas Wichtiges sprechen wollen würde. Heute Abend findet der Feuerball statt und Barnabas schließt hinter sich die Tür, um den chaotischen Lärm der Vorbereitungen im Foyer zu dämpfen, wo die Angestellten alles für heute Abend vorbereiten.

Ich nicke und lehne mich zurück, bereit, ihm meine volle Aufmerksamkeit zu schenken.

Er macht sich nicht die Mühe, sich hinzusetzen, baut sich stattdessen vor meinem Schreibtisch auf und starrt mich finster an. „Warum haben Sie Charlotte Cruz noch nicht offiziell erwählt?", verlangt er.

Ich blinzle, versuche, meine Überraschung zu verbergen. „Das war schwierig, weil …" Ich stehe auf und gehe zum Fenster, fahre mir mit der Klaue über den Kopf. „Moment, die gesamte Belegschaft will wissen, warum ich mein Pflegekind nicht bitte, meine Partnerin zu werden?"

„Ja. Ihre Mutter, die Altgräfin, war das soziale Rückgrat der Familie. Sie war diejenige, die sichergestellt hat, dass alle Familienmitglieder zu sämtlichen Funktionen eingeladen wurden. Als Ihre ehemalige Partnerin diese Aufgabe nicht übernommen hat, hat Ihre Mutter sie weiterhin erfüllt. Aber nun ist sie nicht mehr hier. Seit zwei Jahren ist dieses Haus leer, bis auf Sie, die Angestellten und die Wesen, die hin und wieder in geschäftlichen Angelegenheiten hierherkommen. Das ist nicht die Art und Weise, wie dieses herrliche Anwesen geführt werden sollte. Es sollte nicht mit Schweigen gefüllt sein, es sollte vom Lachen der Familie und der Kinder widerhallen. Die Belegschaft ist sich einig. Es ist unsinnig, dass Lady Ashmoor Ihren Nachwuchs trägt und jede Nacht in Ihrem Bett schläft und Sie sie noch immer nicht offiziell erwählt haben. Warum haben Sie noch keine Erklärungszeremonie geplant?"

„Weil ich es nicht wert bin, wieder eine Partnerin zu erwählen", antworte ich und gestehe dem Mann, mit dem ich auf dieser Welt die meiste Zeit verbringe, meine tiefste Scham und mein Bedauern ein. „Ich konnte sie oder eine andere nicht wählen wegen dem, was an dem Tag des großen Feuers vorgefallen ist. Ich habe mir geschworen, dass ich weder wieder eine andere Partnerin nehmen würde, noch jemals wieder einen Nachkommen in die Welt setzen würde."

Ein Knurren rumpelt durch die Brust meines Butlers.

„Meine ehemalige Partnerin hat sich umgebracht, nicht nur, um mir zu entkommen, aber auch, um mich zu bestrafen", erinnere ich ihn. „Und ich konnte meinen Sohn nicht beschützen. Es war meine Schuld, dass sie beide gestorben sind. Ich bin verantwortlich." Ich lasse den Kopf hängen. „Es ist meine Schuld, dass Wylik umgekommen ist."

Und dann gehe ich zu meinem Schreibtisch und öffne die Schublade, in der in den Brief verwahre, den Letecia mir vor ihrem Tod geschrieben hat. Der Brief, den ich jedes Jahr aufs Neue lese, wenn ich mich hier in meinem Büro verkrieche und meine Tränen forttrinke. Ich reiche Barnabas den Brief an, damit er ihn liest. Das ist das erste Mal, dass ich einem anderen Wesen die Ungeheuerlichkeit meiner Scham und meiner Ehrlosigkeit eingestanden habe. Er nimmt mir das Pergament ab und liest stumm die Worte, die mittlerweile in mein Gedächtnis eingebrannt sind.

DAS IST ALLES DEINE SCHULD.

Wenn du mich nur im Geringsten geliebt hättest oder deinen Sohn mehr lieben würdest, müsste ich das nicht tun. Ich hasse diesen Ort und am allermeisten hasse ich dich. Du hast mich zu dieser Tat getrieben, Thayne.

Ich muss unseren Sohn mit in das Jenseits nehmen.

Und jetzt verlierst du alles.

.   .   .

242

„Was ist das für ein Gift?", faucht Barnabas. „Sie hatten das die ganzen Jahre in Ihrem Besitz und haben es nie jemandem verraten? Kein Wunder, dass es Ihnen schwerfällt, diese Tragödie zu verarbeiten." Mein Butler knüllt das beleidigende Pergament in seiner Faust zusammen, geht zum Kamin und wirft es in die Flammen. Ich sehe zu, wie es Feuer fängt und schließlich auf dem Gitter verbrennt.

Dann dreht sich Barnabas wieder zu mir um und konfrontiert mich. Er krallt sich meine Schultern. „Sie tragen keine Schuld am Tod Ihres Sohnes", sagt er eindringlich. „Ihre ehemalige Partnerin war geisteskrank. Sie haben sie erwählt, weil es Ihre Pflicht war. Sie stammte aus einer guten Familie und hätte die Ashmoors stärker gemacht. Niemand wusste von ihrer psychischen Krankheit – ihre Familie hat es vor Ihnen verheimlicht. Sie haben es vor allen verheimlicht. Letecias Eltern wussten, dass sie als Partnerin ungeeignet war, weil sie oft von ihrer vorgesehenen Behandlung abgewichen ist und eine Gefahr für sich und andere darstellen konnte. Sie war der Grund für den Tod Ihres Sohnes. Sie hat sich und ihn umgebracht. Ich gebe ihren Eltern die Schuld für diese Tragödie, und Sie sollten das auch tun. Sie wollten sich so verzweifelt mit der Ashmoor-Familie verbinden, dass sie ein Risiko eingegangen sind, das sie nicht hätten eingehen sollen, und nun haben sie ihre Tochter und ihren Enkel verloren. Letecia würde noch leben, wenn ihre Familie ihre Behandlung ernst genommen und ihr geholfen hätte, anstatt so zu tun, als ob nichts wäre. Niemand von uns konnte ihr helfen, denn keiner von uns wusste über das Ausmaß ihrer Erkrankung Bescheid."

Barnabas zeigt mit einer Klaue auf mich. „Und dieses menschliche Weibchen, das Sie geschwängert haben, sie ist Ihre wahre Partnerin. Ich und die anderen Bediensteten haben sie mittlerweile gut kennengelernt. Niemanden von uns kümmert es, dass sie menschliche Gene in Ihren Stammbaum mit einbringen wird. Und Ihnen sollte das auch egal sein. Und wenn eins dieser anderen Arschlöcher aus der Adelsriege ein Problem damit hat, dann brechen Sie den Kontakt zu ihnen ab. Es zählt nur, dass Charlotte Cruz eine gute Mutter für Ihren Nachkommen ist, und sie liebt Sie mehr als das Leben selbst. Sie hat alles über unsere Kultur gelernt, was sie nur lernen konnte, und sie liebt das Anwesen und unsere Traditionen ebenso sehr wie wir. Sie ist freundlich und liebenswert und das gesamte Personal respektiert sie. Ich werde nicht tolerieren, dass Sie sie nicht richtig behandeln."

Das ist vollkommen unerwartet. Mein Butler ist noch nie, in all den Jahren, in denen wir zusammenarbeiten, laut geworden oder hat so mit mir gesprochen. Er ist immer professionell und untergeben. Ich habe oft gehört, dass sein Tonfall streng wurde, wenn er anderen Bediensteten Anweisungen gegeben hat, aber mit mir hat er nie so gesprochen.

„Sie sind das Familienoberhaupt der Ashmoors", erinnert mich Barnabas. „Sie entscheiden, was die Regeln sind. Wenn irgendwelche dieser Arschlöcher heute Abend hier zum jährlichen Feuerball auftauchen und versuchen sollten, Lady Ashmoor mit etwas anderem als dem äußersten Respekt zu behandeln, werden die Bediensteten sie vor die Tür setzen. Und wenn diese Hyrrokinen ein Viscount, ein Marquis oder ein Feuerbaron ist, dann sei das so. Sie fliegen trotzdem hochkant raus."

Ich grinse über sein Wildheit.

„Wir wollen, dass sie Ihre Partnerin wird. Wir nennen sie absichtlich Lady Ashmoor anstatt Feuerbaroness, denn es war von dem Augenblick an, als sie auf dem Anwesen eingetroffen ist, offensichtlich, was Sie für sie empfinden.

Ich habe der Altgräfin auf dem Sterbebett versprochen, dass ich Sie beschützen würde. Ich beschütze Sie jetzt, indem ich Ihnen die Wahrheit sage, auch wenn es schwer sein sollte, das zu hören. Sie müssen Charlotte öffentlich erwählen und sie vor allen Bürgern Tarvos' zu Ihrer Partnerin machen. Nur so wird sie vollkommen akzeptiert werden. Sie haben sie geschwängert und jetzt müssen Sie sie wissen lassen, dass Sie sie lieben."

Ich muss zugeben, mir gefällt diese Seite an Barnabas. „Ich werde sie heute Abend auf dem Feuerball erwählen, vor den Augen aller", lasse ich ihn wissen.

„Gut", antwortet er nur, aber ein Lächeln spielt in seinen Mundwinkeln. „Gut."

18

CHARLOTTE

Heute Abend findet der Feuerball auf Gut Ashmoor statt.

Ich werde zum größten gesellschaftlichen Ereignis der Saison schwanger und unverpartnert auftauchen. Und auf Tarvos ist das eine große Sache.

Ich habe keine Ahnung, wie viele unserer Gäste wissen, dass Thayne der Vater meines Babys ist. Ich vermute, alle von ihnen? Nach dem schrecklichen Video, das ich gestern Abend gesehen habe, in dem sich einige der Adligen zusammengetan haben, um eine menschliche Feuerbaroness schlechtzumachen, weiß ich, dass viele von ihnen mich nicht akzeptieren werden. Ich vermute, die Tatsache, dass ich als Thaynes schwangeres Pflegekind, das er noch immer nicht erwählt hat, auf diesem Ball auftauchen werde, wird der Sache auch nicht gerade helfen.

Bei dieser Vorstellung würde ich mich am liebsten in meinem Zimmer verkriechen und die Party ohne mich stattfinden lassen.

Das kann ich nicht machen. Oder doch?

Lass dich nicht von den Neidern runterziehen, hat mir Rebyka am Morgen geschrieben. *Ich werde auch auf dem Ball sein und meinen Flachmann dabeihaben, und diesmal wird er mit extra starkem Traq befüllt sein, um dich zu stärken.*

Ich muss lachen, als ich ihre Nachricht lese, und mache mich bereit für den Ball.

Was traurig an den jüngsten Angriffen im Netz ist (auf die ich in keinster Weise reagiert habe), ist, dass ich nun seit mittlerweile vier Monaten hier wohne und mich eigentlich wohlfühle. Ich komme mir nicht mehr länger wie das Pflegekind vor, das zu Besuch ist. Ich fühle mich, als wäre das hier mein Zuhause.

Thaynes Tante war dreimal zum Mittagessen und für einen ‚Gartenplausch‘ hier. Es gefällt ihr, was ich aus meiner kleinen Ecke im Gewächshaus gemacht habe. Und ich habe sie begleitet, als sie ihre Tochter und ihre Enkelsöhne besucht hat. Die Hütte der Strikestones ist mein Lieblingsort für Besuche und ich war mittlerweile mehrmals da, um mich mit all den anderen Menschenfrauen zu treffen, die ebenfalls auf Tarvos wohnen. Wir sind mittlerweile eine eingeschworene Gemeinschaft.

Grimwall ermuntert mich, die ehemalige Suite der Altgräfin so einzurichten, wie ich will, meinen persönlichen Stil hinzuzufügen. Aber ich habe das Gefühl, als ob ich das noch nicht tun könnte, denn das hier ist die Suite für eine Partnerin und ich bin nicht Thaynes Partnerin. Ich bin nur das Weibchen, das mit seinem Nachkommen schwanger ist und zumindest theoretisch noch sein Pflegekind ist. Ich glaube, ich bedeute ihm wirklich etwas und er fühlt sich zu mir hingezogen, aber ich glaube auch, dass er noch nicht bereit für mehr ist. Was mich traurig macht.

Wir hatten nur in dieser einen Nacht richtigen, penetrativen Sex, als er mich geschwängert hat. Ich schlafe jede Nacht in seinem Bett und er verschafft mir weiterhin Wahnsinns-Orgasmen, aber er hat keinen Sex mit mir. Ich frage mich, ob er diese Grenze nicht überschreiten will, weil er mich nicht liebt?

Es fällt mir schwer, so in der Luft zu hängen, nicht zu wissen, wie meine Zukunft aussehen wird oder ob der Mann, den ich liebe, mich ebenfalls liebt. Werde ich hier bleiben und mein Kind zusammen mit Thayne aufziehen könne, oder werde ich am Ende meinen Sohn auf die Welt bringen und dann alleine wohnen und Thayne Besuchs-rechte einräumen?

„Ich freue mich so auf den Feuerball", ruft Milli aus, als sie mit einem Tablett mit Snacks und Erfrischungen in mein Zimmer kommt. „Es ist der erste Feuerball, bei dem ich dabei bin. Normalerweise schaue ich die Ankunft der königlichen Familie und der Prominenten immer auf den Video-Kanälen, aber diesmal bin ich genau hier, mitten im Geschehen."

Diese Veranstaltung ist für die Angestellten eine große Sache, ebenso wie für alle Einwohner von Tarvos. In der Einfahrt vor den Eingangsstufen der Villa haben sich Paparazzi und Reporter der verschiedenen Video-Kanäle versammelt, machen sich für die Ankunft der VIPs bereit. Jeder auf Tarvos liebt den jährlichen Feuerball auf Gut Ashmoor. Bis er beginnt, sind die Bediensteten ein erschöpfter Haufen, weil sie den Ball die ganzen letzten Monate über geplant und organisiert haben. Grimwall war für die ganze Veranstaltung verantwortlich und sie sieht müde aus. Ich habe so viel geholfen, wie ich konnte, aber ich lerne noch immer. Hoffentlich – wenn ich weiterhin hier bin – werde ich jedes Jahr besser und kann mehr helfen.

Milli erblickt mein Gesicht, als sie das Tablett abstellt. „Was ist los?"

„Oh, ich weiß nicht genau ... Ich ... Ich bin mir einfach so unsicher über meine Zukunft", gestehe ich und lege eine Hand auf meinen runden Bauch. Gestern hat das Baby zum ersten Mal getreten und ich fühle mich ihm sofort noch viel näher. „Manchmal mache ich mir Sorgen, dass ich nach der Geburt nicht hierbleiben kann und ich und das Baby ausziehen müssen."

„Aber Sie sind von Rechts wegen seine Partnerin", bemerkt Milli verwirrt. „Haben Sie nicht vor, hierzubleiben? Ich verstehe nicht."

Tränen treten in ihre Augen und jetzt fühle ich mich schrecklich. Manchmal vergesse ich, wie investiert die Angestellten in unsere Leben sind. Diese Sache würde nicht nur Thayne betreffen, sondern auch die Bediensteten würde es verletzen, wenn die Ashmoor-Kinder nicht in diesem Haus wohnen würden. „Ich … Ich weiß einfach nicht, wie ich mit einem Mann zusammenleben soll, der mich nicht liebt. Ein Mann, der sein halbes Herz vor mir zurückhält. Ein Mann, der sich weigert, sich öffentlich zu mir zu bekennen. Ich werde heute Abend nur als sein Pflegekind auf diesen Feuerball gehen und doch bin ich schwanger mit seinem Kind. Wie soll das überhaupt funktionieren?"

Sie presst die Lippen zusammen und blickt auf die Verbindungstür. „Aber Sie schlafen jede Nacht in seinem Bett. Sie essen jeden Tag mit ihm zu Abend. Sie schreiben sich ständig Nachrichten. Sie scheinen … verpartnert zu sein. Ich bin verwirrt."

„Ich bin auch verwirrt. Man sieht mir meine Schwangerschaft mittlerweile an. Was soll ich also sagen, wenn ich auf dem Ball auftauche und mich jeder fragen wird, wer der Vater meines Kindes ist? Sage ich dann, ja, es ist Thayne? Wird er mich als sein Pflegekind oder als seine Partnerin vorstellen?"

„Darüber haben Sie noch nicht mit Lord Ashmoor gesprochen?", fragt sie völlig fassungslos.

Ich beiße mir auf die Unterlippe. „Nein, ich hatte zu viel Angst davor, was er sagen wird. Und er hat es auch nicht zur Sprache gebracht."

Sie blinzelt mich nur an, ist völlig sprachlos.

Und genau in diesem Augenblick klopft es an meine Tür. Lorki und ihr Team erscheinen, und sie sieht sehr aufgeregt darüber aus, mich für die Veranstaltung der Saison fertig zu machen. „Ich kenne Sie mittlerweile gut und ich glaube, ich weiß, was an Ihrem menschlichen Körper am besten aussieht und wie wir Ihre Vorteile unterstreichen können. Sie sind ein wunderschönes Weibchen und ich schätze mich sehr glücklich, Sie anziehen zu dürfen. Bitte akzeptieren Sie das als mein Dankeschön. Ich konnte das neuste Kleid von Lior Haute Couture für Sie ergattern, und Ihr Schmuck heute Abend kommt wieder aus der Sammlung der Ashmoor-Familie. Ich weiß, dass Weiß Ihre Lieblingsfarbe ist." Sie strahlt mich an.

Ich werfe einen Blick auf das Kleid auf dem Ständer und beiße mir auf die Unterlippe. Ist ihnen überhaupt klar, dass das wie ein Hochzeitskleid aussieht? Ich versuche nicht zu lachen. Sie hat keinen Schimmer. Und ich kann das nicht für sie ruinieren. Sie glaubt, sie hätte ein besonders Kleid für mich für den Feuerball gefunden. Und es ist wirklich ein herrliches Kleid.

„Wussten Sie eigentlich, dass ich als Stylistin begehrter bin denn je, seit ich für Lady Ashmoor arbeite und Sie dieses Kleid zu der Wohltätigkeitsauktion getragen haben?"

„Tatsächlich?"

„Ja. Und jetzt probieren Sie dieses an."

Ich lege meine Hand auf den Bauch. „Aber …"

„Keine Sorge, ich weiß, wie wir damit umgehen können."

Ich trete hinter den Paravent und ziehe das Kleid an,

das aus zwei Teilen besteht. Es gibt ein sehr kurzes, besticktes Bustier, das meine Brüste hochbindet und mit einem Hauch von weißen Daunen bedeckt ist. Direkt unter meinen Brüsten wird das Kleid weiter und fällt in luftigen, wallenden Bahnen über meinen Bauch und meine Hüfte entlang bis zu meinen Zehenspitzen. Als ich mich bewege, bemerke ich, dass es vorne einen Schlitz hat, um meine Beine zu zeigen. Ich trete hinter dem Paravent hervor und Lorki hilft mir, es im Rücken zuzubinden. Dann schauen mich alle an und seufzen vor Begeisterung.

Mir gefällt das Kleid auch sehr. Es ist bequem und sexy und gleichzeitig elegant. Und leider ist es genau das Hochzeitskleid, das ich mir selbst ausgesucht hätte.

Schließlich ziehen sie es mir wieder aus und verbringen die nächsten zwei Stunden damit, mich aufzuhübschen, bevor ich wieder in das Kleid schlüpfe – dieses Mal mit weißen, flachen Pumps, um die ich gebeten habe, weil es dank meinem Bauch immer anstrengender wird, in Stilettos zu laufen. Ich vermute, meine Knöchel werden sehr bald anfangen, anzuschwellen.

Thayne ist nebenan, macht sich auch für den Ball bereit. Aber er braucht längst nicht so lange wie ich. Er hatte vor Stunden an die Verbindungstür geklopft und wollte hereinkommen, aber Lorki hatte ihn verscheucht und ihn wissen lassen, dass sie mit ihrer „Magie" noch nicht fertig sei und er später wiederkommen sollte. Aber jetzt bin ich endlich fertig.

Ich trete aus der Suite und in den Korridor und im selben Augenblick tritt auch Thayne vor seine Tür. Ich starre ihn an, mustere ihn von seinen Hörnern bis zu seinen Zehen und das Herz bleibt mir beinah stehen. Ich liebe seine kantige, schaurige Schönheit. Ich kriege einfach nicht genug von seinen glänzenden Hörnern und den Rauchfahnen, die aus seinen Nasenlöchern quellen. Sein spitzer, schwarzer Schweif sieht heute Abend beinah scharf aus. Seine riesigen, nackten Füße mit den silbernen Krallen scheinen größer zu sein, schauen unter den perfekt maßgeschneiderten schwarzen Hosen hervor. Irgendwie ist seine Brust noch härter und breiter, und ich schwöre, ich kann sehen, wie ein Ständer in seiner Hose anwächst.

Ich will ihn. Jetzt.

Er tritt auf mich zu und nimmt meine Hand in seine, dann sagt er mit rauer Stimme, „Du bist wunderschön, innen wie außen."

Und in diesem Moment wird mir klar, dass Thayne mich von Anfang an akzeptiert hat. Er erwartet nichts von mir außer meiner Gesellschaft und meiner … Liebe? Tja, und vielleicht meinen nackten Körper in seinem Bett, was vollkommen in Ordnung ist. Er hat mich schon immer sexy gefunden, von dem Augenblick an, in dem wir uns begegnet sind. Er hat mich beschützt und sich um mich gekümmert und mir trotzdem meinen Willen und meine Entscheidungen gelassen. Er wollte nie etwas anderes als mich, aber er hatte geglaubt, er wäre nicht bereit für eine weitere Partnerin. Er dachte, er wäre ein Widerling, weil er ein minderjähriges Mädchen wollte. Ich hoffe von ganzem Herzen, dass er nun weiß, wie falsch er damit lag.

Ich entscheide, dass es an der Zeit ist, die Dinge ein bisschen voranzutreiben. Ich will diesen Mann und er muss mein werden. Also strecke ich die Hand aus und fingere an seiner Schärpe herum, stelle mich auf die Zehenspitzen und flüstere ihm ins Ohr. „Jetzt, nachdem ich gesehen habe, wie gut du für diesen Ball aussiehst, muss ich dich warnen, dass ich heute Abend auf gar keinen Fall die Finger und den Mund von deinem Schwanz lassen kann. Ich werde mich rittlings auf dich setzen, bereit, jeden Augenblick auf dich herabzusinken und mich mit deinem Ständer ausfüllen zu lassen und dich heftig zu reiten. Wenn du das nicht willst, dann solltest du heute besser nicht mit mir in einem Bett schlafen."

Er räuspert sich und hält mir seinen Ellenbogen hin. Ich lege meine Hand auf seinen roten Arm. Zusammen gehen wir den Flur entlang und ich kann Stimmengewirr hören. Wir biegen um die Ecke und die gesamte Belegschaft von Gut Ashmoor steht entlang des Korridors und die Stufen hinunter bis ins Foyer Spalier.

„Oh mein Gott."

Und dann applaudieren und jubeln sie alle für uns. Oh meine Götter, sie bringen mich noch zum Weinen und ich ruiniere mein Make-up.

Thayne führt mich die Prozession entlang und ich lächle und nicke all diesen Wesen zu, die mir mittlerweile so ans Herz gewachsen sind. Ich fühle mich wie verändert. Früher war ich immer leise und schüchtern. Ich habe mich gern unterhalten, aber ich habe nie jemanden an mich herangelassen. Und ich konnte Konflikte nicht ausstehen, aber nun kann ich Thayne ohne Weiteres konfrontieren. Ich bin nicht mehr die Person, die auf die Lügen von Maya und ihrer Familie hereingefallen ist. Ich habe mich Jaden und Maya geöffnet, nur um hintergangen zu werden. Aber ich bin stolz auf mich, dass ich wieder aufgestanden bin und neue Freunde gefunden habe. Bessere Freunde.

Thayne und ich kommen im Foyer an und die Party beginnt nun richtig. Das Foyer wurde in einen glitzernden, funkelnden Empfangsbereich verwandelt. Die Eingangstüren schwingen auf und Thayne und ich stehen im Foyer und begrüßen jeden der Gäste. Das hier ist viel krasser als bei meiner ersten Begrüßung der Bediensteten oder der VIPs auf der Wohltätigkeitsauktion.

Hochrangige Wesen steigen aus ihren Fahrzeugen, die in der Einfahrt halten, und die Paparazzi drehen durch.

Würdevoll schreiten die Wesen die Eingangsstufen hinauf und erreichen die Eingangstür. Ich begrüße sie alle, einschließlich des Präsidenten von Tarvos und seine Partnerin. Es ist völlig verrückt. Ich lächle einfach nur ohne Unterlass und schüttle Hände, während Thayne mich ihnen allen einfach als Lady Ashmoor vorstellt. Ich bin hocherfreut, als ich Gurcil und ihre Familie erblicke. Avery Hellstone erscheint ebenfalls, zusammen mit ihrem Partner Hannibal und ihrer besten Freundin, dem Weibchen, das die Verteidigungsministerin ist.

Nach dem Händeschütteln und Lächeln und Smalltalk gehen sie an mir vorbei den Flur hinunter und betreten den glitzernden Ballsaal. Und dann verändert sich plötzlich die Atmosphäre, denn ich erblicke dieselben Hyrrokinen, die dieses schreckliche Video gefilmt haben, das ich gestern Abend gesehen habe. Sie betreten das große Foyer.

Ich kann hören, wie sie abfällig meinen Namen erwähnen. Eine andere fährt fort. „... und sie ist schwanger mit seinem Nachkommen. Wie kann er nur einen Menschen geschwängert haben?"

„Tja, aber er hat sie nicht erwählt, also nehme ich an, dass er sie nicht wirklich will? Es war ein Fehler."

„Wo ist sie? Ich werde ihr ganz genau sagen, was ich von ihr halte."

Ich weiche zurück, will am liebsten nach oben in mein Zimmer rennen.

Aber dann passieren plötzlich mehrere Dinge auf einmal.

„Da ist die Königin!", höre ich eine Gruppe Hyrrokinen ausrufen. „Die Königin ist hier? Ich wusste nicht, dass die Königin von Tarvos heute erscheinen würde, sie geht sonst nie auf den Feuerball."

Im Augenwinkel sehe ich, wie Thayne ein Team von Sicherheitsleuten anweist und sie die Gruppe der gut angezogenen, furchtbar wütenden und gemeinen Adligen aus dem Haus schmeißen, weil sie mich beleidigt haben. Und … und die Königin von Tarvos, die gerade eingetroffen ist, steht nun vor mir und will mich begrüßen?

Für einen Augenblick starre ich sie sprachlos an. „Rebyka?", krächze ich. „Du bist …"

Die Königin nimmt meine Hand in ihre. „Ja, meine Liebe. Ich bin die Königin von Tarvos. Und ich bin deine Freundin, Lady Ashmoor."

Oh liebe Götter. „Ich hatte ja keine Ahnung."

„Ich weiß." Sie beugt sich zu mir. „Und Mädel, das ändert nichts zwischen uns. Wenn du jetzt plötzlich anfangen solltest, dich in meiner Gegenwart komisch zu verhalten, so wie alle anderen meinen, es tun zu müssen, dann werde ich dir niemals wieder Feuerdatteln aus meinem Garten schicken."

Meine Augen werden groß. „Oh verdammt. Ich muss diese Datteln einfach haben. Das ist mein größtes Gelüst."

„Ganz genau. Also bleib bitte so, wie du bist. Ich bin hier, um diesem ganzen Quatsch ein Ende zu setzen und dafür sorgen, dass dich alle dafür akzeptieren, ein Mensch zu sein. Schau zu und lerne."

Und dann verwandelt sich Rebyka wieder in „die Königin". So wie sie geht, der Klang ihrer Stimme, wie sie den Kopf neigt … Sie ist so majestätisch und beeindruckend, ich kann es kaum glauben. Es ist fast so, als ob sie zwei unterschiedliche Wesen wäre. In diesem Moment ist sie die öffentliche Person, die „Königin", aber für mich ist sie einfach meine Freundin Rebyka.

Meine Freundin schnipst mit den Fingern und verlangt nach einer Video-Drohne, dann lässt sie die Paparazzi und alle anderen hier wissen, dass sie eine wichtige Ankündigung hat. Das Foyer um uns herum ist augenblicklich voller Wesen, die urplötzlich mucksmäuschenstill sind.

„Lady Charlotte Cruz-Ashmoor ist meine beste Freundin", verkündet die Königin von Tarvos. „Sie bedeutet mir sehr viel. Wenn irgendjemand hier oder in unserer Gesellschaft ihr auch nur einen Augenblick des Kummers verursacht, dann wird dieser Hyrrokine sofort bei mir persönlich in Ungnade fallen und nicht mehr länger als würdig erachtet werden, von mir, der Königin, oder der Feuergesellschaft empfangen zu werden. Verstanden?"

Ein ehrfürchtiges Raunen ertönt, dann einige aufgeregte Stimmen.

Mit strahlenden Augen voller Liebe blicke ich sie an. Endlich habe ich eine wirkliche beste Freundin. Ein Wesen, das mir wichtig ist und auf das ich zählen kann. Und das werde ich für immer in Ehren halten.

Und dann tritt Thayne wieder an meine Seite, blickt stirnrunzelnd zu seiner Cousine. „Rebyka." Sie grinst ihn verschmitzt an und dann lässt sie ihn augenblicklich stehen, dreht sich um und begrüßt herzlich einen Pulk ihrer Untertanen.

Ich vermute, wir sind fertig mit den offiziellen Begrüßungen im Foyer, denn Thayne zieht mich hinter sich her in den Flur und in den Ballsaal. Ich war schon oft hier, bin durch den großen, hallenden Saal spaziert und habe mir vorgestellt, wie rauschende Feste darin stattfinden, so wie jetzt. Der Saal ist schon beeindruckend, wenn er leer ist, aber mit den lauten Stimmen dieser vielen Hyrrokinen mit ihren schwarzen Hörnern, edlen Anziehsachen und Stichflammen erfüllt – das ist noch viel fantastischer.

Thayne greift sich einen großen Humpen Ale von einem herumgereichten Tablett.

Ich drehe mich um und sehe einen formell angezogenen Hyrrokinen hinter uns den Ballsaal betreten. Er ist allein hier und trägt eine Schärpe quer über die Brust, die der von Thayne sehr ähnlich ist.

„Bane!" Der Feuerlord strahlt glücklich und tritt auf den Mann zu, der gerade eingetroffen ist, um ihn zu begrüßen. „Das ist mein Bruder, Sir Bane Ashmoor", erklärt er mir. „Bane, das ist mein menschliches Pflegekind, Charlotte Cruz-Ashmoor."

Sir Ashmoor kommt auf uns zu, mustert uns kritisch. Er sieht, wie fest Thayne meine Hand hält, und ich bin sicher, dass er die Rundung meines schwangeren Bauches nur zu gut bemerkt. Er atmet tief ein und ich weiß, dass er tut, was sie alle tun können – er inhaliert meinen Geruch und den meines Kindes und weiß, dass ich Thaynes Nachkommen in mir trage.

Ein Muskel zuckt in Bane Ashmoors Kiefer. Er ist sauer. „Ich hatte keine Ahnung, dass mein Bruder ein Kind erwartet", sagt er und wirft Thayne einen Blick zu, der Wesen in Stein verwandeln könnte. „Und dass sein Pflegekind seine rechtmäßige Partnerin ist, aber er sie nicht erwählt hat."

19

THAYNE

„Halt mein Ale", sage ich zu meinem Bruder.

Und dann ziehe ich mein wunderschönes, überraschtes Weibchen hinter mir durch die Menschenmenge und dann hinauf auf die Bühne im großen Ballsaal. Ich werde eine ähnliche Taktik anwenden wie die, die meine gerissenen Großcousine, die Königin von Tarvos, kürzlich angewandt hat.

Mittlerweile sind alle Gäste auf dem Ball eingetroffen und es ist der perfekte Moment für meine Ankündigung. Ich nicke Barnabas zu, der nur auf mein Einsatzzeichen gewartet hat. Die Musik verstummt und der Ballsaals wird dunkel, bis auf einen Scheinwerfer, der auf Charlotte und ich auf der Bühne gerichtet ist. Sprachprojektoren schalten sich online.

Der Saal verstummt und die illustren Bürger unseres Planeten starren uns an. Eine kleine Drohne schwebt lautlos in der Luft neben uns, ist bereit für den Livestream. Dieser Augenblick wird auf alle Video-Kanäle übertragen.

Ich hole tief Luft und nehme Charlottes Hand in meine, ziehe sie neben mich. „Willkommen auf dem

einhunderteinundzwanzigsten   Feuerball   auf   Gut
Ashmoor", verkünde ich. „Der Ball kann sofort beginnen,
aber zuerst möchte ich noch eine Ankündigung machen.
Ich muss dieses Weibchen, das meinen Nachkommen trägt,
wissen lassen, wie viel sie mir bedeutet."

Die Menge schnappt hörbar nach Luft, als ich mich zu
meiner Partnerin herumdrehe und auf ein Knie sinke, wie
ich gehört habe, dass die Menschenfrauen es bevorzugen.
Ich habe menschliche Paarungsrituale studiert, um ihren
Traum wahrmachen zu können. Das und noch so viel
mehr hat sie verdient. Ich werde den Rest meines Lebens
damit verbringen, sie zum glücklichsten Weibchen zu
machen, das jemals gelebt hat. Na gut, nach meinen besten
Kräften.

Tränen treten in Charlottes Augen und sie blickt mit
feuchten, strahlenden Augen zu mir hinunter.

Ich nehme ihre Hand in meine und blicke in ihre
wunderschönen Menschenaugen und offenbare ihr alle
Emotionen, die ich in mir vergraben hatte. „Ich liebe dich,
Charlotte Cruz Ashmoor", sage ich zum ersten Mal, vor
allen Anwesenden. „Du bist meine beste Freundin und
meine Partnerin. In dem Augenblick, als ich dich getroffen
habe, wusste ich, dass du meine Partnerin bist, aber ich
habe damit gekämpft, meine Pflichten als Feuerlord und
den tragischen Tod meines kleinen Sohnes zu akzeptieren.
Ich hatte mir geschworen, nie wieder eine andere Partnerin zu nehmen oder eine weitere Familie zu gründen,
weil ich nach diesem Verlust glaubte, dessen nicht würdig
zu sein. Ich danke dir dafür, so geduldig mit mir gewesen
zu sein, meine beste Freundin zu sein und mir damit
geholfen zu haben, zu lernen, wie ich meine Vergangenheit
ehren und dennoch auch nach vorn schauen kann. Ich
sehe der Zukunft mit dir als meiner Partnerin voller Freude
entgegen, wie wir die Tradition der Ashmoor-Familie

weitertragen. Also erkläre ich vor allen, die hier versammelt sind – Charlotte Ashmoor, wirst du mich zum Standesamt begleiten, um meine Partnerin zu werden? Wirst du hier bei mir bleiben, als Mutter der zukünftigen Ashmoors?"

Sie räuspert sich, dann antwortet sie so laut, dass alles es hören können, blickt mir voller Liebe in die Augen. „Ja, Thayne, ich wäre stolz, deine Partnerin zu sein und mit dir in diesem herrlichen Haus zu wohnen und die Traditionen der Ashmoors weiterzutragen. Und ich liebe *dich*, Thayne Ashmoor, nicht nur, weil ich dein Pflichtbewusstsein als dreizehnter Feuerlord von Ashmoor bewundere, sondern auch, weil du so ein ehrbarer Hyrrokine bist. Du bist mein bester Freund, mein Liebhaber und bald der Vater meiner Kinder. Wirst du mir die Ehre erweisen, *mein* Partner zu werden?"

„Ja", antworte ich mit zugeschnürtem Hals. „Ja, ich möchte liebend gern dein Partner sein."

Und dann ziehe ich die kleine, schwarze Schatulle aus meiner Tasche, die ich schon den ganzen Abend mit mir herumgetragen habe, und öffne sie. Charlotte blickt auf den funkelnden Ring hinunter und quietscht vor Freude.

„Ich habe gelernt, dass Menschen gerne Ringe als bedeutsames Symbol ihrer Bindung tauschen", sage ich, als ich ihr den Ring an den Finger stecke. „Das war der Lieblingsring meiner Mutter aus dem Besitzt der Ashmoors, und ich hoffe, dass du ihn als mein Symbol meiner Bindung und meiner Verpflichtung an dich und als ‚menschlichen Ehering' freudig annimmst."

„Ich liebe ihn", sagt sie atemlos und starrt voller Verzückung auf den Ring, den ich ihr angesteckt habe. „Er ist wunderschön. Vielen Dank!"

Und dann stehe ich auf und nehme sie in meine Arme und küsse meine schwangere Partnerin vor den Augen aller. Die Menge jubelt und applaudiert und Charlotte schlingt die Arme um meinen Hals und erwidert feurig den Kuss. Diese verfluchte Drohne umkreist uns, aber ich ignoriere sie und lege Charlotte meine Hand auf den Hinterkopf und meine Zunge drängt hungrig in ihren Mund. Ich habe mein Weibchen in den letzten vier Monaten so gut wie nie geküsst, und diese verlorene Zeit werde ich jetzt aufholen.

Schließlich lösen wir uns voneinander und atmen beide heftig. Für einen Augenblick lege ich meine Stirn auf ihre.

Wir sollten hier bleiben, um uns zu unterhalten, zu trinken und mit unseren Gästen die Nacht durchtanzen, die uns zu unserer gegenseitigen Erklärung gratulieren. Aber ich muss meine Partnerin haben, jetzt sofort. Das ist ihre Schuld. Sie war es, die gesagt hat, sie will heute Nacht meinen Schwanz in ihrem Mund und ihrer Pussy haben. Dieses Versprechen werde ich von ihr einfordern. Abgesehen davon ist meine Cousine, die Königin, heute Abend hier. Sie kann einfach an meiner statt den Vorsitz über den Ball übernehmen.

Ich hebe meine Partnerin in die Arme und trage sie von der Bühne hinunter auf die Tanzfläche.

Die Menge jubelt und pfeift erneut, während sie sich für uns teilt. Mit meiner umwerfenden, kichernden Partnerin in meinen Armen marschiere ich quer über die Tanzfläche. Hinter uns beginnt die Band zu spielen. Als ich auf die Tür zugehe, nicke ich meinem grinsenden Bruder zu. Ich weiß, dass die illustren Gäste uns augenblicklich vergessen und mit ihrem glamourösen Abend fortfahren werden. In der Zwischenzeit wird mein Abend oben weitergehen, in unserer Suite, mit meiner Partnerin.

„Ich hoffe, das bedeutet, dass du mich ins Bett bringst", schnurrt mein Weibchen in mein Ohr.

„Ja", knurre ich und nehme zwei Stufen auf einmal. „Ich setze dich jetzt sofort auf meinen Schwanz."

„Okay", stößt sie atemlos hervor.

Dann lacht sie vor Vergnügen auf, als ich den leeren Flur hinuntersprinte und in Rekordgeschwindigkeit an meinem Zimmer ankomme. Ich trete die Tür auf. Und dann stampfe ich durchs Zimmer und werfe sie auf unser Bett.

Das entfernte Dröhnen der Musik schallt bis in unser Zimmer hinauf, aber das ist völlig egal, hier oben sind wir ganz allein.

„Hose aus", befiehlt sie mir.

Hastig knöpfe ich meine Hose auf und befreie meinen dicken, roten Ständer, der ungewöhnlich groß ist, in die Höhe ragt und bereit für sie ist. Ich nehme ihn in meine Klaue, reibe die ganze Länge von den Eiern bis zur Eichel, halte am Lusttropfen inne, der bereits hervorquillt.

„Oh meine Götter", seufzt sie und sinkt vor mir in die Knie.

Ich grinse, denn ich weiß, wie sehr mein Weibchen meinen Schwanz liebt, und jetzt werde ich ihn ihr geben.

Sofort streckt sie die Finger nach meinem harten Ständer aus und greift ihn sich, dann legt sie ihre Lippen um meine Eichel. Innerhalb von Sekunden nimmt sie mich ganz in den Mund. Ich werfe den Kopf in den Nacken und stöhne über das Gefühl dieser üppigen, heißen Lippen, die sich genau so bewegen, wie ich es immer gewollt habe. Die Realität steht meiner Fantasie in nichts nach. In den letzten Monaten habe ich jeden Tag in meiner Reinigungseinheit masturbiert, aber meine eigenen, rauen Klauen sind nicht mit den heißen, seidig weichen Lippen meines Weibchens vergleichbar. Ich nehme ihren Kopf in meine Klauen und ziehe ihre Lippen vor und zurück über meinen roten Schwanz.

Ich liebe es, sie dabei zu beobachten, wie sie sich bemüht, mich so tief wie möglich zu nehmen. Das Hinein- und Hinausgleiten meines Ständers zwischen ihren feuchten Lippen ist das Erotischste, was ich jemals in meinem Leben gesehen habe. Ich kann bereits spüren, wie sich meine Eier zusammenziehen und sich das schwinde- lige Gefühl der Erleichterung in meinen Kopf schleicht. Ich ziehe meinen Schwanz aus ihrem Mund und ziehe sie auf die Füße. „Ich brauche dich, jetzt sofort", knurre ich.

„Ich will deine Eier lutschen", bettelt sie.

Ich halte inne. „Später. Erst musst du gefickt werden."

Und dann liegt sie auf dem Rücken und ich beuge mich hinunter und wühle mich durch die Lagen von weißem Stoff, erblicke ihren triefend nassen Slip und reiße ihn ihr vom Körper. Mit dieser perfekten Pussy bin ich längst vertraut. Ich habe sie mindestens hundertmal geleckt und bin ein Experte darin, mein Weibchen zu befriedigen. Ich habe sie seit Monaten nicht gefickt, aber ich habe sie befriedigt. Ich weiß, wie sehr sie es liebt, sich an meine Hörner oder das spitze Ende meines Schweifes zu klammern, wenn sie kommt. Und ganz besonders liebt sie die Aufmerksamkeit, die meine gespaltene Zunge ihrem Kitzler zukommen lässt. All das werde ich ihr auch heute Abend geben, ein ums andere Mal.

Ich habe mir die ganze folgende Woche freigenommen und wir werden einfach im Bett bleiben und ficken. Die Angestellten sind bereits angewiesen worden, Tabletts mit Essen vor der Zimmertür abzustellen und nur dann anzu- klopfen, wenn irgendjemand am Verbluten ist oder das Haus in Flammen steht. Abgesehen davon werden wir nicht gestört.

Dieses erste Mal wird schnell vorbei sein, aber wir werden noch jede Menge Gelegenheiten bekommen, uns Zeit zu lassen. Ich will Stunden damit verbringen, sie zum

Höhepunkt zu treiben, nur indem ich sie lecke und ihre Nippel kneife. Ich will sie auf mir. Ich will sie von hinten nehmen. Ich will sie auf jeder Oberfläche in dieser Suite ficken. Vor allem auf dem Teppich vor dem Kamin.

Was sie jetzt vor allem will, ist mein Schwanz, ganz tief in ihr. Und ich will das auch. Ich lege meine Klauen auf ihre fleischigen Oberschenkel und presse meine Knie gegen die Matratze, bin im Nu zwischen ihren Beinen, meine Hose noch immer um meine Hüften. „Ich kann nicht länger warten", stöhne ich. Ich fahre mit den Fingern hinunter und spreize ihren Schlitz, überprüfe, wie feucht sie ist, und entdecke, wie glitschig und triefend und offen meine Partnerin für mich ist.

Sie greift nach meinem Schwanz, versucht, ihn an ihre triefende Öffnung zu ziehen. „Fick mich. Fick mich jetzt sofort."

Ich versinke ein wenig in ihr und wir stöhnen beide auf. Ihre Brüste sind größer geworden und ich habe herausgefunden, dass ihre Nippel sogar noch empfindlicher sind als sonst. Ich beuge mich hinunter, achte auf ihren schwangeren Bauch und sauge an einer der verlockenden, pinken Spitzen, dann an der anderen, und sie wird sogar noch feuchter. Ich verändere meine Position auf dem Bett und sinke tiefer in sie hinein. Ihre Hüften entspannen sich und ihre Beine passen ihren Winkel an und dann dringe ich wieder in sie ein, bis ich ganz in ihr versunken bin und sie vollkommen ausfülle. Meine ganze Länge, von ihrem heißen Griff umklammert.

„So nass, so heiß. Ich kann gar nicht glauben, wie eng und perfekt du dich anfühlst."

Ich verliere augenblicklich die Kontrolle und fange an, wie wild in sie hineinzuhämmern. Ich hebe ihre Beine in die Höhe und blicke hinunter auf ihren schwangeren Bauch, sehe zu, wie ihre Brüste wackeln, während ich in sie hinein und wieder hinaus stoße. Und ich weiß, dass ich nicht lange durchhalten werde. Aber ich weigere mich, loszulassen, bis sie nicht auch so weit ist.

„Fass dich an", befehle ich ihr. „Du musst mit mir zusammen kommen."

Sie schiebt ihre winzige Hand zwischen uns und fingert an ihrem Kitzler herum, während ich weiter in sie hinein-stoße. Das ist genau das, was sie braucht. „Oh, Thayne", keucht sie und greift nach meinem schwarzen Schweif, drückt die Spitze. „Oh, ich ..." Sie spannt sich an, ist fast so weit.

Und dann kann ich spüren, wie sie sich um mich zusammenzieht, als ihr Orgasmus durch sie hindurch-rauscht. Sie biegt den Rücken durch und ich klammere mich fest, versuche in ihr zu bleiben, während ich heftiger komme, als ich jemals in meinem Leben gekommen bin. Ein Brüllen bricht aus meinem Hals hervor. Mein Höhe-punkt ist so heftig und so lang, ich schwöre, ich kann schon schwarze Punkte vor meinen Augen tanzen sehen. Ich schieße den letzten Tropfen aus meinen Eiern und dann gebe ich mir größte Mühe, nicht auf ihr zusammenzu-brechen.

„Ich liebe dich", keuche ich.

Sie nimmt mein Gesicht in ihre Hände. „Ich liebe dich auch", lacht sie, dann greift sie um meinen Körper herum und krallt ihre Finger in meinen Arsch. „Und jetzt: mehr Sex."

Und ich gebe meinem Weibchen genau das, was sie braucht.

EPILOG

Thayne

Ein Jahr später

ICH WILL GERADE das große Foyer durchqueren, aber ich halte inne, als es an der Tür klopft, bin neugierig zu sehen, wer es ist. Charlotte steht bereits beim Portier, als er die Tür öffnet. Ich habe keine Verabredung, also habe ich keine Ahnung, welcher Hyrrokine heute bei mir anklopfen sollte.

Der Portier tritt zur Seite und ich erblicke eine mir vage bekannt vorkommende, ältere Hyrrokinin auf der Schwelle stehen. Sie blickt mich quer durch das Foyer hindurch an. „Ich bin für eine unangekündigte Inspektion durch das Amt für Kinder und Familien hier, um das Wohlergehen und die Sicherheit ihres minderjährigen Pflegekinds zu überprüfen."

Mir fällt der Mund auf. Oh verdammt. Ich werfe Barnabas einen anklagenden Blick zu. Warum hat er das nicht unterbunden?

Ich trete vor und stelle mich neben Charlotte an die Eingangstür. Die Augen der Anwältin fallen auf den leicht geschwollenen Bauch meiner Partnerin. Sie ist bereits mit unserem nächsten Kind schwanger. Und in ihren Armen trägt sie unseren schlafenden Sohn, Targen Ashmoor.

„Guten Morgen", sagt meine Partnerin. „Willkommen auf Gut Ashmoor. Ich bin Charlotte Cruz Ashmoor und das ist mein Partner, Thayne Ashmoor."

Die Anwältin schnappt überrascht nach Luft. „Sie haben seinen Nachkommen geboren?"

Wie kann sie das nicht wissen? Unser Bund war monatelang in jedem Video-Kanal und überall im Netz Gesprächsthema, bevor es endlich versickert ist. „Ja. Charlotte Cruz war kein Kind, wie Sie ursprünglich behauptet haben, sondern stattdessen eine rechtmäßige Erwachsene auf Neue Erde. Ich habe sie mit mir nach Tarvos gebracht und sie zu meiner Partnerin gemacht. Sie ist nun Feuermarquise von Ashmoor. Sie können Lady Ashmoor zu ihr sagen."

Charlotte legt ihre weiche, kleine Hand auf meinen Unterarm. „Lord Ashmoor trifft keine Schuld. Ich habe ihn ausgenutzt. Ich bin in einer dunklen, stürmischen Nacht in der Regensaison buchstäblich in sein Bett geklettert. Er hatte sehr viel Feuer-Alkohol getrunken."

Bei ihrer Bemerkung verdrehe ich die Augen.

Charlotte wirft Grimwall einen Blick zu und bedeutet ihr, zu uns zu kommen. Augenblicklich wird die strenge Anwältin von meiner plötzlich sehr herzlichen Haushälterin durch die Tür gebeten und zum Brunch im Speisesaal eingeladen. Die Anwältin stottert zunächst, aber als jemand frische Feuer-Scones erwähnt, nimmt sie die Einladung dankend an.

Ich nehme meinen schlafenden Sohn in meine Arme und folge den Weibchen, bin interessiert zu sehen, wie dieser Plan ausgeht.

Meine Angestellten ziehen alle Register. Fasziniert schaue ich dabei zu, wie die Portiers, der Koch und sogar Barnabas alle im Einklang arbeiten, um diese Anwältin um den Finger zu wickeln. Schon bald hält das ältere Weibchen meinen kleinen Sohn in ihren Armen, knabbert dabei an Feuer-Scones und lacht über die Witze, von denen ich noch nicht einmal wusste, dass Grimwall sie auf Lager hatte.

Schließlich finde ich heraus, dass die Anwältin Maykel heißt und dass sie Babys liebt und selbst fünf Enkelkinder hat. Das ist definitiv mehr, als ich wissen muss. Aber ich öffne mich auch ihr. „Mein ältester Sohn war Wylik Ashmoor, der vor einigen Jahren gestorben ist. Meine nächsten beiden Kinder sind halb Mensch, halb Hyrrokinen, allerdings ist der zweite noch nicht auf der Welt. Aber sie sind tatsächlich meine Erben. Ich glaube, es ist gut für die Ashmoors, wenn neues Blut in die Adern der Familie fließt und die Dinge ein wenig aufmischt." Ich lächle meine menschliche Partnerin an. „Meine Partnerin hat entschieden, dass wir jedes Jahr Wyliks Geburtstag feiern. Sie hat dafür gesorgt, seine Porträts neben den Bildern unserer anderen Nachkommen aufzuhängen."

Charlotte nimmt meine Hand. „Wir werden ihn niemals vergessen", stimmt sie zu.

„Nun denn." Endlich erhebt sich Maykel, gibt mir meinen Sohn zurück und klopft sich die Scone-Krümel ab. „Sieht so aus, als ob hier alles in bester Ordnung wäre. Ich werde morgen meinen Bericht beim Amt für Kinder und Familien einreichen und den Fall abschließen. Charlotte

Cruz ist nun einundzwanzig und somit erwachsen. Sie ist nicht mehr länger Ihr Pflegekind und Sie nicht mehr ihr Vormund. Ich danke Ihnen für Ihre Gastfreundschaft und dass ich Ihren wunderschönen Sohn kennenlernen durfte. Ich wünsche Ihnen und Ihrer Familie nur das Beste."

Und damit wendet sich die Anwältin zum Gehen, winkt uns noch freudig zu und hält einen großen Korb mit einer Tüte Feuer-Scones und einer Flasche Wein von Gut Ashmoor in der Klaue.

Ich blicke Charlotte in die Augen und nehme ihre Hände in meine. „Hast du das gehört? Du bist nicht länger mein Pflegekind."

„Und du bist nicht länger mein Vormund", lacht sie.

Ich drücke ihre Hände. „Stattdessen bist du die Liebe meines Lebens."

Sie küsst meine Klauen. „Und du bist die Liebe meines Lebens", sagt sie atemlos. „Für immer."

HOLEN SIE SICH IHR KOSTENLOSES BUCH!

Tragen Sie sich in meine E-Mail Liste ein, um als erstes von Neuerscheinungen, kostenlosen Büchern, Sonderpreisen und anderen Zugaben zu erfahren.

https://geni.us/jungfrauunddervampir

OHNE TITEL

Ich hoffe, dir hat meine Geschichte gefallen!

Möchtest du auch Sir Banes Romanze lesen? Bestelle *Seine menschliche Stalkerin* vor! Erscheinungsdatum 31. Dezember!

Ich leide an Resting Bitch Face (RTF).

Das ist traurig, aber wahr. Als Folge dessen wenden sich die Leute von mir ab. Ich bin nicht gerade quirlig und freundlich.

Das ist vermutlich der Grund, weshalb mein einsamer Job als Privatdetektivin so perfekt zu meinen Talenten passt. Normalerweise bin ich sehr gut in dem, was ich tue. Ich erledige den Job und schaue nach vorn. Aber mein letzter Auftrag hat mich völlig aus dem Konzept gebracht. Der teuflisch aussehende hyrrokinische Biologe, den ich verfolge, ist mir unter die Haut gegangen. Sir Bane Ashmoor ist mehr als nur ein Job für mich. Durch mein Teleobjektiv kann ich förmlich meine ungeborenen Kinder in seinen tödlichen Augen erkennen.

Ich stalke diesen riesigen Kerl förmlich, während er die

Wanderung der Feuerbiester dokumentiert, verbringe unzählige *nicht-abrechenbare* Stunden in der Wildnis und beobachte jede seiner attraktiven Bewegungen. Was stimmt denn eigentlich nicht mit mir?

Als ich stolpere und mir den Knöchel breche, entdeckt mich meine heiße Zielperson, wie ich im Dreck hocke und am Heulen bin. Und er hebt mich in seine muskulösen, roten Arme und trägt mich zu seinem Zelt! Er kümmert sich um mich und ich glaube, er mag mich sogar. Im Prinzip ist das ein wahr gewordener Traum.

Aber was passiert, wenn Bane herausfindet, dass er seine Stalkerin in sein Haus gebracht hat?

Und wenn er herausfindet, wer ich wirklich bin, was ich wirklich mache und für wen ich wirklich arbeite?

heul

Bleiben wir in Kontakt! xoxo

Melde dich für Micheles Lesegruppe an
Abonniere Micheles Newsletter
Folge Michele auf BookBub
Like Michele auf Facebook
Folge Michele auf Instagram

ÜBER DIE AUTORIN

Michele Mills lebt in Kalifornien und führt mit ihrem Mann und ihren beiden Söhnen ein Leben der ruhigen, jugendfreien Verzweiflung. In einem Versuch, ein erfülltes, nicht ganz so jugendfreies Privatleben als Frau zu führen, das keine Disney-Filme und Kinderserien beinhaltet, liest und schreibt Michele schmutzige Romanzen und, nun ja ... schmutzige Romanzen. Und sie würde es auch nicht anders haben wollen.